Publisher's Note

Texas Press is pleased to bring back
into print these two works by J. Mason
Brewer (1896–1975), one of the na-
tion's leading black folklorists.

The first black member of the Texas
Institute of Letters and the Texas Folk-
lore Society, Dr. Brewer was the first of
his race to serve on the research com-
mittee and the council of the American
Folklore Society, of which he was a
vice-president. He was also a member
of many other folklore and literary
associations.

A native of Goliad, Texas, Dr. Brewer
received the B.A. degree from Wiley
College in Marshall, the M.A. degree
from Indiana University, and the D.Litt.
degree from Paul Quinn College in
Waco. He was recently listed in *Who's
Who in America*.

Dr. Brewer's distinguished career
included professorships at Clafflin
College in Orangeburg, South Carolina;
Huston-Tillotson College in Austin,
Texas; Livingston College in Salisbury,
North Carolina; and East Texas State
University in Commerce. He also lec-
tured at Yale University, University of
Toronto, University of Texas, Duke
University, University of Colorado, and
University of Arizona.

J. Frank Dobie and Stith Thompson
were among the many admirers who
encouraged Dr. Brewer in his unique
contribution to folklore. Dobie once
called Dr. Brewer the best storyteller of
black folklore anywhere in America.

Dog Ghosts

and Other Texas Negro Folk Tales

The Word
on the Brazos

Negro Preacher Tales from the

Brazos Bottoms of Texas

J. Mason Brewer

University of Texas Press Austin & London

International Standard Book Number 0–292–71512–9
Library of Congress Catalog Card Number 76–14082
Dog Ghosts and Other Texas Negro Folk Tales
copyright © 1958, 1976 by the University of Texas Press.
The Word on the Brazos: Negro Preacher Tales
from the Brazos Bottoms of Texas
copyright © 1953, 1976 by the University of Texas Press.

Dog Ghosts

Dog Ghosts

and Other Texas Negro Folk Tales

J. MASON BREWER

Drawings by
JOHN T. BIGGERS

Foreword by
CHAPMAN J. MILLING

AUSTIN : UNIVERSITY OF TEXAS PRESS

In Memory of My Mother
MINNIE TATE BREWER
and My Mother-in-law
FLORENCE BYRD HICKMAN

Illustrations

Contents

and list of informants

PART III

Tales of Animals and Ranch Life

PART IV

Religious Tales

PART V

Dog Ghosts and Other Spirits

Foreword

THE SOUL OF A PEOPLE is best revealed in its folklore, especially its proverbs, its songs, and its stories. Negro folklore is forever embedded in, and therefore an important part of, American culture.

The Negro proverb was once on the lips of every white child brought up in the South. "Fly-time come, cow gwine want he tail!" was a practical reality to the white boy who refused his colored playmate a favor.

In his deeply moving spirituals, the Negro expressed all the longings, hopes, and aspirations of his race. The "blues" gave voice to his worldly wisdom, his disillusionment.

Among the Negro's finest contributions to our common cultural heritage are his stories, some told for their moral lesson, some simply because they are witty, dramatic, or entertaining. Like all folklore, they have borrowed liberally from a wide variety of sources; nevertheless, they all have a quality in common: a feeling that carries the conviction that the narrator himself believes them.

There was a time, not very long ago, when writers and scholars of not inconsiderable merit spent lifetimes devoted to the collection and recording of these old tales, when distinguished publishing houses vied for the fruits of their efforts. What man (or woman) now in his fifties is not a better citizen for having read the incomparable stories of *Uncle Remus*—or having them read to him—in his childhood? What Southern white boy or girl has failed to weep over *Diddie, Dumps and Tot,* all the while absorbing the lore of the blue jay, the doctor snake, and the other wise animal people? And may the affectionate God, who loves good children and good stories, look down with pity upon the hapless child who has not discovered Wilkes Booth Lincoln, Aunt Blue Gum Tempy's Peruny Pearline, and all the other wonderful people in *Miss Minerva and William Green Hill.*

There have been specialists, too, in one or another particular sub-dialect: Ambrose Gonzales, for South Carolina's "Black Border" Gullah; Julia Peterkin for the middle country; Charles C. Jones for the Georgia coast; Samuel G. Stoney for the Charleston-Berkeley area; E. C. L. Adams for the Congaree River section, to mention only a few. A wonderful collection of first person stories is *Lay My Burden Down*, collected by the Writers' Project and edited by B. A. Botkin.

But in recent years the Negro story, told in Negro dialect, has gone out of vogue. Dialect is virtually taboo in many of the nation's great publishing houses. A New Negro has been created, who speaks only with a Harvard accent. While rightfully proud of his race, he seems ashamed of his past. He will, perhaps, admit the spiritual as one of the contributions of his people, but not until its grammar has been corrected.

While all of this is psychologically understandable, it is neverthe-less most regrettable, unfortunate for both races, who must live side by side in mutual friendship and respect. Just as the Negro has bene-fited from the white man's older civilization, so the white man has been enriched by the Negro's faith, his loyalty, and his wonderful sense of humor. And despite all that the apostle of the New Negro may think and say, a Negro story not told in Negro dialect is about as successful as a honeymoon shared by the mother-in-law.

This is the age of the Conscious Minority which is made ever more conscious by being continually reminded that it is no different from the majority. We must have no Irish jokes—what *has* become of Pat and Mike? The Italian comedian can no longer talk like an immi-grant—somebody might think him a Wop. Jewish stories are taboo—except among the Jews themselves. It has been suggested that about the only group at which a little good-natured fun may still be poked is, lo, the poor Indian!

It is refreshing, therefore, when an important Negro folklorist undertakes to collect and edit the jokes, tall tales, the fables, and supernatural stories of his own people. And it is encouraging when the press of one of the greater universities is willing to publish them. Dr. Brewer cannot but be aware that a good many Negroes, some of them from quite honest conviction, will roundly condemn his book. Also, and for less worthy reasons, a good many white people will wring their hands over it. But I should like to propose one simple test to those who are disposed to condemn it, be they white or black: Are you personally familiar with the Southern rural or small town Negro? If so, are not the stories and the dialect genuine? And if you have never known the Southern Negro, have you a right to condemn the collection?

Paul Laurence Dunbar was not ashamed to create tender poems in the dialect of his people. Would he have been as great a poet had he felt otherwise? Did Robert Burns write in the cultured English of his day, or is his name immortal because he set down his thoughts in the simple dialect of the Scottish peasant? And have there not been plenty of white American writers who made use of the language of the American poor white, the sand-hill cracker, the mountaineer, the Down East Yankee, the Louisiana Cajun, the Mississippi red neck, to name only a few varieties?

Some readers who know not the rural Negro of the Old South may feel that Dr. Brewer's dialect is artificial, that it is slap-stick, min-strelese—if there is such a word. I stoutly maintain that it is no such thing, that it is as genuine as a Saturday night hot supper of fried chitlins and corn bread.

Perhaps, at this point, I should qualify myself as the writer of this foreword, as I would be required to do if in a court of justice.

I have lived all of my life in the Deep South. I was born on a plantation in South Carolina and remained there until the age of fourteen, when I moved to a small town where for practical purposes the Negro culture was no different. Being an only child and having no close white neighbors of my own age, my sole companions, with the exception of my parents, were Negroes. I was "raised" by at least a half dozen colored men and women whom I loved devotedly. All of them have long since gone to the Better Land in which they so completely trusted. There was Mary Jane, the cook, who told me all the Br'er Rabbit stories long before I had ever heard of Uncle Remus. There was Laney, the laundress, who sang spirituals all day long over her washtub and who told me, during one of our rare snowstorms, that "the Master was picking a big goose." There was Dozier, the yard boy, whom my mother taught to read, and John, the foreman, and Tim, the woodcutter, and Aunt Easter and her husband Sandy, who stuttered, and Da' Jack, a sea-island centenarian, and his wife, Maum Binah. And there was Weary Samuels, who had the second sight and knew the dreadful story about Balaam Foster's bargain with the Devil. And best of all, there was good old Sam, Laney's husband, who made bird traps and rabbit boxes for me and taught me more real religion than I learned in Sunday School or anywhere else.

Well, what I'm getting at is that I absorbed so much Negro lore that I still think in Negro dialect and have to translate it into English. I'm in much the condition of the eminent Low Country South Carolina physician who, on registering at prep school, introduced himself and his brother by saying, "Dis here de Rip; dat dare de Roach; dey all two go by de name of Wilson."

Negro dialect varies somewhat from one region to another, even from one county to another. A few specialists claim to detect a difference between sea islands and even between plantations. Nevertheless, except for Gullah and the closely related Geechee, all the Negro speech of the Deep South is much the same. Eastern Texas is still more Southern than Western; the first white settlers came from Tennessee, Georgia, and the Carolinas, bringing with them their Negroes. While I have spent only a few short periods in East Texas, I find the dialect much the same as in my native South Carolina.

I believe Dr. Brewer is a faithful collector. I know he is a good story teller. His *Word on the Brazos* was a success; *Dog Ghosts* is even better. Here we find not only preachers, but ex-slaves, plantation hands, town Negroes, fiddlers, and successful farmers and ranchers at work and at play. This is no submerged, downtrodden people. True, slavery is dealt with realistically, but always with humor. Dr. Brewer's characters are mostly happy and well fed; they can see the funny side of everything, even their own predicaments. When a people can do that they have truly come of age.

CHAPMAN J. MILLING

Dog Ghosts

Introduction

THE TALES INCLUDED IN THIS VOLUME are as varied as the Texas landscape, as full of contrasts as Texas weather. Among them are tales that have their roots deeply imbedded in African, Irish, and Welsh mythology; others have parallels in pre-Columbian Mexican tradition, and a few have versions that can be traced back to Chaucer's England. Many of these stories, however, appear to be indigenous.

Since the main title of the book is *Dog Ghosts,* perhaps it would not be amiss to call attention to the role of the "dog spirit" in this and other cultures. As far as I have been able to ascertain, the dog spirit tale is not a part of any oral American tradition except that of the Negro. Its prevalence among Negroes may be explained by the widespread African myth that tells how the dog became a friend to man, helping him to catch his food, showing him the cunning ways of the wild beasts, and demanding in return only a place by man's hearth and bones from his meals. In all of the dog spirit stories I collected in the Red River bottoms and elsewhere in Texas, the dog is a benign ghost, who appears only to help someone in distress. It is perhaps safe to speculate that these tales were first related in Texas by slaves who derived their essential elements from tales told by their African ancestors.

In the folklore of other cultures, including the Irish, the Welsh, and the Syrian, the dog spirit's role is that of beneficence and protection, as in African and American Negro tradition. In the Buddhist faith there is a story in which the cat and dog both appear at the gates of the other world and seek admittance. The cat it adjudged a bad spirit and turned away, but the dog, a good spirit, is allowed to enter. In Mexican tradition the dog plays the role of the good Samaritan by

3

helping his master safely across the River of Nine Mouths into the land of the Great Spirit.

In this Mexican tale the dog ghost crosses a river, but American Negroes believe that ghosts of all descriptions abhor running water; when you are pursued by a ghost, the surest way to shake him off is to cross a stream. (Many Texas Negroes also believe that if you step over a sleeping dog you will return to earth as a dog spirit after your death.)

Except for this brief discussion of dog ghosts, no explanation is required for the tales included in this book. They carry their own burdens, in most cases, I hope, lightly.

Perhaps I should add a word concerning the manner in which these tales are related. In all essential details I have presented them as they were told to me, but the dialect has been regularized for the convenience of the reader. With J. Frank Dobie I admit that at times I tend to have "a constructive memory." Nearly every man who retells a folk tale adds something of himself; I have, however, kept embellishment at a minimum, and offer no apologies for the few minor details which I have altered in the interests of a better story.

Collection of these tales was made possible by grants from several individuals and foundations, to whom I am deeply grateful. These include C. B. Smith, E. H. Perry, Sr., W. S. Drake, Jr., Judge Ireland Graves, Judge and Mrs. St. John Garwood, Mrs. Alma Thomas, E. Gary Morrison, and Mrs. S. B. Roberdeau, all of Austin; and the Houston Endowment, Inc., John T. Jones, Jr., W. L. Clayton, and Herman Brown, of Houston.

I must thank also the informants from whom I heard these tales (their names are listed in the Table of Contents), and the kindly people who directed me to them.

To Dr. Chapman J. Milling of Columbia, S. C., author of the foreword to this book, and to Dr. John Biggers of Houston, who supplied the delightful drawings, I extend my sincere and special thanks.

J. Mason Brewer

Austin, Texas
Feb. 15, 1958

4

Slavery and Its Legacy

"You s'pose Ah go in de *kitchen* when Ah's in heabun?"

Uncle Jonas and This Sin-cursed World

IN DE EARLY DAYS dere was a ole slave what lib rat 'roun' heah in Nacogdoches by de name of Unkuh Jonas, so dey say, what comed to be tiahed of bein' 'buked an' scorned an' beat neahly 'bout to deaf wid a raw-hide quirt by his ole massa, so he hab a desiah to go up to heabun an' git outen what he call "dis sin-cussed worl'."

He hab de desiah to go to heabun, but he don' know how to meck his way up dere—he jes' 'bout tuckered out, an' almos' pas' goin', he been tore to pieces so much by his ole massa's quirt. But, jes' de same, he ain't so tuckered out dat he cain't ast evuhbody he run 'cross how de bestes' way to git to heabun. But hit ver' disencouragin', 'caze evuhbody he 'proach wid dis questshun, dey tell 'im dat dey don' hab de knowledge to know. Fin'ly one day, howbesomevuh, he meets a ole slave dey calls de Preachuh in de cow lane, an' he say "Preachuh, Ah'm tiahed of libin' in dis sin-cussed worl'; kin you pint me de way to git to heabun?"

"Sho, Ah kin," 'low de ole man dey calls de Preachuh; "If'n you railly wants to go to heabun, all you got to do is to go down in de woods some night an' pick you out a tree, an' git down on yo' knees unnuh hit an' pray to de Lawd an' ast him to come an' git you—do dis evuh night 'till yo' prayer am ansuhed."

"Well de Lawd be praised," yell Unkuh Jonas; "Ah gonna do dat ver' thing rat tonight." So 'long 'bout dusk-dark dat same evenin' when Unkuh Jonas think dey ain't nobody much stirrin', he slips outen his cabin an' mecks his way down to de woods, an' picks 'im out a big Live Oak tree to pray unnuh; he gits down on his knees unnuh de tree an' say, "Lawd, please come an' git me outen dis sin-cussed worl'." But nothin' don' happen dis fuss night, so Unkuh Jonas mecks his way back down to de tree again de nex' night. Dis time his ole massa see

7

'im slippin' down to de woods an' follow 'im to see what he up to. He stay a safe distance 'hin' Unkuh Jonas an' watch his evuh move, so when he see 'im git down on his knees to pray he lissun to heah what he gonna say. Unkuh Jonas say lack 'fo', "Lawd, please come an' git me outen dis sin-cussed worl'."

De massa don' say nothin' to Unkuh Jonas, but he say to hisse'f he gonna fix Unkuh Jonas' bizniss good. So de nex' night he wrops hisse'f in a white sheet from haid to foot, an' mecks his way down to de woods 'fo' Unkuh Jonas rech dere, an' hides 'hin' a tree not fur from de one Unkuh Jonas pray unnuh. Fin'ly Unkuh Jonas shows up, gits down on his knees, lack 'fo', raises his eyes to'a'ds de skies an' says, "Lawd, please! please! come an' git me outen dis sin-cussed worl'."

When Unkuh Jonas done finish wid his prayer, he gits up an' staa'ts walkin' to'a'ds his cabin keepin' long side de edge of de woods wid his ole massa rat in 'hin' 'im, but Unkuh Jonas don' know dis. Attuh awhile his ole massa tripped ovuh a stump an' Unkuh Jonas heerd 'im fall, an' looked back an' seed sump'n' white gittin' up offen de groun' an' staa't runnin' to'a'ds whar he be. He don' know dat hit's his ole massa—he think hit's de Lawd done come for 'im—so he lights out to runnin' to'a'ds home wid de white thing rat at his heels. Unkuh Jonas fin'ly outruns de thing an' busts in his cabin lack a cyclone. He slams de do' rail quick an' runs unnuh de baid, so Aunt Patsy, his wife, say, "Jonas, what in de worl' am wrong wid you, come bustin' in de do' lack dat?"

"De Lawd done come for me to teck me to heabun," 'low Unkuh Jonas, "but Ah ain't ready to go yit."

"Dis de Lawd," say de ole massa, shovin' de do' open an' stannin' in hit wid a lantern shinin' in his han'. "Ah done come to teck Unkuh Jonas on to heabun wid me."

"He ain't heah," 'low Aunt Patsy.

"Well, if'n he ain't heah, you'll do," say de ole massa, an' when he talk in dis wise, Aunt Patsy runs ovuh to de baid an' staa'ts pullin' Unkuh Jonas out from unnuh hit an' say, "Jonas, you come on out from unnuh dat baid an' come an' go wid de Lawd—he in heah astin' for you."

8

"Well, awright den," 'low Unkuh Jonas, "but git dat ole croker sack ovuh dere in de chimley cawnuh fuss; put mah clo'es in hit rail quick, an' han' hit to me." So Aunt Patsy grabs up Unkuh Jonas' clo'es, stuffs 'em in de sack an' han's 'em to 'im, an' den Unkuh Jonas say, "Step back outen de do' a li'l' further, Lawd. Youse shinin' yo' light too bright; lowuh hit a li'l' bit so's Ah kin see whar youse at." So de ole massa turnt down de wick in his lantern an' stepped back outen de do', an' no sooner'n he done did dis dan Unkuh Jonas tuck a runnin' staa't, jumped outen de do', an' whizzed pass his ole massa lack a greased streak of lightnin'. But de ole massa ain't in no wise gonna gib up de chase—he lights rat out attuh Unkuh Jonas kitin' down de cotton rows, rat in 'hin' 'im.

By dis time, Unkuh Jonas' chilluns done woke up, so dey jumps up offen dey pallets on de flo' an' peeks out de do' at de Lawd runnin' dey pappy, den turns to Aunt Patsy an' say, "Mammy, does you reckon de Lawd gonna ketch pappy?"

"Ah! git out," say Aunt Patsy, jes' crackin' her sides a-laffin'. "How in de worl' de Lawd gonna ketch yo' pappy an' him barefooted?"

Old John Blow-out

WAY BACK DURIN' SLAV'RY TIME, dere was a rich ole white man in Souf Texas what hab a slave name John Blow-out, what allus stealin' sump'n' 'nothuh from 'im, but John's ole massa cain't evuh come to ketch up wid 'im an' his stealin'.

Dis heah come to prey on ole John's massa's min'—de why he cain't ketch ole John stealin'—so he scheme out a way to ketch 'im if'n his plan wuck out lack hit done s'pose to do.

One day, rail early in de mawnin' time, ole John's massa, what don' hab no wife an' chilluns, call 'im an' say, "John, Ah's goin' up to de White House in Washin'ton today, an' Ah ain't gonna trace mah steps back to de plannuhtation for a whole week, so Ah wants you to be de boss an' run things whilst Ah's gone." So ole John's massa calls

all de slaves togethuh and tells dem, lackwise, dat ole John Blow-out gonna run de place whilst he trace his steps to de White House.

But ole John puts on a show for de ben'fit of his ole massa an' de rest of de slaves, an' gits down on his knees in front of whar his ole massa stannin', an' pleads wid 'im to please don' go 'way somewhar an' leave 'im in dat great big ole house by hisse'f rat nex' to de buryin' groun'. John's ole massa know dat ole John jes' puttin' on an' meckin' b'lieve dat he don' wan' 'im to leave 'im by hisse'f, but he play lack he don' know, an' say, "Damn if'n Ah don' hate to leave you by yo'se'f in de house, John, but you gonna still hab Sally, de cook, an' Sambo, de house boy, in de house wid you."

So de massa hab ole John to drive 'im to de railroad station, but ole John still beggin' an' pleadin' wid 'im not to go 'way somewhar an' leave 'im in dat great big house by hisse'f, rat nex' to de buryin' groun'. He ca'ie on in dis wise wid his ole massa 'till de train roll into de station an' his ole massa clum on hit.

An' when de train done pull out from de station, ole John driv on back out to de big house jes' a-crackin' his sides a-laffin', an' thinkin' 'bout how he done fool his ole massa.

But ole John don' hab de knowledge to know dat, when de train stopped for wood not fur from de plannuhtation, his ole massa jumped offen de train an' walked back to de plannuhtation, an' hid hisse'f in a thicket, close by de house, 'till hit come to be dusk-dark, so he c'd see what ole John gonna do dat night.

In de meantime, ole John done rech de plannuhtation an' plans a big blow-out for de slaves in de big house. He goes out into de fiel' an' tells all de slaves to git deyse'f ready to 'tend a big pahty at de massa's dat night—dat dey gonna hab a big blow-out, a lots of good food to eat, a whole heap of cider to drink, an' some fiddle music to dance by.

So dat night all de slaves puts on dey bes' bibs an' tuckuhs an' mecks dey way up to de big house, an' staa'ts eatin', an' drinkin', an' dancin', an' habin' de time of dey life. Ole John was meckin' love to a putty yalluh gal ovuh in de cawnuh when he heerd a knock on de do'. When John opens de do', dere stan's a ole man, black ez tar. John ast de ole man to come in an' de ole man say, "Ah heerd you young people habin' sich a good time in heah 'till Ah thought Ah'd come in an' see if'n y'all couldn't spare a ole man a cup of coffee." "Sho," 'low ole John; "teck a seat by dat ole black gal ovuh yonnuh in dat fur cawnuh of de room, what's ugly ez a mud fence lack you is." (De ole man was railly John's ole massa, what blacked up his face wid some soot, an' put on some ole dirty raggedy clothes.)

So de ole man goes ovuh into de cawnuh an' sits down by de black gal what ole John done tol' 'im to set by, an' begins to wipe some of de soot offen his face, 'caze hit done come to be so hot dat de soot staa't to meltin'. 'Bout dis time, de gal he was settin' by look up an' say, "Mah Gawd-a-moughty, dis man am ha'f white an' ha'f black." An' when de gal yell out in dis wise, ole John, who was bringin' de ole man a cup of coffee, looked up an' yelled,

> "Open de do's an' open de cracks,
> Ah b'lieves to mah soul ole massa's back."

An' when ole John say dis, he turnt hisse'f into a rabbit an' say, "Massa, Ah's a rabbit in de fiel'," an' his ole massa lit out 'hin' him runnin' an' say, "Ah's a houn' on de groun' rat attuh you!" Ole John run 'till he come to de Gulf of Mexico, an' when he git dere, he jump in de wadduh an' say, "Massa, Ah's a fish in de sea." An his ole massa, what still rat close in 'hin' 'im say, "Ah's a shark in de sea rat attuh you!" Ole John swim so fas' 'till he staa'ted to fly, so he yell to his ole massa, "Ah's a bird in de air, Massa." An' when he talk in dis wise, his ole massa yell, "Ah's a hawk in de sky rat attuh you!" Ole John an' his massa fly so fur 'till dey fin'ly rech de moon, an' his ole massa comed to be de man in de moon.

In de meantime, ole John lose his balance an' staa't to fallin' to'a'ds de groun', an' lan's smack dab on top of a train, an' falls thoo de roof rat on a seat. Jes' ez he falls into de seat, de train conductuh was comin' by teckin' up tickets, so he stops whar ole John was settin' an' says, "ticket, please, ticket, please."

Ole John so tiahed he kin haa'dly git his bref, but he fin'ly gits a holt on hisse'f an' say,

"Ah done lose mah ticket;
Ah done lose mah pass;
An' Ah'd a been caught by ole massa,
If'n Ah hadn' flewed so fas'.''

Aunt Susan's Trip to Heaven

ALL DE SLAVES IN TEXAS didn' wuck on plannuhtations—dis
'speshly be de case in some of de bigges' towns, lack San 'Tone.
In San 'Tone, dey was some slaves what jes' do de housewuck for de
ole massas an' missuses, lack cookin', an' drivin' hacks, an' teckin'
keer of de yaa'd.

One of dese slaves what hab a missus in San 'Tone was name Aunt
Susan. Aunt Susan b'long to a li'l' cullud chu'ch what de massas an'
missuses in San 'Tone done builted for dey slaves—dey gib leaveway
for de slaves to hab chu'ch to deyse'f, but dey ain't in no wise 'low no
cullud preachuh to preach to 'em. Dey allus hab a white preachuh to
preach to 'em evuh fourth Sunday—jes' one Sunday durin' of de
mont'. Since dey don' hab servuses but one time durin' of de mont', de
slaves hafto crowd all dey servuses into one—de boa'd meetin', de
speakin' meetin', de Lawd's suppuh, an evuhthing.

Aunt Susan de bigges' talker in de chu'ch when hit come to de
speakin' meetin' paa't of de servuses, so one Sunday when dey gits to
dat paa't of de servuses whar de membuhs gibs dey 'sperience, Aunt
Susan jumps up outen her seat an' say, "Brothuhs an' Sistuhs, since de
las' time we done come togethuh, Ah's been up to heabun an' talked
wid Jesus." An' when Sistuh Susan talk in dis wise, one of de ole mens
what driv a coach for his massa jump up outen his seat an' say, "Sistuh,
did you see any black folks in heabun?"

"Oh, git out!" say Sistuh Susan, "You s'pose Ah go in de kitchen
when Ah's dere?"

Uncle Jasper's Prayer

ONE OF DE SLAVES IN FORT BEND COUNTY what hab lots of con-
fuhdence in de Prayer Tree was Unkuh Jasper Burton. He hab
'im a special tree down in de pastur' a piece-ways down de road from
his cabin whar he meck his way whenevuh he wanna ast de Lawd to
sen' him sump'n' 'nothuh. But Unkuh Jasper don' in no wise ast de
Lawd but for one o' two things at de same time—he don' pester 'im
for no long list of things lack some of dem what goes out to a Prayer
Tree. Unkuh Jasper 'low dat you cain't whip but one problem at a
time, so dey ain't no need to let yo' troubles pile up on you—jes' teck
yo' burdens to de Lawd ez dey comes.

One Sunday, when Unkuh Jasper's ole massa's cook done teckun
low sick, his ole massa comed down to his cabin and ast Aunt Liza,
Unkuh Jasper's wife, to come up to de big house an' cook de Sunday
dinnuh for him an' his fam'ly, so Aunt Liza goes on up to de house an'
cooks hit. De main grub what she hab to fix was sweet 'tater cobbler
an' baked chicken. Aunt Liza ain't nevuh et no sweet 'tater cobbler an'
baked chicken, an' she dasn't taste none of dat she done fixed for her
ole massa's fam'ly, but when she finishes washin' an' dryin' de dishes,
an' mecks her way back to her li'l' cabin, she rouses Unkuh Jasper
from a nap he teckin' in de rockin' chaih, an' say, "Jasper, you know
what dey hab for Sunday dinnuh up to de big house today—sweet
'tater cobbler an' baked chicken—wouldn' hit teck de cake if'n we c'd
hab dis heah kinda dinnuh for ouah Sunday dinnuh nex' Sunday?"
Unkuh Jasper 'low dat hit sho would, so he goes into a deep study, an'
asts hisse'f how he gonna manage to git some sweet 'taters an' a
chicken for 'im an' Aunt Liza's Sunday dinnuh dat nex' comin' Sun-
day. So he study an' study an' hit fin'ly come to 'im to go down to de
Prayer Tree in de pastur' an' ast de Lawd.

Dat same night Unkuh Jasper goes down to de Prayer Tree an' gits
down on his knees unnuhneaf hit an' say, "Lawd, please sen' me a

15

wadduh bucket full of sweet 'taters an' a big domineckuh chicken for mah Sunday dinnuh!" He don' git no ansuh from de Lawd dat night, but hit happen dat two of his ole massa's li'l' ole boys was watchin' Unkuh Jasper an' followed him down to de Prayer Tree an' heah what he done ast de Lawd to sen' 'im. So dey tells dey pappy 'bout hit an' de nex' night 'fo' Unkuh Jasper mecks his way down to de Prayer Tree, his ole massa beats him down dere an' hides hisse'f way up high 'tween de tree limbs. Putty soon, heah come Unkuh Jasper. No sooner'n he done rech de tree, he gits down on his knees ez 'fo' an' say, "Lawd, yo' humble servant am down heah again on his knees astin' you to please sen' 'im a wadduh bucket full of sweet 'taters, an' a big domineckuh chicken for his Sunday dinnuh." But 'fo' he kin git thoo wid his prayer good, his ole massa, what meckin' out he de Lawd, hollers down from de tree-top, "Jasper, Ah wants to test yo' faith a li'l' bit mo', so Ah tells you what you do—meck yo' way back down heah again tomorruh night an' Ah'll bring you a wadduh bucket full of sweet 'taters an' a domineckuh chicken." So Jasper say, "Awright Lawd, Ah'll be heah."

But de nex' night 'fo' Unkuh Jasper gits down to de tree, his ole massa beats 'im down to de tree again, an' ca'ies a big wadduh bucket full of sweet 'taters an' a domineckuh chicken wid 'im up in de tree-tops. Putty soon, heah come Unkuh Jasper walkin' rail fas' an' singin':

"One of de sweetes' things in life
Am de uncloudy welcome of a wife."

De why he sing in dis wise am dat he know Aunt Liza gonna gib 'im a uncloudy welcome when he goes home dat night wid dem sweet 'taters an' dat big domineckuh hen. So he gits down on his knees, an' raises his eyes to'a'ds de heabuns, an' say, "Lawd, heah Ah is again wid body bowed an' knee bent to ast you to please, suh, sen' me a wadduh bucket full of sweet 'taters an' a big domineckuh chicken for mah Sunday dinnuh." An' when he talk in dis heah wise, his ole massa draps a wadduh bucket full of sweet 'taters an' a great big fat domineckuh hen, wid her feets all tied togethuh good, down outen de tree to Unkuh Jasper, an' say, "Jasper, heahs dem sweet 'taters an' dat chicken you been astin' me for."

16

But Unkuh Jasper's ole massa don' know dat Unkuh Jasper done recognize his voice de night 'fo' an' know dat he playin' lack he be de Lawd—he think he playin' a big prank on Unkuh Jasper—so he rail surprised when Unkuh Jasper raise his eyes up to'a'ds de tree-top an' say, "Lawd, Ah sho thanks you for dese sweet 'taters an' dis chicken, ebun if you did sen' 'em by de Devul."

Uncle Israel Changes His Mind

DURIN' DE EARLY DAYS 'ROUN' NAVASOTA, in what dey call slav'ry time, dey was a ole slave by de name of Unkuh Israel what comed to hab sich a haa'd time dat he pray evuh night to de Lawd to sen' for 'im, to come an' git 'im an' ca'ie 'im home to heabun, whar he kin feas' on milk an' honey, an' res' his weary bones.

Unkuh Israel done heerd de white preachuh what preach to de slaves 'low dat when you reads de Bible, de Lawd am talkin' to you, but when you gits down on yo' knees, youse talkin' to de Lawd, so dis de why dat Unkuh Israel pray to de Lawd.

Unkuh Israel ca'ie on in dis wise for many an' many a mont' 'till fin'ly his ole massa Tom Brown pass his cabin one night when he astin' de Lawd to come an' teck 'im to heabun, an' come to know what Unkuh Israel trawna do. So de ver' nex' night 'long 'bout de time dat Unkuh Israel allus say his prayers, his ole massa wrop hisse'f up in a baid sheet an' rap on de do' of Unkuh Israel's cabin. Unkuh Israel say, "Who dat rappin' on mah do' dis time of night?"

"Hit's me, de Lawd," 'low his ole massa; "Ah's come to teck you up to heabun wid me lack you done ast me to do."

"Ah dat's awright Lawd," 'low Unkuh Israel, "you needn't trouble yo'se'f—Ah's allus crossin' de bridge 'fo' Ah gits to de rivuh."

So de ole massa mecks his way on back to de big house, but de nex' night, 'long 'bout Unkuh Israel's prayin' time, he shows up again at Unkuh Israel's cabin an' raps on his do' lack ez 'fo'.

"Who dat rappin' on mah do' again, lack las' night?" 'low Unkuh Israel.

"Hit's me, de Lawd," 'low his ole massa, "an Ah's done come for you again to teck you up to heabun wid me."

"Ah done tol' you las' night Ah was jes' jokin', Lawd," say Unkuh Israel. So de ole massa trace his footsteps back to de Big House again, but de third night he mecks his way back down to Unkuh Israel's cabin 'bout prayin' time an' raps on his do' again.

An' dis time, Unkuh Israel don' ebun ansuh—he squattin' in a cawnuh by de chimley of de fiahplace jes' a-tremblin' to beat de ban'. But de ole massa raps on de do' again an' say, "Israel, if'n you don' come on outen dat do' so's Ah kin teck you up to heabun wid me, Ah gonna break de do' down an' come in dere attuh you—now come on outen dat do'!"

"Lawd," 'low Unkuh Israel, a-sweatin' an' a-pantin' for bref, but not budgin' a inch from de chimley cawnuh; "Ah done tol' you three times now dat Ah wasn't ready to go to heabun yit, so go on 'way from heah now an' lemme 'lone! Ah see now why de Jews kilt you; youse so damn haa'd-haided!"

The Greatest Negro Leader

WAY BACK YONNUH, when de Nigguh staa'ted actin' mo' an' mo' lack de white man, a bunch of ole menses rat heah in Goliad what was all stove up from slav'ry time an' c'dn't do no wuck, used to hang out in front of Jim Brown's groce'y sto' an' run dey moufs lack a bell clapper evuh day de Lawd sen'.

Dey allus talkin' 'bout sump'n' 'nothuh dey don' know nothin' 'bout an' wastin' up dey energy on sump'n' 'nothuh dat done need to be th'owed in de backgroun' long time ago. All of 'em was big talkers, but de bigges' wind bag in de bunch was a ole man 'bout ninety yeahs ole what go by de name of Unkuh Rufe. Unkuh Rufe was de cock of de walk 'mongst de ole menses 'till a ole man by de name of Unkuh Buck comed to lib in Goliad, wid his daughter Myra. Unkuh Buck a hunnuhd yeahs ole.

18

De way Unkuh Buck fouled Unkuh Rufe up an' show dat he got mo' in de top of his haid dan Unkuh Rufe was lack dis. One day, all de ole menses what waa'med up de bench settin' in front of de sto' got all het up on de questshun, "Who is de greates' leaduh de Nigguhs evuh done had?" One of 'em 'lowed dat Fred'rick Douglas was de greates' leaduh de Nigguhs evuh done had, but Unkuh Rufe say t'othuh ole man done error, 'caze Booker T. Washin'ton de greates' leaduh de Nigguhs evuh done had. All t'othuh ole menses say dey b'lieve Unkuh Rufe got a edge on t'othuh ole man, but jes' den dey all looks up an' sees Unkuh Buck a hobblin' long de road comin' to'a'ds de sto', so dey say, "Le's us ast Unkuh Buck who de greates' leaduh de Nigguhs evuh done had." So, soon ez Unkuh Buck rech de bench, dey says, "Unkuh Buck, we sho has got a sho 'nuff combersashun for today—Who is de greates' leaduh de Nigguhs evuh done had?"

"Humph!" say Unkuh Buck, leanin' on his ole hick'ry walkin' cane, an' strokin' his long beard; "Dat ain't haa'd to figguh out—de white man's de greates' leaduh de Nigguh evuh done had."

An' when Unkuh Buck say dis, all de ole menses 'cep'n Unkuh Rufe say, "Dat's rat, sho is."

Den dey all staa'ts to pintin' dey finguhs at Unkuh Rufe an' say, "Umph! Umph! we tol' you Unkuh Buck knowed mo'n you do."

"He oughta know mo'n Ah do," 'low Unkuh Rufe; "he's older'n Ah is, ain't he?"

The Hornsby's Bend Teacher

RECKLY ATTUH FREEDOM, when de white folks govinment fuss comed to buil' a li'l' schoolhouse so ouah chilluns c'd git some book-learnin' 'roun' heah in de Ben', dey 'leckted Tobe Piper an' Jonas Watkins to be de ones what de teachuh dey gonna hire to teach de li'l' school hab to reckon wid to lan' de job. Tobe an' Jonas comed to be de fuss trustees of de li'l' school.

Dey hab a lots of womens to drap in to see 'em 'bout de teachin' job, but Tobe an' Jonas say dey don' wan' no woman teachuh to teach de school—dat hit tecks a man to do de job jam up. So one Saddy, early in de mawnin' time, a ole man 'bout sixty yeahs ole rid up to Tobe's house on a li'l' roan hoss, tied his hoss to a tree in de yaa'd, an' knocked on Tobe's do'. Tobe was eatin' his breakfus', but he gits up from de table to see who 'tis knockin' on his do' so early in de mawnin' time. When he gits to de do', de ole man say, "Is you de trustee of de cullud school?"

"We's got two," say Tobe, "but Ah's one of 'em; what kin Ah do for you?"

"Ah done rid down heah to see you 'bout bein' de teachuh of de school," 'low de ole man.

"Well den, wait 'till Ah gits mah hat an' saddles mah hoss," 'low Tobe; "we'll ride on ovuh to t'othuh trustee's place an' talk wid him 'bout de job. Bof of us hab to look you ovuh an' see if'n youse fittin' for de job 'fo' we hires you." So Tobe goes out to de stable an' saddles up one of his hosses, an' him an' de ole man what wanna be de teachuh of de school rides on ovuh to Jonas' place. When dey done rech dere, Tobe calls Jonas outen de house an' mecks him known to de ole man, den tell Jonas dat de ole man wanna be de teachuh down to de schoolhouse.

So Jonas say, "Dat suit me awright. We's been lookin' for a man teachuh, but Ah reckon we bettuh fin' out how he teach 'fo' we hires 'im; we'se got to be sho he know what he's doin'." So Jonas turns to de ole man an' say, "Perfessuh, how does you teach de jogerphy? Does you teach de flat o' de roun' system?"

"Gen'mens," say de ole man curtisin' rail low; "Hit's immaterial to me; Ah teach hit eithuh way."

The High Sheriff and His Servant

ONCET DERE WAS A NIGGUH what wucked for a white high sheriff dat hab de knowledge to turn hisse'f into diffunt kinds of animals, sich ez birds, fishes, an' rabbits, an' lots of othuh things.

Attuh wuckin' for de high sheriff 'bout two years, de Nigguh done come to learn all de tricks de sheriff knowed an' gits him 'nothuh job, but he yit lib in de same town whar de sheriff lib. De sheriff don' hab de information dat de Nigguh done learnt all his tricks, but he yit don' lack hit 'bout de Nigguh quittin' wuckin' for 'im. So one day when he run 'cross de Nigguh downtown, he lights into cussin' 'im out an' callin' 'im all kinds of dirty names, an' de Nigguh hauls off an' slaps de sheriff slap-dab in de face, an' staa'ts to runnin' wid de sheriff rat at his heels, gainin' on 'im all de time. But when de sheriff gits in han's rech of de Nigguh, de Nigguh turnt hisse'f into a frog an' say, "Sheriff, Ah'm a frog on de groun'!"

An when he talk in dis wise, de sheriff turnt hisse'f into a snake an' say, "Ah'm a snake on de groun' rat attuh you, Nigguh!"

Den when de snake done jes' 'bout ketched up wid de frog, de Nigguh turnt hisse'f into a bird an' say, "Sheriff, Ah'm a bird in de air."

Den de sheriff turnt hisse'f into a hawk an' say, "Ah'm a hawk in de air rat attuh you, Nigguh!"

An' jes' 'bout de time de hawk done almos' ketch up wid de bird, de Nigguh turnt hisse'f into a fish an' say, "Ah'm a fish in de wadduh, sheriff!"

Den de sheriff turnt hisse'f into a shark an' say, "Ah'm a shark in de wadduh rat attuh you, Nigguh!"

An' when de shark done jes' 'bout rech de fish, an' done open his mouf to swallow 'im, de Nigguh turnt hisse'f into a rabbit an' say, "Ah'm a rabbit on de groun', sheriff!"

Den de sheriff turnt hisse'f back into a human bein', an' say, "You go ahaid on den, Nigguh, 'caze Ah sho ain't gonna be no dawg."

De pint am dis: a white man willin' to be anything 'cep'n a dawg to git de uppers on a Nigguh.

The Waco Drugstore Porter

RECKLY ATTUH DE SLAVES IN TEXAS done comed to be free, an' Waco wasn' nothin' but a li'l' bitty place, dey was a ole cullud man by de name of Unkuh Henry what landed a job at de town drugsto' what run by a doctuh by de name of Dr. Knott.

Dr. Knott a good doctuh an' he ain't a mean man at haa't, but 'nothuh ole cullud man by de name of Unkuh Harry pass de time of day wid Unkuh Henry one day an' say, "Henry, how much does you git for wuckin' down to Dr. Knott's drugsto'?"

"Ah gits fo' dolluhs a week," 'low Unkuh Henry.

"Is dat all you gits, sho 'nuff?" say Unkuh Harry. "Ah wouldn' wuck for dat kinda money for no whole week."

"Well, how Ah'm gonna git mo' money when dat's all Doctuh Knott gonna pay me?" say Unkuh Henry.

"Humph! dat ain't no trick," 'low Unkuh Harry; "jes' walk up to 'im in de mawnin' when you goes to wuck an' tell 'im you wants a raise—dat youse tiahed of wuckin' for jes' fo' dolluhs a week." So sho 'nuff, de nex' mawnin' when Unkuh Henry goes down to de drugsto', he walks ovuh to whar Doctuh Knott am settin' readin' de mawnin' paper an' say, "Doc, Ah ain't in no wise gittin' shed of mah raisin', but Ah wants a raise; Ah'm tiahed of wuckin' for jes' fo' dolluhs a week."

"Well, what is you gonna do if'n Ah don' gib you a raise?" 'low Dr. Knott, liftin' his eyes up offen de paper a minute an' glarin' mean lack at Unkuh Henry.

"Ah'm gonna keep on wuckin' for dat same fo' dolluhs a week," say Unkuh Henry.

An' dat's jes' zackly what he do too—keep on wuckin' for dat same fo' dolluhs a week.

Carefree Tales

"Ah don' dig up de pas', and Ah don' tote de future."

The Hays County Courthouse Janitor

UNKUH SUG MILLER been wuckin' ez de janitor at de Hays County Coa'thouse in San Marcos for mo'n twenny-five yeahs, an' durin' of dat whole span of yeahs, he ain't nevuh missed a day comin' to wuck. One day, early in de mawnin' time, when Unkuh Sug was cleanin' de spittoons in de main coa'troom of de coa'thouse, he was knocked plum offen his feet when de county jedge what hab charge of de hirin' an' de fiahin' at de coa'thouse walked ovuh to whar he am shinin' de spittoons an' say, "Unkuh Sug, Ah's got some bad news dis mawnin' dat Ah sho hates to break to you."

"Aw dat's awright, Jedge," say Unkuh Sug; "Ah done heerd hit said many a time dat all sickness ain't deaf."

"Well," say de jedge, "dis de why hit be lack Ah'm gonna tell you— times done change a whole heap durin' of de time you been de janitor at de coa'thouse, an' of a consequence, de time am at han' when we has to hab a janitor at de Hays County Coa'thouse what kin read an' write."

So Unkuh Sug jes' bow his haid meek lack an' say, "Ah'm sho hits de Lawd's will, Jedge, so go ahaid on an' git you a janitor what kin read an' write."

'Bout fo' yeahs attuh dey done fiahed Unkuh Sug ez de janitor of de Hays County Coa'thouse, de jedge what fiahed 'im met 'im on de street one day in San Marcos an' say, "Unkuh Sug, Ah'm sho glad to see you. How is you gittin' 'long?"

"Ah'm gittin' 'long fines' kin'," say Sug. "Ah done bought an' paid for me a li'l' forty acre fawm not fur from Kyle; Ah's got me two spans of mules, three saddle hosses, two buggy hosses, an' a whole lots of chickens an' pigs."

"Well, dat sho am fine," say de jedge, an' den he 'low, "Ah'm gonna hab to pass dat way whar yo' fawm be's when Ah goes up to Austin nex' week, so Ah mought stop by an' see yo' fawm."

So Unkuh Sug tell 'im dat he sho hope dat he do dat ver' thing, an' he gib 'im de direckshuns how to git to his place from de road.

So sho 'nuff, dat nex' comin' Wednesday, de jedge mecks his way to Unkuh Sug's fawm, an' Unkuh Sug shows 'im his cotton patch, his cawn patch, an' his sugar cane patch, an' all de chickens, an' tuckies, an' hawgs, an' cows he got.

Attuh de jedge done seed all what Unkuh Sug hab, he turnt to 'im an' say, "Sug, you sho hab come up in de worl' fas'—'tain't no tellin' what you'd of been sho 'nuff, if'n you'd of knowed how to read an' write."

"Ah knows zackly what Ah'd of been," 'low Unkuh Sug; "Ah'd of still been de janitor at de Hays County Coa'thouse."

Uncle Aaron Loses His Home

ONCET DERE WAS A OLE MAN by de name of Unkuh Aaron what hab a nice li'l' spot of lan' 'bout eight miles t'othuh side of Luling dat don' nevuh, in no wise, worry 'bout nothin' unnuh Gawd's sun. He meck de bes' outen life, come hell o' high wadduh, an' he done come to be ninety-eight yeahs ole an' jes' ez spry an' pert ez a sixteen yeah ole—he yit cuttin' cordwood, plowin' up his lan' an' nevuh hab a sick day in his life. Lackwise, he ain't de grumblin' kin'—whatsomevuh come to pass am awright wid him.

Oncet a white man down to Luling what been knowin' Unkuh Aaron for many a yeah ast 'im de why he kin stay so young an' pert an' don' nevuh hab a sick spell, ole ez he done come to be, so Unkuh Aaron look up at de white man outen de cawnuh of one eye an' say, "Well, Ah tells you de why Ah's still able to git 'roun' lack a sixteen yeah ole—dis de why: Ah don' dig up de pas', an' Ah don' tote de future." An Unkuh Aaron tellin' de gospel truf, too, 'caze he don' 'low nothin', day o' night, to git de bes' of 'im.

One Saddy attuh Unkuh Aaron done rid into Luling on his mule, ole Joe, to sell some eggs an' butter an' some fryin'-size chickens, what his wife, Aunt Hetty, done tol' 'im to git shed of so he kin buy some meal for her to meck cracklin' bread, an' git some sugar for her an' Unkuh Aaron to sweeten dey coffee wid, some rat smaa't size li'l' ole boys meets Unkuh Aaron in de lane jes' 'fo' he rech his house an' say, "Unkuh Aaron, we come to tell you dat yo' house done burnt down wid all yo' things in hit whilst you was down to Luling."

"Yeah, chilluns, Ah knows," 'low Unkuh Aaron, "Ah ain't worried so much 'bout de house, but Ah sho am sorry for de chinches an' de fleas."

Uncle Aaron Orders a Baking Pan

DE ONLIES' KINDA MAIL dat Unkuh Aaron an' Aunt Hetty evuh got was what Unkuh Aaron called "wish mail." Dat's what Unkuh Aaron allus tell evuhbody when dey ast 'im 'bout de kinda mail he git, an' if'n dey ast 'im what in de worl' do he mean by "wish mail" he'd jes' crack his sides a-laffin' an' say, "Ah means dem great big thick books you gits from Sears an' Roebucks, an' Montgomery an' Wards, an' what you looks in an' sees de pictures of sump'n' 'nothuh, an' den says, "Ah wish Ah had dis, an' Ah wish Ah had dat."

But Unkuh Aaron done by-pass de wishin' stage of de game oncet, when Aunt Hetty seed a bakin' pan in Sears an' Roebuck's catalog an' she ast Unkuh Aaron to teck down de number of de pan an' order hit for her. So Unkuh Aaron goes an' gits his ole writin' tablet an' his nub cedar pencil an' scribbles de number of de pan on hit an' mail in a C.O.D. order to Sears an' Roebuck.

In 'roun' 'bout fo' weeks de mailman lef' a notice in Unkuh Aaron's mailbox tellin' 'im to call at de Luling pos'office, dat de bakin' pan he done ordered done come, so Unkuh Aaron saddles ole Joe, his mule, an' rides into Luling to de pos'office, an' han's de pos'master de notice what de mailman done lef' 'im. So de pos'master gits down de package an' asts Unkuh Aaron for de money for hit, but Unkuh Aaron say, "open de package up fuss an' lemme see if'n dat's de pan Ah done ordered!" So de pos'master unwrops de package so Unkuh Aaron kin see if'n hit's de pan he done ordered. But when he done unwropped hit an' Unkuh Aaron done tuck a peep at de pan, he turnt to de pos'-master an' say, "Ah ain't gonna pay for dat pan."

"Huccome you ain't gonna pay for hit?" 'low de pos'master. "Ain't dat de same pan you done ordered?"

"Naw suh, hit ain't," 'low Unkuh Aaron, "de pan Ah ordered had a chicken in hit."

An' you know sump'n'? Unkuh Aaron jes' walk on outen de pos'-office an' jump on ole Joe an' ride on back out to his house, an' leave de pos'master stannin' dere holdin' de pan.

Uncle Aaron Loses His Wife

ONE COL' WINTUH DAY when Unkuh Aaron's wood pile done come to be low, an' a fresh northuh done blowed up, he goes out into dat paa't his pastur' whar dey was lots of pos'-oak trees an' tecks his ax an' staa'ts to whackin' down a few trees so's he kin cut 'im a few backlogs for his fiahplace, an' him an' Aunt Hetty kin keep deyse'f waa'm wid all dat wind howlin' an' blowin'.

Unkuh Aaron done brung a coon san'wich an' a butter an' peach preserves biscuit san'wich wid 'im to eat whilst he's cuttin' down de trees, so he stayed out in de woods 'till way late dat evenin'. Jes' 'fo' dusk-dark, when Unkuh Aaron was pickin' up his ax an' puttin' some of de bes' wood he done cut in a ole grass sack he done brung wid 'im, two rat smaa't size boys, what papa own a fawm nex' to Unkuh Aaron's, come lookin' for Unkuh Aaron jes' a hollerin' an' yellin' loud ez dey kin bellow, "Unkuh Aaron, Unkuh Aaron!"

Unkuh Aaron heahs 'em an' yells back at 'em dat he's ovuh on de rat han' side of de pastur', an' to come on ovuh an' hab dey say, so de boys traces dey steps ovuh to whar Unkuh Aaron am puttin' de wood he done cut in his sack an' slingin' his ax ovuh his shoulder, an' say, "Unkuh Aaron we jes' comed to tell you dat Aunt Hetty done died."

"Oh yeah, is dat all?" 'low Unkuh Aaron. "De way y'all was hollerin' an' a-yellin', Ah thought sump'n' done railly happen."

Uncle Aaron and the Baby Chickens

ATTUH AUNT HETTY DONE DIE, Unkuh Aaron tuck mo' time wid raisin' chickens dan evuh befo', 'caze Aunt Hetty allus tuck dis heah ez her paa't of de fam'ly 'sponsibility durin' her lifetime, an' Unkuh Aaron didn' nevuh hab to spen' no time wid de chickens 'cep'n teckin' 'em to de market to sell 'em attuh Aunt Hetty done raised 'em. But now dat Aunt Hetty done gone on from labor to reward, Unkuh Aaron hab to 'ten' to de chickens hisse'f, ebun down to settin' de hens an' lookin' out attuh de li'l' biddies dey done hatched. De onlies' trouble Unkuh Aaron hab is dat he cain't count de chickens attuh dey done hatched—he c'd write a li'l' bit, but he ain't nevuh learnt how to count.

Oncet when Unkuh Ben, 'nothuh ole man what lib rat 'roun' close to Unkuh Aaron, comed to see Unkuh Aaron to pass de time of day, he sees a hen out in de yaa'd wid a whole lots of baby chickens runnin' 'roun' wid her, so he say, "Aaron, how many baby chicks has dat hen got?"

"Well, Ah tells you," 'low Unkuh Aaron; "she hab ten of 'em when day was hatched, but a snake et up fo' of 'em de fuss night dey was bawn, a cloud burs' drowned six of 'em night 'fo' las', an' de fleas done bit sebun of 'em to deaf, so Ah don' hab but twenny of 'em lef' now."

29

Uncle Aaron Peddles a Possum

UNKUH AARON didn' lib fur from de Southern Pacific railroad track what run rat 'long de edge of his li'l' fawm, so attuh Aunt Hetty done die an' leave 'im all by hisse'f, he gits kinda lonesome an' jes' sets on de steps of his li'l' two room house, what he done builted attuh his ole house burnt down, an' lissun to de trains' whistles ez dey'd git to de railroad crossin' jes' 'fo' dey rech his fawm. He done learnt de time of day dat all de trains rech de railroad crossin' close to his fawm, so he'd allus go outen de house an' set on de steps a li'l' while 'fo' de time for de trains to come, so he kin heah 'em whistle, an' look at 'em roll by.

Unkuh Aaron lack all de trains dat pass his fawm, but he 'speshly lack a train what dey calls de "Yellow Belly," what painted yellow on de front an' what hab a whistle dat Unkuh Aaron go for—dis train pass Unkuh Aaron's fawm evuh day 'long 'bout noon-time comin' from San 'Tone on de way to Houston. De train allus slow up when hit gits to de crossin' jes' 'fo' hit rech Unkuh Aaron's fawm, so Unkuh Aaron pay heed to dis an' one day hit come to him dat mebbe he kin stop de train one day an' do bizniss wid de crew. So dat nex' comin' day attuh hit done come to 'im dat he mought kin do bizniss wid de train crew, he tecks his ole red bandanna hankershuf an' mecks his way out to de railroad track wid hit. When he spy de train a-comin' 'roun' de curve, he hists de hankershuf way up ovuh his haid for hit to stop, an' when de engineer rech de spot whar Unkuh Aaron stan-nin', he jumps down outen his seat to de groun' an asts Unkuh Aaron de why he stop de train. So Unkuh Aaron look 'im straight in de eye an' say, "You wanna buy a possum?"

"Hell, naw! Ah don' wanna buy no possum, an' you git de hell offen dis railroad track rat now!" say de engineer.

But 'bout dis time, de conductuh, what done jumped offen de passenger coach wonderin' why Unkuh Aaron done stopped de train, done rech de spot whar de engineer an' Unkuh Aaron talkin' an' heah what dey hab to say, so he turnt to de engineer an' say, "Leave Unkuh Aaron be—Ah'll buy his possum." Den turnin' to Unkuh Aaron, he say, "How much does you want for de possum?"

An' when de conductuh talk in dis wise, Unkuh Aaron bow his haid kinda shamefaced lack an' say, "Ah don' know, Ah ain't caught 'im yit."

Uncle Aaron Goes Fishing

O NE RAIL BRIGHT SUNSHINY SUNDAY, late in de mawnin' time, when Springtime was rat 'roun' de cawnuh, an' de bluebonnets was trawna push deyse'fs up thoo de grass, Unkuh Aaron riz his haid up fum de ole rickety rockin' chaih he was settin' in an' tuck a peek at de fishin' pole he hab hangin' up on de raftuhs of his cabin. He tuck a long ling'rin' look at de pole, an' den reched up an' pulled hit down offen de raftuhs. Attuh he done tied de fishin' cord rail tight 'roun' de pole, he slung hit 'cross his shoulder, put his feet in de road, an' made his way down to a li'l' ole fishin' hole piece-ways down de main road, neaf a bridge what runned ovuh de creek.

De sun was way up when Unkuh Aaron landed at de fishin' hole. He ain't been settin' dere no time haa'dly, unnuh a shade tree wid his elbows restin' on his knees holdin' de fishin' pole, 'fo' Revun Black, de Baptis' preachuh, driv pass de bridge wid his hoss an' buggy on de way to chu'ch. He spied Unkuh Aaron settin' down dere on de creek bank.

Revun Black holler at Unkuh Aaron an' say, "What you doin' down dere, Unkuh Aaron—fishin'?"

"Yeah, Ah is," say Unkuh Aaron.

"Well, is you ketched anything yit?" 'low Revun Black.

"Naw, not yit," say Unkuh Aaron.

32

Revun Black kin jedge from de way Unkuh Aaron pass de time of day dat he ain't in de mood for no long combersashun, so he don't say 'nothuh mumblin' word to 'im; he jes' tecks his buggy whip, whacks his hoss on de shanks, says "Giddy-ap, Nelly," an' trots on down to de chu'ch house.

Unkuh Aaron ain't got nothin' to draw 'im back home in no hurry, so he still settin' dere on de bank of de creek wid his fishin' pole in his han's when Revun Black cross de bridge on his way back home from chu'ch.

Revun Black spies Unkuh Aaron still settin' dere, so he hollers at 'im again, an' says, "Hello dere, Unkuh Aaron; is you still fishin'?"

"Yeah, Ah is," says Unkuh Aaron.

"Well, is you ketched any fish yit?" says Revun Black.

"Naw, Ah ain't," 'low Unkuh Aaron.

"Well, what's de why you ain't ketched none?" say Revun Black; "Ain't you got no bait on yo' hook?"

"Naw, Ah ain't," 'low Unkuh Aaron, "an' dat ain't all: Ah ain't gonna put none on hit. If'n Ah puts bait on de hook dese fishes gonna staa't to worryin' me."

The Rich Partners

ONCET DERE WAS TWO OLE DARKIES walkin' down de T. an' N. O. Railroad track—you know what T. an' N. O. stan' for, don' you?—dat mean "Tramps an' Nigguhs Only." Well, ez Ah was 'bout to say, dey was two ole darkies goin' on down de line on de railroad track one day what was hungry an' thirsty, so ez dey went on down de line, dey staa'ted lookin' on bof sides of de railroad track to see if'n dey couldn' fin' sump'n' 'nothuh to eat dat somebody done th'owed offen de train attuh dey done et dey lunch.

Attuh goin' on down de line 'bout fo' o' five miles, dey fin'ly runned 'cross some bread crustes, what somebody done th'owed outen de

33

train-coach windah, so dey picked 'em up an' et 'em. Den attuh dey done et de crustes, dey went on down de line for 'bout 'nothuh mile an' a ha'f, an' foun' a paper bag wid a whole gallon of wine in hit. So de fuss ole darkey tuck hit, pulled de stopper outen hit, an' drunk ha'f of hit, an' den handed hit to t'othuh ole darkey, an' he drunk t'othuh ha'f.

Attuh dey done drained de jug dry, dey bof set down on de railroad track to res'. Den de fuss ole darkey turnt to t'othuh'n an' say, "Man, you know sump'n'; Ah b'lieve Ah'll sell dis heah railroad." An' when he say dis, t'othuh ole darkey looks up at 'im an' say, "An' you know sump'n'; you'se got a buyer rat now!"

Black and White

NOTHUH'N 'BOUT DE RAILROAD Ah wan's to tell you. You know, 'fo' de trains stopped runnin' into de ole I. an' G. N. depot, dey was a ole cullud man by de name of Unkuh Green Williams what driv a express wagon an' hung out 'roun' de station evuh day, de whole day long. Unkuh Green hab a way of walkin' up an' down de platform jes' 'fo' de trains come in, so one time when Unkuh Green was pacin' up an' down de platform, a ole cullud woman comed up to 'im an' say, "Mistuh, when do de nex' train leave for Taylor?" Unkuh Green tell her dat de nex' train leave for Taylor at 6:09. De ole cullud woman, say, "Thank you Suh," but she walks rat on ovuh to whar a white man was stannin' on de platform an' say, "Mistuh, what time do de nex' train leave for Taylor?" De white man tell her jes' lack Unkuh Green done tol' her, dat de nex' train leave for Taylor at 6:09.

Unkuh Green seen de ole woman ast de white man sump'n' n'othuh, so he walked ovuh to whar de white man was stannin', courtesies to 'im, an' say, "Scuse me Suh, but what did dat ole cullud woman ast you li'l' while ago?"

"She ast me when de nex' train leave for Taylor," say de white man.

"Well, if'n dat don' beat de ban'," 'low Unkuh Green; "she done ast me dat same questshun 'fo' she ast hit to you; dat's de way hit is wid some people—day hab to git evuhthing dey gits in black an' white!''

Two Chances

RAT ATTUH DE NUMBUH ONE WORL' WAR done got off to a good staa't, dere was a ole widow woman down to Luling by de name of Aunt Viny what ver' troubled in min' 'caze her younges' boy, what was her only suppo't, done turnt to be twenny-one yeahs ole, an' she awful feart dey gonna git 'im in de draf' shuffle an' sen' 'im ovuh de pond, an' she cain't keep de li'l' shot-gun house she rentin' an' 'vide herse'f wid grub an' duds. Dis heah boy of her'n, what was nickname "Skeeter" 'caze he so tall an' slim, tuck awful good keer of his mammy an' gib her all de money he hab lef' ovuh evuh week from his job down to de li'l' hotel whar he was de po'tuh. So Aunt Viny awful op-set 'bout de war mought git 'im, an' she be lef' a lone ole woman in de worl', trawna scuffle for herse'f. She tell evuhbody she see dat she hope an' pray to de Lawd dat dey don' put Skeeter in de fuss class, an' draf' 'im, an' he go ovuhseas an' be kilt.

Aunt Viny 'low herse'f to git her min' so weighed down wid thinkin' 'bout Skeeter mought hab to go to de war 'till she tuck rail low sick. She was sinkin' mo' an' mo' evuhday an' de onlies' thing dat gitted her back on her feet was dat one day one of de sistuhs in Aunt Viny's chu'ch, Sistuh Susie Jones, comed ovuh to see her an' say, "Viny, 'tain't no need of you worryin' yo'se'f to deaf 'bout Skeeter goin' to de war; he got two chances. If'n dey calls 'im to teck de 'zaminashun, he mought pass hit, an' he mought not; if'n he don' pass hit, why worry? If'n he do pass hit, he got two chances—dey mought draf' 'im an' dey mought not. If dey don' draf' 'im, why worry? If'n dey do draf' 'im, he got two chances—dey mought sen' 'im 'cross an' dey mought not. If'n dey don' sen' 'im 'cross, why worry? If'n dey sen's 'im 'cross, he

got two chances—he mought git dere an' he mought not. If'n he don'
git ovuh dere, why worry? If'n he git ovuh dere, he got two chances—
dey mought sen' 'im to de front an' dey mought not. If'n dey don' sen'
'im to de front, why worry? If'n dey do sen' 'im to de front, he got
two chances—he mought git shot, an' he mought not. If'n he don't git
shot, why worry? If'n he do git shot, he got two chances—he mought
lib, an' he mought die. If'n he lib, why worry? If'n he gits kilt, he got
two chances—he mought go to heabun, an' he mought go to hell.
If'n he go to heabun, why worry? An' if'n he go to hell, he gonna be
so busy shakin' han's wid his frien's 'till he won't ebun down hab
time to worry his own se'f!''

The Remains of Washington P. Johnson

ONCET DERE WAS A CULLUD MAN named Washington P. John-
son what driv a car for Mister George Wrenn, what was one of
de bes' libers in Orange.

Washington hab a wife what go by de name of Jenny what help
serve parties of occasion up at de white schoolhouse, an' she kinda
simple lack.

Oncet when dey hab Jenny helpin' to serve a party up at de school-
house, she comed home dat evenin' an' one of her women frien's pass
by her house an' see her stannin' in de yaa'd nailin' up a picket on her
fence, so she say, "Jenny, Ah heerd you wucked up at de white school-
house today; what was goin' on up dere?"

Hit was George Washington's birfday, an' de school done hab a
George Washington Birfday party for de chillun, but Jenny ain't
know what hit mean, so she turnt to de woman an' say, "Ah don'
know honey—nothin' much—dey had a birfday party for some ole man
named George, an' he wasn' ebun dere."

But Jenny railly cap de climax when Washington done come to be
kilt in a car wreck comin' back from a trip he done tuck wid his boss-
man, when dey runned offen de road into a hole of wadduh.

36

'Reckly attuh de accident, a insu'ance man come to 'vestigate de deaf. He seed Jenny cryin' when he comed in de do', so he say, "Is dis de place whar Washington P. Johnson done libed?"

"Yassuh," 'low Jenny, cryin' ez haa'd ez she kin.

"Well den," say de insu'ance man, "Ah wants to see de remains."

An' when de insu'ance man talk in dis wise, Jenny drawed herse'f up rail important lack, an' say, "Ah's de remains."

The Mexia Bootlegger

RECKLY ATTUH WACO done comed to be a dry town, an' dey ain't 'low no whiskey to be peddled in hit, dey was a Nigguh from Mexia what used to tote wadduh jugs full of cawn whiskey 'roun' wid 'im, an' meck his way down to Waco on Saddys, an' sell hit to whosomevuh wanna buy hit.

> He sell hit to de rich;
> He sell hit to de po'es';
> He sell hit to de ones
> What pay him de mo'es'.
>
> He sell hit to de black,
> He sell hit to de white;
> He sell hit in de daytime,
> An' he sell hit come night.

One Saddy, way late in de evenin' time when de Nigguh done moseyed on down to Waco wid his wadduh jugs full of cawn whiskey, an' done hab a putty good day wid his sales, sellin' 'roun' 'bout twelve jugs of lickuh, a plain clo'es p'liceman, what done been tipped off by a Waco Nigguh dat de Mexia Nigguh am sellin' cawn whiskey, calls de Nigguh to one side an' say, "Dat ain't whiskey youse got in dat jug, is hit?"

"Hit sho ain't wadduh," 'low de Nigguh.

"Well, you ain't sellin' hit, is you?" say de p'liceman.

"Ah sho ain't gibin' hit away," say de Nigguh.

An' when he talk in dis wise, de p'liceman pulls back de lapel of his coat an' shows de Nigguh his badge. So de Nigguh say, "You ain't de law, is you?"

"Ah sho ain't de preachuh," 'low de p'liceman.

"Well, you ain't gonna teck me to jail, is you?" say de Nigguh.

"Ah sho ain't gonna teck you to chu'ch," 'low de p'liceman.

The Juneteenth Baseball Game

WHEN AH WASN' NO MO'N KNEE HIGH to a duck Ah used to lack to set 'roun' an' lissun to ole folks talk 'bout baseball de way hit was played in de ole days. 'Mongst de ole folks what tuck great intrus' in baseball ez hit come to be played in dem days was mah Unkuh Josh.

One of de tales dat Unkuh Josh allus tol' dat struck mah funnybone was de one 'bout a big baseball game dey hab down to Beeville one Nineteent' of June day. De way Unkuh Josh tell hit, dey was a big bunch of Nigguhs from Berclair, Goliad, Kenedy, an' lots of othuh li'l' places 'roun' dat paa't of de country, what meck dey way to Beeville to see dis great big ball game what gonna be played 'tween Beeville an' Kenedy. Dere was some awful good cullud ball players 'roun' Beeville durin' dem days comin' up an' Unkuh Josh was one of 'em. Unkuh Josh say de cullud ball players was so good 'till de white population 'roun' Beeville don' hab no good blood for 'em. But, gittin' back to de big Nineteent' of June ball game, dey hab a pitcher on de Beeville team by de name of Big Bud Lott what c'd th'ow a ball on a level for a country block, but Kenedy hab some stompin' good ball players, lackwise, so de game promus to be a rail battle.

De ball diamond was jes' a open fiel' rat in de middle of a white man's cotton patch an' cawn fiel', but de Nigguhs don' gib a nevuh-min' 'bout dat. Dey was all diked up in dey bes' duds, 'caze dis de day

38

dey come to be free. Dey hab a good cawn crop dat yeah, too, so lots of 'em was full of cawn whiskey. But, now gittin' back to de ball game hitse'f an' Big Bud Lott—ez Ah was sayin', Big Bud c'd th'ow a base-ball haa'der'n a mule c'd kick. De game staa'ted, but hit come to be de third innin' 'fo' things come to be heated up. Bud Lott was goin' strong; he done fried nine steaks, an' evuh time he'd pitch a ball de catcher'd put 'nothuh steak in his catcher's mitt. De score was a tie, Beeville 3 an' Kenedy 3, when Big Bud Wilson on de Kenedy team stepped up to de plate. Lymas, de catcher for Beeville, called for a haa'd daid straight. Big Bud Lott woun' up an' fiahed down an' Big Bud Wilson hit. Unkuh Josh say de las' time dey seed dat ball a scis-sors-tail bird was cuttin' at hit, trawna ketch holt of hit. Dis heah was a home run, an' hit put Kenedy in de lead of Beeville, 4 to 3. De score stay in dis wise 'till de fuss half of de nint' innin' when Lloyd Ester-lin' of de Beeville team stepped up to de plate to bat. He bunted de ball down de third base line an' slid into fuss base. The ump say, "safe!" Den he stole secon' base, an' ump say, "safe!" den he slides into third base plate, an' ump say, "safe!" Den he slides into home plate, an' when he do dis, de Kenedy catcher whack 'im up side de haid wid de ball an' say, "Ah bet dat Nigguh's out now!" An' when he talk in dis wise a argument staa'ts dat lasted 'bout two houahs.

When dey done brung de argument to a close, de result was dat dey hafto play a extra innin' 'caze de score done come to be a tie, 4 an' 4. So Big Bud Lott steps back into de pitcher's box, still goin' strong. He strikes out de fuss two men, but walks de nex' three men, so dey was two men out an' three on base. Den Lymas, de catcher, called for dat haa'd daid straight again. Big Bud pumped ten times, so evuhbody knowed dat dis was gonna be a rail haa'd one. Ole Bud kicked an' barred down wid all his might an' fiahed. Jes' 'bout de time he let de ball go, one of ole man Jenkins' cows (dat's de white man what own de fiel' whar dey was playin' de game) steps out in front of de ball an' de ball spotted dat cow rat 'tween de eyes, an' kilt her daid ez a door knob. Den all de Nigguhs lit out to runnin', an' in less'n five secon's dey wasn' a Nigguh widdin 15 miles of dat place. Dat same evenin', twenny Nigguhs in Beeville was tuck out an' tied to a tree an' whipped. But don' nobody 'till dis day know what become of Big Bud Lott; de las' time dey seed 'im, he was still runnin'.

The Goliad Liars

ONCET DERE WAS TWO OLE MENS what lib rat 'roun' heah in Goliad, what didn' do a blessed thing all day, evuhday, 'cep'n set on a bench in front of de cullud groce'y sto', an' chew tobackuh, an' hawk an' spit, an' tell lies.

All dey do evuh day de Lawd sen' was to set dere on dat bench in front of de sto', stop evuhbody what comed in de sto' to buy sump'n', an' ast 'em to set down a minute—dey wanna tell 'em sump'n' 'nothuh.

One of de ole gen'mens was named Unkuh Rufe an' t'othuh'n was name Unkuh Henry, an' dey bof gits dey kicks out of tellin' stories widdout a lick of truf in 'em, in no shape, form o' fashion.

Bof of 'em allus tol' whoppin' big lies, but one yeah when 'leckshun day rolled 'roun', an' dey was a whole heap of people comed into town to vote, an' dey stopped by de sto' to buy 'em a soda-pop, o' some cheese an' crackers, o' sump'n' 'nothuh, Unkuh Rufe an' Unkuh Henry stretch deyse'f way out on de limb sho 'nuff wid de lies dey tol'.

Dey waits 'till de votin' am ovuh wid, an' a big crowd of people was settin' 'roun' on de barrels in front of de sto' eatin' cheese an' crackers an' drinkin' dey soda-pop, an' den dey staa'ts blowin' lies outen dey system, trawna sho off for de crowd. Dey tells one big lie rat attuh 'nothuh 'till fin'ly Unkuh Rufe turnt to Unkuh Henry an' say, "Henry, you know what? Durin' of slav'ry time, mah gran'pa's ole massa gib him a whole acre of lan' to raise whatsumevuh he hab a min' to raise on hit, an' mah gran'pa didn't plant nothin' but cabbage plants on hit, an' dey wasn't but one of dem cabbages comed up, an' hit growed so big 'till hit kiverred dat whole acre of lan'."

"An' you know sump'n' Rufe?" say Unkuh Henry. "Durin' of slav'ry time, mah gran'pa wucked in his ole massa's blacksmith shop,

40

an' one time his ole massa gib 'im a great big pile of scrap i'on an' tol' 'im to meck anything he wanna outen dat scrap i'on, an' you know what? Mah gran'pa builted a pot so big dat hit kivvered two acres of lan'."

"What in de worl' he wanna build a great big pot lack dat for?" say Unkuh Rufe.

"To cook dat damn big cabbage in yo' gran'pa done raised!" say Unkuh Henry, jes' a-crackin' his sides a-laffin'.

The Good Old Man Aunt Tiny Had for a Husband

ONCET DOWN IN SAN JACINTO COUNTY, piece-ways down de road from Cold Springs, was a ole woman name Aunt Tiny, what hab a good ole man for a husban'—evuhbody 'roun' dat paa't of de country say Aunt Tiny hab de bes' husban' in de whole county, 'caze he allus look on de bright side of life 'stead of de dark side. He hab worl's of faith in Gawd an' b'lieved dat whatsomevuh he had a min' to do de Lawd gonna hope 'im.

One Saddy, dis heah good ole man what Aunt Tiny hab for a husban' rid to Cold Springs to buy 'im a new pair of pants to w'ar to de chu'ch servuses down to de Rock Hill chu'ch dat nex' comin' Sunday mawnin'. He seed a putty pair of gamblin' stripe pants, an' dey struck his fancy, so he tells de sto'keepuh he b'lieve he wanna buy 'em, so de sto'keepuh tells 'im dat dat pair of pants way yonnuh too big for 'im, but de good ole man dat Aunt Tiny hab for a husban' tol' 'im dat he kin git Aunt Tiny to teck 'em up for 'im dat night attuh he done rid his hoss Ole Buck back home.

So when de good ole man dat Aunt Tiny hab for a husban' gits home, he goes in de house an' calls Aunt Tiny, an' tells her to fetch herse'f in de baidroom a minute—he wanna show her what a putty pair of pants he got to w'ar to chu'ch tomorruh. So Aunt Tiny comes in an' tecks a peek at de pants an' say, "Dey sho am putty pants, but dey looks lack dey be's way yonnuh too big for a tee-ninchy li'l' man lack you."

So de good ole man what Aunt Tiny hab for a husban' say, "dat be's de truf; dey's six inches too long for me, so Ah wants you to cut six inches offen de bottom of 'em tonight so Ah kin w'ar 'em to chu'ch tomorruh." But Aunt Tiny tell 'im she ain't gonna do no sich a thing, dat he ain't oughta bought no breeches dat's too long, so she hope dat'll be a lesson to 'im. So de good ole man dat Aunt Tiny hab for a husban' jes' say, "Dat's awright den, honey," an' goes an' sets down to de table an' eats his supper, an' den goes on out to de little shed room offen de back gall'ry whar he sleeps, an' goes to baid.

But hit so happen dat Aunt Tiny's mama an' one of her sistuhs, name Viney, was visitin' her an' de good ole man she hab for a husban', so dey heahs de combersashun twix Aunt Tiny an' de good ole man what she hab for a husban'. So dat night, 'bout ten o'clock, attuh evuhbody done gone to sleep, Aunt Tiny's mama 'gin to feel sorry for de good ole man what Tiny hab for a husban', an' slips outen de baidroom, an' goes into de ole man's room, an' gits de pair of pants, an' tecks a pair of scissors, an' cuts six inches offen de bottom of 'em, an' den goes on back an' gits in de baid. 'Bout 'lebun o'clock, Viney, Aunt Tiny's sistuh, gits to feelin' sorry for de good ole man what Tiny hab for a husban', so she slips outen de baidroom an' goes an' gits de pants an' cuts six inches offen de bottom of 'em lack her mama done did. Den 'long 'bout midnight, Tiny begins to feel rail sorry 'bout de way she done treated de good ole man she hab for a husban', so she slips outen de baidroom, an' goes an' gits de pants, an' cuts six inches offen de bottom of 'em lack her mama an' Viney done did.

De nex' mawnin', when de good ole man dat Tiny hab for a husban' gits up an' tries on de pants, de bottoms of 'em was way up pas' his knees, so he don' git to w'ar 'em to chu'ch servuses no how!

Tales of Animals and Ranch Life

"You knowed Ah was a snake when you picked me up."

Bubber and the Rattlesnake

ONCET DERE WAS A BOY what lib wid his mama out to Bushland in Wes' Texas, not fur from Amarillo, whar hit gits rail col' in de wintuh time an' de groun' freeze ovuh de whole wintuh long. Dis boy go by de name of Bubbuh, an' he a good chu'ch membuh; don' keer how col' hit come to be, Bubbuh don' nevuh miss Sunday mawnin' servuses. So one Sunday in February, when de groun' was all froze ovuh an' you cain't haa'dly walk 'dout slippin' down on de ice evuh fo' o' five minutes, Bubbuh walks to chu'ch an' heahs de preachuh preach a good sermon 'bout treatin' all God's critters right.

Bubbuh lacked de sermon a whole heap an' he think 'bout hit ez he walks 'long on de ice goin' home. De wind putty nigh whippin' 'im to deaf, but he got his min' on what de preachuh done say so he don' feel de col' so much. He jes' wond'rin' how he gonna ca'ie out de preachuh's sermon 'bout bein' good to all God's critters.

So, putty soon, Bubbuh looks down on de groun' in de ice an' sees sump'n' dat looks lack a stick of wood layin' in de ice, so he pick hit up an' put hit in his bosom, 'caze he 'membuhs dat dey jes' 'bout run outen wood at his house, an' dis stick of wood'll help to keep 'im an' his mama waa'm dat night.

But 'tain't long 'fo' Bubbuh feels de stick wigglin' an' he tecks hit out an' looks at hit an' sees hit's a rattlesnake he done picked up in de piece of ice 'stead of a stick of wood. But dis don' in no wise faze Bubbuh—he say, "Now's mah chance to do sump'n' to help one of God's critters lack de preachuh done say do in his sermon." So he puts de snake back in his bosom to keep hit waa'm an' moseys on down de road to'a'ds home.

Putty soon de ice staa'ts meltin' an' de snake staa'ts wigglin' again. So Bubbuh pats 'im an' say, "Nice li'l' snakey, po' li'l' snakey." 'Bout a mile further down de road all de ice done melted offen de snake, so de snake wiggle an' squirm rail fas' dis time an' say, "Nigguh, Ah'm gonna bite de hell outen you!"

Bubbuh was surprised to heah de snake talk in dis wise, so he say, "Mistuh Snake—you mean to tell me you gonna bite me attuh Ah done done what de preachuh say do an' teck you in mah bosom an' done waa'm you nex' to mah body?"

An' de snake say, "Hell, yeah, Nigguh; you knowed Ah was a snake when you picked me up, didn' you?"

The Rattlesnake Dispute

WHEN AH WAS A LI'L' YAP, Ah libed wid mah mammy an' pappy down in Eagle Lake, Texas, in one of de li'l' houses in a long straight row dey called Walker's String. De why dey call de row lack dis was dat a rich white man by de name of Walker owned de whole string of fifty houses. De houses warn't but 'bout 400 yaa'ds from de lake, an' dey hab a sayin' floatin' 'roun' Eagle Lake in de early days dat dey was three things in Eagle Lake dat wasn't haa'd to fin'—rattlesnakes, blueberries, an' blackberries. You c'd walk outen yo' house an' don' hafto go no piece haa'dly 'fo' you'd run into some bushes jes' loaded wid berries; an' rattlesnakes!—dey was so plentiful 'till you c'd almos' lan' on one no sooner'n you done stepped offen yo' gall'ry. Ah 'membuhs one time dat six of papa's dogs treed a rattle-snake down by de lake an' papa kilt 'im wid his shot-gun. De snake had twenny-five rattlers on 'im.

Of a consequence of dey bein' so many rattlesnakes 'roun' Eagle Lake, dey was lots of tales growed up 'bout rattlesnakes. De one dat papa lacked to tell de mo'es' was de one he call "De Rattlesnake Dispute." Dis heah's how hit go:

Oncet dere was a rattlesnake what done growed to be forty yeahs ole an' ain't nevuh hab no trouble gittin' 'roun' wharsumevuh hit hab

46

a min' to go. But one day, early in de mawnin' time, de rattlesnake's haid was s'prised to heah de tail meck a rattlin' soun' an' say, "Haid, youse been leadin' me 'roun' for forty yeahs now an' Ah ain't been doin' nothin' but trailin' in 'hin' you wharsumevuh you hab a min' to ca'ie me, so Ah thinks hit's 'bout time Ah staa'ts to leadin' you 'roun'." So de haid tells de tail dat dat's awright, to go ahaid an' teck de lead for a day an' see how hit fare.

So de tail teck off rail fas' in a runnin' staa't leadin' de haid, an' do a jam up job of leadin' de haid all dat day 'till jes' 'fo' de sun done set. But when de tail try to ca'ie de haid thoo a pailin' fence what don' hab but ver' li'l' space twixt de pailin's, de haid gits caught an' cain't git thoo de fence, 'caze hit's bigger'n de tail. De tail wiggle an' squirm an' pull wid all hits might, but de haid don' yit come thoo de pailin's. Fin'ly de haid gits tiahed of bein' pulled on an' bruised up, so hit turnt to de tail an' say, "Look aheah, tail! Lemme ast you sump'n'; in all de forty yeahs Ah's been ca'ien you, has Ah evuh got you in a crack lack dis?"

"Naw, you ain't," say de tail, "so Ah tells you what—if'n you jes' git me outen dis crack Ah'm in now, you kin go 'haid an' lead me de rest of ouah life, an' Ah ain't nevuh in no wise gonna evuh complain no mo' 'bout you leadin' me." So de haid tuck ovuh an' drug de tail on back thoo de crack, an' from dat day on to dis one, de tail ain't nevuh ast to lead de haid no mo'.

De tail oughta hab 'nuff knowledge, in de fuss place, to know no tail cain't nevuh lead no haid.

The Fox and the Rooster

ONE YEAH UP AT COMFORT, when dey ain't had rain durin' de whole yeah long an' de earth done come to be ez dry ez a powder horn, a lots of wild animals staa'ted comin' in from de woods prowlin' 'roun' lookin' for sump'n' to eat. Some of 'em ebun down comed in ez fur ez de fawmhouses. Dey was so famished 'till dey tuck all kin's of chances.

47

One of dem dat tuck a long chance, an' roamed 'roun' 'till he rech a fawmuh's bawn-yaa'd one night 'bout dusk-dark, was a fox. Dis fox pow'ful hungry, so he looks 'roun' to see whatsomevuh he kin fin' to eat, an' de fuss thing he lays his eyes on am a game rooster what was roostin' high up on a tree limb. So de fox walks up to de tree whar de rooster am an' say, "Good evenin' Mr. Rooster, how is you doin' dis lovely evenin'?" De rooster so scairt he almos' lose his balance an' fall offen de tree limb, 'caze he know de fox am one of de wuss enemies dat de fowls hab, so he say kinda tremblin' lack, "Ah's awright Mr. Fox, how is you farin'?"

"Ah ain't farin' ver' good," 'low de fox. "Ah's kinda lonely, an' Ah wants somebody to talk to, so Ah thought you mought come down outen de tree an' be mah comp'ny keepuh for a while."

"Naw, suh," say de rooster, "you ain't gonna git me in no crack lack dat! Ah's on to yo' pranks, an' knows zackly what youse up to."

"Now dat's jes' whar you be's wrong, Mr. Rooster," say de fox. "All de animals done had a meetin' yestiddy an' 'cided dat dey's all gonna be frien's an' ain't gonna in no wise haa'm one 'nothuh no mo'."

"Well, dat sho am good news," 'low de rooster, "but Ah's awful tiahed an' sleepy, so Ah reckon Ah'd bettuh stay up heah on de roost an' traw'n git me some sleep."

"Ah, now, don' be lack dat," say de fox; "Youse too putty a pusson to ca'ie on lack dat. Jes' look at dem putty cullud feathers youse got, an' dat fine red comb youse wearin', an' you actin' lack you is—not bein' frien'ly."

But jes' 'bout de time de fox gits dese words outen his mouf, he heahs some dawgs barkin' in de woods not fur from de fawmhouse, so he looks up at de rooster an' say, "Well, Ah reckon Ah'll be goin', mah frien', since you don' wanna be frien'ly an' come down offen de roost an' talk."

"Huccome you got to leave rat now?" 'low de rooster. "Ah lacks de putty words you says to me, an' if'n you keeps on talkin' lack dat, Ah mought fly down offen de roost to de groun' an' be frien'ly wid you."

"What'n de worl' am wrong wid you? Don' you heah dem dawgs

48

out dere in de woods comin' closer an' closer to whar we is?" say de fox. "If'n Ah stays heah, dey mought ketch me."

"Ah thought you done jes' tol' me dat all de animals an' fowls had a meetin' yestiddy an' 'cide to be frien's, an' don' harm one 'nothuh no mo'," say de rooster.

"Yeah, Ah know," 'low de fox, "but dem dawgs what's yelpin' an' barkin' out dere in de woods mought not of been at dat meetin' yestiddy!"

Why the Rabbit Has a Short Tail

DE KINDA TALES dat allus suits mah fancy de mo'es' am de tales de ole folks used to tell 'bout de ca'iens on of Brothuh Rabbit. In de early days Ah heerd many an' many a tale 'bout ole Brothuh Rabbit what woke me to de fac' dat hit tecks dis, dat an' t'othuh to figguh life out—dat you hafto use yo' haid for mo'n a hat rack lack ole Brothuh Rabbit do.

Ole Brothuh Rabbit de smaa'tes' thing Ah done evuh run 'crost in mah whole bawn life. Dere's lots of peoples rat today dat begrudges Brothuh Rabbit de mother-wit he got to help 'im meck his way thoo de worl'. Evuhbody'd lack to be a knowledge man lack Brothuh Rabbit, but dey ain't got dem Judas ways lack Brothuh Rabbit nachul bawn got. Co'se, deys lots of kin's of rabbits, jes' lack peoples. Some rabbits is smaa'ter'n othuh rabbits, but hit's de lazy ones what allus gits de whole bunch in trouble.

De why de rabbit come to hab a short tail rat today am all on 'count of a great big swamp rabbit trawna out-smaa't de alluhgattuh one day down on de rivuh. De swamp rabbit ain't ez pert ez de jack rabbit an' de cottontail—he kinda lazy an' triflin' lack lots of good-for-nothin' Nigguhs is, but he yit got plenty hoss sense. So one day when he meck his way down to de rivuh an' wanna git 'cross to t'othuh side, an' dey ain't no bridge nowhars in sight, he sees a alluhgattuh swim-min' 'roun' in de wadduh, so he holler at 'im an' say, "Oh! Brothuh

50

Alluhgattuh! Ah bet you dey's mo' rabbits in de worl' dan dey is alluhgattuhs."

Brothuh Alluhgattuh yells back, "not so."

"Well den," 'low de swamp rabbit, "call up all yo' alluhgattuhs an' line 'em up 'cross de rivuh an' we'll prove what one of us am rat."

So Brothuh Alluhgattuh calls up all de alluhgattuhs, an' dey forms a line from one side of de rivuh to t'othuh one. No sooner'n dey done form de line dan de swamp rabbit jumps from one of dey backs to t'othuh one countin' out loud ez he jump, "one, two, three, fo', five, six, sebun, eight, nine, ten, 'lebun, twelve," and so on, 'till he done plum rech t'othuh side of de rivuh. Ez soon ez his feets hits dry lan', he sets down an' staa'ts to brushin' de wadduh offen his long bushy white tail.

Whilst he washin' his tail off in de rivuh, Brothuh Alluhgattuh swims up to whar he be an' say, "Now you call all de rabbits an' count 'em; Ah done called out all de alluhgattuhs." When Brothuh Alluhgattuh talk in dis wise, de swamp rabbit jes' crack his sides a-laffin' an' say, "Ah don' in no wise hab no intention of callin' out de rabbits—Ah jes' wanted to git 'cross de rivuh."

Dis heah meck Brothuh Alluhgattuh pow'ful mad, so he dart his haid rail quick to dat paa't de wadduh whar de swamp rabbit am washin' his tail an' bites off de end of hit. An' dat's de why all rabbits, de swamp rabbits, de jack rabbits, an' de cottontails, lackwise, hab a short tail rat today. All of 'em got to suffer for what dat no-good triflin' ole swamp rabbit done did. Dey's lots of dem rascals rat 'roun' heah in de Trinity Rivuh Bottoms now, an' dey's de easies' rabbits in de worl' to ketch—dey's putty nigh too lazy to run.

The Bull Frog and the Mockingbird

ONE DAY IN DE EVENIN' TIME, when a big bull frog was settin' down by de edge of a lake croakin', he heerd a mockin' bird singin' an' looked up an' seed one of de putties' sights a body c'd see—a mockin' bird settin' on a limb of one of de trees in de woods what run smack dab up to de lake, jes' a singin' to beat de ban'. De mockin' bird sing so putty 'till de bull frog plum shamed of hisse'f an' his ugly croakin', so he stops croakin' an' lissens to de beautiful singin' of de mockin' bird.

De mockin' bird sing so long till his th'oat fin'ly gits so dry dat he wanna git 'im a drink of dat good ole col' wadduh in de lake, so he fin'ly leave off singin', flap his wings an' fly down offen de tree limb whar he settin' to de edge of de lake an' staa'ts to gittin' 'im a drink of dat good ole cool wadduh. But no sooner'n he done lighted on de groun', de bull frog, what was hidin' in de high grass rat side de edge of de lake whar de mockin' bird done lighted, runned up to whar de mockin' bird was drinkin', ketched holt of 'im an' swallowed 'im 'live. Attuh he done swallow de mockin' bird, he tecks 'im a deep bref, opens up his jaws rail wide an' say, "Ah mought not kin sing lack de mockin' bird, but Ah got hit in me."

Ropes Cost Money

WAY FUR BACK when dey hab de open range in Texas, an' cattle raisin' was de style of de worl', dey comed to be a lots of cattle rustlers what'd prowl 'roun' in de nighttime an' steal cattle offen de ranches, den teck 'em off 'way somewhars, bran' 'em wid dey own bran', an' sell 'em.

One of de ranchers whose ranch dey come to raid de mo'es' was a rancher down 'roun' Cuero what hab a lots of cattle, but who awful tight wid his money, so he don' hire 'nuff han's to herd an' watch ovuh his cattle. Dis de why de cattle thieves meck so many raids on his ranch. De ole man what owned de ranch was Bill Hanley, an' he try to run his ranch wid jes' two cow-han's, one Meskin an' one Nigguh—de Meskin watched ovuh de herd in de daytime, an' de Nigguh watched ovuh hit in de nighttime. But de Nigguh cain't be in all de paa'ts of de ranch at de same time, so de cattle thieves allus know his whar-

'bouts, an' when dey ketches 'im off guard, dey goes t'othuh side of de ranch, an' steals de cattle.

De boss-man cuss de Nigguh out all de time 'bout lettin' de cattle thieves steal de cows, an' fin'ly one day he say, "Ah's gonna keep watch ovuh de herd mahse'f tonight, an' Ah boun's you dey ain't no-body gonna steal no cows, neithuh." So he keep watch 'stead of de Nig-guh, an' dat night 'long 'bout two o'clock in de mawnin', he heahs a lots of stampedin' an' sees de cattle runnin' evuhwhichawhar, an' some men drivin' 'em off. He lights out attuh de men, but he ain't went but a li'l' piece-ways 'fo' one of de menses stops an' knocks 'im offen his hoss an' tecks a rope an' puts hit 'roun' his neck, an' hangs 'im to a tree limb. But hit so happen dat, jes' 'bout dis time, de Nigguh cow-han' done heerd de noise an' come runnin' outen de house to see what de trouble be. When he gits dere, he sees his boss-man hangin' by de neck from a tree limb, jes' a-gurglin' in his th'oat, so he rech in his pocket rail quick, tuck out his pocket knife, an' cut de rope from 'roun' de boss-man's neck.

De boss-man cain't git his bref for a long time—de rope done putty nigh strangle 'im to deaf—but soon ez he git so he kin talk, he looks up at de Nigguh cow-han', pints his finguh in his face an' say, "huccome you cut dat rope in two?—ropes costes money! Huccome you didn't untie hit?"

Myra Jackson's Sweethearts

D E BESTES' STORY Ah done evuh heerd since Ah was a li'l' shirt-tail boy gittin' switch-pies was de one mah papa used to tell 'bout ole man Silas Jackson, what come to be de riches' Nigguh ranchuh from Edna cleah on 'roun' to Mission Refugio. Jes' look lack Ole Silas bawn wid de knowledge to know how to swap; he ain't nevuh been knowed to meck a bad bargain wid cattle, hosses, sheep, o' nothin' else, an' he ship mo' cattle outen Palacios dan anyothuhbody 'roun' heah.

53

Ole Silas hab a gal dat was rat smaa't putty, too, what go by de name of Myra, an' she hab a lots of cow-han's hangin' 'roun' her trawna see if'n dey cain't ketch 'er fancy an' ma'ie her, 'caze dey know Ole Silas gonna leave de gal lots of stock an' lan'. But dis heah gal Myra didn't teck no fancy to but three of 'em what was trawna coa't her. All three of 'em done ast her to ma'ie 'em, but she straddle de fence on which one gonna meck her de bes' husban'. So hit come to her one day to ast her pappy how she gonna 'cide which one in de bunch be's de bes' for her to ma'ie. Ole Silas don' say nothin' for quite a spell —he jes' scratch his haid an' look down at de groun'. But fin'ly, he riz his haid up an' say, "Ah tells you what, Myra—le's call all three of 'em ovuh to de ranch dis comin' Sunday an' hab a contes', an' de one what meck de bes' showin' in de contes', you ma'ie 'im." So Myra say, "Awright papa, dat suits me fine." Den ole Silas calls one of his cow-han's an' tells 'im to run ovuh to de ranches whar de three sweethaa'ts was wuckin' an' tell 'em to be ovuh to his ranch dat nex' comin' Sunday evenin' at fo' o'clock, dat he gonna hab a contes' to see which one kin ma'ie Myra.

But ole Silas don' leave well 'nuff do an' jes' hab his wife Hannah, an' Myra, an' his two boys Bob an' Jack at de contes'—he sen' out notices to evuhbody on de ranches 'roun' to come ovuh dat nex' comin' Sunday evenin' an' see de contes' for Myra's han'. So when dat nex' comin' Sunday evenin' roll 'roun' an' hit come to be almos' fo' o'clock, a big crowd of people line deyse'f up in ole Silas' hoss lot to see who gonna meck de bes' showin' for Myra's han'.

De ones what was gonna teck dey chance in de contes' was named Jim Perkins, Lonnie Lott, an' Willie Word. Dey all teck dey places long side of ole Silas, an' when hit come to be fo' o'clock on de dot, ole Silas calls Jim Perkins ovuh to 'im. He gibs 'im a hammer, a nail, an' a chicken feather an', pintin' to a shower of rain 'bout five miles down de road, say, "Jim, hit's gonna be yo' tas' to teck dis hammer an' nail an' feather an' buil' me a bawn big 'nuff to put all mah cawn in 'fo' dat shower of rain gits to de ranch." So Jim tecks de hammer an' de nail an' de feather, an' don' only buil' de bawn fo' de shower gits to de ranch, but puts all of ole Silas' cawn in de bawn, too.

De nex' sweethaa't ole Silas call ovuh to 'im was Lonnie Lott. When Lonnie rech de spot whar ole Silas was stannin', ole Silas han's 'im a wadduh pitchuh what ain't got no bottom in hit an' say, "Lonnie, Ah wants you to go to dat spring ovuh yonnuh five miles from heah an' bring 'nuff wadduh back in hit for evuhbody heah to git 'em a drink." So Lonnie struck out to runnin', an' 'fo' you c'd say "Amen" he was back wid 'nuff wadduh in de pitchuh for evuhbody to git 'em a drink.

Den ole Silas look slap dab in de face of Willie Word, de third sweethaa't, turnt to his gal, Myra, an' say, "Ah'm gonna let you hab de say 'bout what de third one got to do to win yo' han', Myra—now what you wan' 'im to do?"

"Well," 'low Myra, akimboin' 'fo' Willie Word, de third sweethaa't, "Ah sho would lack to hab me some venison for mah dinnuh tomorruh." So she peek 'roun' from one side t'othuh to see if'n she kin ketch sight of a deer, an' putty soon she spy one 'bout five miles down de road wid his tail turnt to'a'ds de crowd. Den she turnt to Willie an' say, "Willie, you see dat deer 'bout five miles down de road wid his tail turnt to'a'ds us? Well, Ah wants dat deer for mah dinnuh tomorruh, but Ah doesn't wan' 'im shot in de body; Ah wan's 'im shot in de haid." No sooner'n was de words outen Myra's mouf dan Willie grabs up his double-barrel shot-gun, puts hit up to his shoulder, pints hit at de deer, den outruns de bullet an' turns de deer 'roun' so his haid 'd be in front when de bullet done rech 'im.

Who got de gal, you say? Well, what you reckon? Willie Word got de gal, co'se; he done plum' good.

The Red Toro of Hidalgo County

ROUN' 'BOUT DE EIGHTEEN-EIGHTIES, when cattle raisin', in Texas was jes' gittin' off to a good runnin' staa't, dere was a cullud man down in Hidalgo County what comed to be his boss-man's fav'rite. De reports was dat de why he comed to be his boss-man's fav'rite was 'caze he don' nevuh gib his boss-man down de country, don' gib a keer if'n his boss-man cuss 'im out evuh day de Lawd sen' 'bout sump'n' 'nothuh dat he ain't done did. He de camp cook on de trail an' de boss-man's handyman at home on de ranch.

He's allus braggin' to de cow-han's 'roun' de country 'bout what a great cattleman his boss-man be—'bout de fine stock he raise, an' lots of othuh things. But de thing dat he brag about de mo'es' was a red toro dat his boss-man own. Evuh time he'd git 'mongst a bunch of cow-han's offen t'othuh ranches he'd say, "Y'all oughta see dat fine red toro mah boss-man got; he de onlies' red toro Ah done evuh seed, an' he de smaa'tes' toro Ah done evuh laid eyes on."

So one day, when he come to talk in dis wise 'bout what a fine red toro his boss-man own, one of de cow-han's offen 'nothuh ranch what was settin' dere lissenin' say, "Lissen heah, if'n dat red toro yo' boss-man own be's so fine, huccome you don' gib us leaveway to see 'im?"

De camp cook say dat's awright wid him, so he say, "Ah tells you what; huccome y'all don' come ovuh to mah boss-man's ranch dis nex' comin' Saddy 'bout three o'clock in de evenin' time an' Ah'll show you de toro."

So dat nex' comin' Saddy, all de cowboys comed ovuh to see de red toro. But when dey gits dere dey ain't narry soul dere 'cep'n de camp cook. So one of de cowboys say, "whar's de red toro?"

So de camp cook hang his haid down low an' say, "you know, Ah's awful put out 'bout dat; de boss-man was forced to meck a trip up to Washin'ton to see de President of de United States an' he tuck de red toro wid 'im."

"How long he done been gone?" say de cowboy.

"He ain't been gone no mo'n ten minutes," 'low de camp cook.

"Well, when he comin' back?" say de cowboy.

"Oh, he ain't gonna be gone long—he'll be back in de nex' ten minutes," 'low de camp cook.

"In ten minutes!" yell de cowboy, "What in de worl' he done rid on dat kin fetch 'im back heah in ten minutes?"

"He rid de red toro," say de camp cook.

The George West Steer

YOU KNOW DAT TEXAS LONGHORN STEER what am mounted in a big glass case in de coa'thouse square in Gawge Wes', Texas? Dey's lots of tales floatin' 'roun' 'bout huccome hit come to be dere. But Ah knows huccome. Dat steer's a runaway steer what was roped by mah gran'pa. Mah gran'pa was de greates' cowboy who evuh libed, black o' white. Gran'pa nevuh got tiahed of tellin' how he rope dat steer. Here's zackly de way he done tol' hit to me.

"Long time ago when de cowboys used to drive cattle up from Souf Texas to Kansas, we run 'cross lots of rattlesnakes, Meskin lions, wild bo'-hawgs an' dangerous steers.

"Oncet we was drivin' 'bout eight hunnuhd haid of cattle up de trail. We rech de Nueces rivuh 'bout dark one evenin', chowed, an' staa'ted to hit de hay when sump'n' staa'ted de cattle to runnin'. Hit was a turbul thing to see de cattle stampedin'; dey was haidin' Norf an' dere was a steep cliff 'bout a half mile ahaid. You know, whenevuh cattle staa'ts to stampedin' de onlies' way to stop 'em is to circle 'em. You has to turn de lead cows an' t'othuhs will turn attuh 'em. De lead critter of dis heah herd was a big steer wid de wides' horns Ah evuh seed.

"Ah jumped on my li'l' white pony, th'owed mah six shooter 'roun' mah wais', an' was off to stop de stampede all by mahself. Ah was ridin' high, shootin' mah gun an' gainin' on de lead steer all de time. Ah had jes' 'bout caught up wid 'im when we was 'bout fifty feet from de edge of de cliff. Ah was still ridin' full speed. Jes' 'bout de time we reched de cliff, de lead steer jumped. Ah th'owed mah rope an' hit landed square 'roun' de lead steer's neck. He was hangin' off de cliff wid mah lasso 'roun' his neck! Mah hoss's feet was dug in de groun', an' he was pantin' lack a baby, but Ah done saved de herd, 'caze all t'othuh cattle stopped. When de res' of de crew got dere, Ah was jes' yankin' de steer up to de groun'. Dey didn' b'lieve Ah coulda done a thing lack dat, but dere hit was rat 'fo' dey eyes."

Dat steer ovuh dere is de ver' same one mah gran'pa roped ovuh ninety yeahs ago. Gran'pa was sho 'nuff de greates' cowboy who evuh libed.

The Palacios Rancher and the Preacher

ONCET DEY WAS A CULLUD COWBOY what done go up de trail for a rich rancher 'roun' 'bout Cuero. Of a consequence, he come to be a knowledge man 'bout cattle, an' dey raisin', an' de prices dey brung. So, li'l' by li'l', he buy a bunch of cattle of his own 'till he done rech de place whar he hab a putty good herd.

He ain't yit ma'ied, tho', but he meckin' eyes at de daughter of a fawmuh, what hab a li'l' ranch an' fawm rat 'roun' Palacios, so he ast de girl to ma'ie 'im one Saddy night, an' dey gits latched an' buy 'em a li'l' spot of lan' rat close to de girl's pappy's fawm, an' staa'ts to raisin' cattle. Dis cowboy a haa'd wuckuh, so dey comes up fas' in de worl', an' in 'bout six yeahs he done come to be one of de bigges' cattle owners in dem paa'ts.

De girl rail proud of de cowboy, but dey's one thing dat she ain't lack 'bout de way he ca'ie hisse'f, an' dat am dat he ain't evuh traced his steps in de chu'ch house. So one night, 'roun' de turn of de week, she tell 'im dat she think he oughta go to chu'ch wid her, since de Lawd done blessed 'im wid a lots of money an' cattle an' lan'. So de cowboy say dat's awright wid him—he don' hab nothin' 'gainst de Lawd, he jes' ain't hab time to go to chu'ch, he been so busy trawna meck a libin' for 'im an' her.

Howbevuh, de nex' comin' Sunday, de cowboy puts on his gamblin' stripe pants an' dress coat an' goes to chu'ch up to Edna, Texas, wid his wife. De chu'ch dat dey 'cides to go to am de Mefdis' Chu'ch, what was raisin' money to buil' 'em a new chu'ch house. When de preachuh gits thoo wid de servus an' de las' Amen done been said, de cowboy walks up to de preachuh an' say, "Revun, you preached a damn good sermon."

60

"Now, looka here, brothuh," 'low de preachuh; "Ah don' know who you is, o' whar you comed from, but Ah wants to tell you rat now, we don' 'low no cussin' in dis chu'ch house."

"Ah! dat's awright; Ah still says you preached a damn good sermon, Revun," 'low de cowboy; "Ah put a hunnuhd dolluh bill in de colleckshun plate jes' now."

"De hell you did!" yell dc preachuh, an' den he look in de colleckshun plate, an' see de hunnuhd dolluh bill what de ranchuh done dropped in hit, an' he say, "Damn if you didn'!"

Eating out of His Own Bucket

ONCET, DOWN IN GRIMES COUNTY, dere was a white fawmuh what raised a cullud boy named Sandy from a small kid. Sandy's mama an' papa done come to be kilt one Sunday when dey was tracin' dey steps back from chu'ch an' de hoss dey was drivin' done runned 'way wid 'em an' th'owed 'em into a gully, an' break dey necks.

De why dat de white fawmuh kep' Sandy to help 'im wuck on de fawm am dat Sandy's mama an' papa was wuckin' on his fawm when dey was kilt, an' Sandy don' hab no aunts and unkuhs an' othuh things to stay wid—he don' ebun hab no brothuhs an' sistuhs. But Sandy meck de fawmuh a good han', an' de fawmuh don' hab no regrets 'bout keepin' Sandy an' raisin' 'im.

Evuhthing go lack clock-wuck 'till Sandy done growed into de shape of a man an' lucked up on 'im a wife named Eerie, what lib rat 'roun' Grimes County, a li'l' piece further down de road from whar Sandy wuck. One day attuh Sandy done come to be a ma'ied man, when his boss-man was plowin' a fur piece from de fawmhouse way 'cross a ravine an' hab Sandy doin' sump'n' else 'roun' de fawm, de fawmuh's wife calls Sandy an' tells 'im she wan' 'im to stop what he doin' an' teck her husban's lunch bucket, so he goes an' gits de lunch bucket an' lights out for de place whar de fawmuh plowin' up de new groun'. He opens de lunch bucket up an' peeks into hit, an' sees some great big

61

fat sody biscuits, a preserve jar full of good ole homemade sorghum 'lasses, an' 'bout six good ole thick juicy slices of bacon. Sandy's mouf begin to wadduh, so he smack his lips an' say, "Oomph! Oomph! dat grub de boss's wife sendin' 'im sho do look good!" So he tecks out two of de bigges' biscuits, turns de jar of 'lasses up, an' pours some of hit 'tween de top an' bottom layers of de biscuits, fetches two slices of bacon outen de bucket, fol's 'em up an' puts 'em 'tween de biscuits, an' den eats 'em.

Attuh Sandy done et de biscuits he tecks out his hankershuf, wipes his lips, an' den crosses de ravine an' mecks his way on down to whar de fawmuh's plowin' up de new groun'. He han's de lunch bucket to de fawmuh, an' attuh de fawmuh done peek in hit, he say, "Sandy, Ah knows how much lunch mah wife allus sen' me, an' all of hit ain't heah dis time—has you been eatin' outen mah bucket?"

"Yas, suh," 'low Sandy; "Ah et one o' two of de biscuits, an' a li'l' bit of de bacon an' 'lasses."

So de fawmuh tecks Sandy to task 'bout eatin' outen his bucket an' tells 'im to go rat dat minute an' move offen his premisus. De idea of a Nigguh eatin' out of a white man's bucket!

So Sandy trace his steps back to de fawmhouse an' goes an' tells de fawmuh's wife what done come to pass, an' dat de fawmuh tell 'im to move offen his premisus rat now, an' dat he say he kin use a pair of his mules to move an' den bring 'em back. But de fawmuh's wife done come to be mad at Sandy lackwise 'bout eatin' outen de fawmuh's bucket, so she say, "You ain't gonna do no sich a thing—you go git you some mules of yo' own to move offen de place." So Sandy goes ovuh to his wife Eerie's papa's house, an' borrows some of his mules, an' moves.

'Long 'bout five yeahs attuh Sandy done move offen de fawmuh's place, he driv back to see 'im one day, drivin' a fine span of bay hosses, an' him an' Eeerie dressed up to beat de ban' in de fines' duds you c'd buy.

When de fawmuh heah Sandy drivin' up in his surrey he comed outen de house to see who hit was, but he cain't b'lieve hit's Sandy an' Eerie all diked up in dem fine Sunday-go-to-meetin' clo'es, drivin' dem fine hosses, an' ridin' in dat fine surrey, so he puts his han's ovuh his eyes an' peeks out from unnuh 'em an' say, "Sandy, is dat you?"

"Sho hit's me, boss," say Sandy, rarin' back in de surrey seat an' actin' all proud lack; "Ah'm eatin' outen mah own bucket now."

The Farmer and the Unfaithful Wife

ONCET DERE WAS A FAWMUH 'roun' 'bout Jefferson what come to be ma'ied to a woman 'bout ha'f his age. De woman b'lieve she in lub wid 'im when she done come to be ma'ied to 'im, but attuh she done lib wid 'im for a mont' o' two, she rech de conclusion dat she ain't, but she yit meck out to him she still haid ovuh heels in lub wid 'im. Howbevuh, she staa't to keepin' comp'ny wid a younger man what wuck on a fawm 'bout five miles further down de road from her husban's fawm.

When she fuss staa't to gibin' dis young man leaveway to come to see her, she kinda careful 'bout hidin' what she doin', but attuh a li'l' while, she comes to be careless wid herse'f, an' her husban' gits suspicious of her. De why dat her husban' gits suspicious of her is dat she staa't to cookin' chicken dinnuh evuh evenin' for her young comp'ny keepuh, an' when her husban' gits home from wuckin' in de fiel's an' she sets his supper 'fo' 'im, dey ain't nevuh nothin' lef' of de chicken she done cook 'cep'n de wings an' de neck. So dis put her husban' on a wonduh, 'caze he know dat his wife ain't gonna eat dat much chicken by herse'f—he know dat she forced to had help from somebody else. So he stay on his watch, but don' nevuh fin' out who helpin' his wife eat up de chicken evuh day. De why dat he cain't nevuh ketch up wid who was eatin' up de chicken am dat his fawm am quite a ways out from de edge of town whar his house be, an' his wife know zackly how long hit teck 'im to ride from his fawm to de house. So she allus hab dis young comp'ny keepuh to meck his git-a-way 'fo' her husban' gits home.

But her husban' yit b'lieve she foolin' 'roun' on 'im, so he gits a boy what wuck on a fawm jes' 'cross de lane from his fawm an' scheme hit out wid 'im how he gonna trap his wife. His wife ain't nevuh evuh seed de boy, so he buys de boy a ole mule an' tells 'im to ride up to his house de nex' day on de mule, long 'bout dark, an' tell his wife dat he from Arkansas, an' dat he'd sho lack to hab food an' lodgin' for de night, an' to tell her dat he lack to sleep up high so he kin git de upstairs baidroom, what got a great big hole in de flo', so he kin peek down thoo hit an' see what goin' on downstairs.

So de boy gits on de ole mule de nex' evenin' 'bout dark an' mecks his way to de fawmuh's house an' knock on de do', an' ast his wife if'n she cain't gib a po' weary traveller a bite to eat an' furnish 'im a place to sleep fo' de night. So de fawmuh's wife fix 'im up a bite to eat an' tell 'im dey's a room upstairs whar he kin spen' de night.

'Bout a houah attuh de boy done gone upstairs to de room, he heahs a knock on de do' an' sees de fawmuh's wife open hit an' a strappin' young Nigguh come in an' set down to de table. Dey was a platter full of chicken an' some good ole bread puddin' steamin' hot on de table. De fawmuh's wife tecks her seat, lackwise, but dey ain't yit got staa'ted to eatin' good 'fo' de fawmuh's wife heahs de fawmuh unhook de gate an' staa't walkin' to'a'ds de house. She runs an' puts de bread puddin' unnuh de mattress in de baidroom an' puts de platter of chicken in de top dresser drawer, whilst de young fawmhan' she been keepin' comp'ny wid runs in de front room an' clams up in de fiah-place chimley.

Ez soon ez de fawmuh done tuck his seat, his wife staa't to tellin' 'im 'bout a boy what comed from Arkansas, an' dat she done fed 'im an' baid him for de night, an' dat he upstairs in de upstairs baidroom rat now. When de boy heah dis, he gap an' stretch lack he been sleepin' all de time an' comes on down de stairs to de dinin' room, an' de fawmuh's wife introduces him to her husban'.

So de husban' meck out lack he ain't nevuh seed de boy 'fo', an' say, "So youse from Arkansas, huh?" An' den he rar' way back an' say, "Huccome you don' tell us one dem good ole Arkansas stories?"

De boy look at de man kinda unnuhstannin' lack an' say, "Well, Ah

64

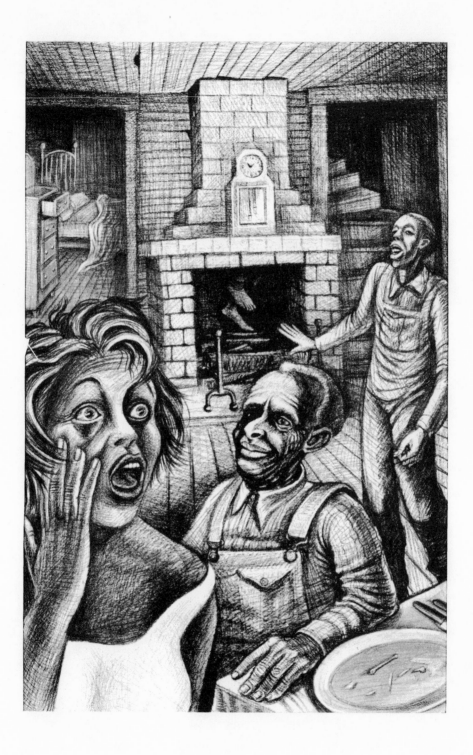

tells you—mah mama allus tol' me to not tell no lies, to allus tell de truf, so Ah'll be glad to tell you a true story." Den de fawmuh's wife, who don' in no wise know what de happenin's be, say, "Dat's fine—go ahaid on an' tell hit."

So de boy ram his han's way down in his pockets an' say, "One yeah when Ah was rail young, mah mama raised a garden, but evuh time de vegetables 'd git to de place dey was ready fo' de table, a ole sow named Betsy 'd break outen de hawg-pen an' eat 'em all up. So one day attuh Ah done comed in from school, an' ole Betsy done meck her way into mama's vegetable garden an' et up all her vegetables, Ah goes in de house an' gits mah sling shot an' den goes on out to de rock pile by de pastur' fence an' picks up fo' o' five of de bigges' rocks Ah kin fin'; Ah puts de bigges' in de sling shot an' th'ows hit at ole Betsy an' knocks a piece of her hip off ez big ez dat piece of puddin' yo' wife done hid unnuh de mattress on her baid; an' when Ah done did dis, Ah puts de nex' bigges' rock Ah hab in de sling shot an' th'ows hit at ole Betsy again, an' dis time Ah knocked a piece outen her haid ez big ez dat pan of chicken yo' wife done hid in her dresser drawer. An' you know sump'n'? From dat time on, dat hawg was jes' ez scairt of me ez dat man what's hidin' up in de fiahplace chimley is of you."

Religious Tales

"Gawd ain't gonna furnish evuhbody wid a lion."

Aunt Hetty and the Katy Train

F o' MAMA AN' PAPA sol' de li'l' ole fawm dey owned out to Bluff
  Springs an' tuck up city life heah in Austin, dey was a ole woman
libed out to de Springs, what husban' done died 'long time ago, an'
what let out de li'l' spot of lan' her husban' done lef' her on halvers to
whosomevuh wanna crop on hit.

De ole woman's name was Aunt Hetty, an' she fare putty good wid
halvers, 'caze she raise her own chickens, tuckies an' hawgs, an' hab a
good garden all de time. She do so good, 'till she hab a li'l' smitherin'
of cash money lef' evuh yeah, what she kep' in a ole 'lasses can unnuh-
neaf de mattress on her baidstid.

One yeah way late in de wintuh time, when:

> Hit was clear ez a bell;
> But cold ez hell

Aunt Hetty foun' a letter in her mailbox from her nephew in Fort
Wurf tellin' her dat her sistuh Maggie done died an' dat dey was
buryin' her dat comin' Thursday. Hit was late in de mawnin' time on a
Wednesday when Aunt Hetty got de letter, so she gonna hab to put on
a hustle if'n she wanna ketch de Katy train down in Austin what run
to Fort Wurf an' leave de depot at two o'clock in de evenin'. So Aunt
Hetty runs ovuh to whar she got her money statched out unnuh de mat-
tress on her baid, an' see if'n she got 'nuff cash to ca'ie her to her sistuh
Maggie's fun'ul an' back. When she gits thoo countin' up, she hab a
li'l' bit mo'n ninety dolluhs all toll in de can, so she kneels down on
de flo' an' fetches her ole straw valise out from unnuh de baid, opens up
her wash-stand drawer, pulls out a ole black satin dress, two outin'
flannel gowns, a ole outin' flannel unnuhskirt, a pair of long unions,
some thick cotton stockin's, an' a pair of high-top lace shoes. When
she done stuffed de gowns down in de suitcase an' closed hit back up,

69

she staa'ts to puttin' on her clo'es fas' ez she kin so she kin meck hit down to Austin in time to ketch de Fort Wurf train.

No sooner'n she done finished dressin' she grabs up her valise an' runs ovuh to ouah house an' ast Papa if'n he won' hitch up one of his hosses an' buggies an' teck her into Austin, so's she kin ketch de Katy train for Fort Wurf. Mama tell her she'll feed an' wadduh her chickens an' hawgs an' things whilst she's gone, an' papa grabs up his ovuhcoat an' goes on out to de stable an' hitches up his ole sorrel hoss name Nelly. 'Fo' you kin say "Jack Robinson" he done put de harness on ole Nelly an' hitched her up to de gig. So he yell to Aunt Hetty to hurry up an' come on an' git in—he ready to drive her on into Austin.

When Papa an' Aunt Hetty rech de Katy depot in Austin, de train was already pullin' into de station, an' Aunt Hetty's niece Josie runned up to her an' ast her if she done seed her mama Jenny, what was Aunt Hetty's sistuh libin' in Austin. Aunt Hetty tell her no she ain't seen her an' dat she was wondrin' if'n she gonna go to dey sistuh Maggie's fun'ul.

"Yeah," say Josie, "she goin' awright, an' she s'pose to ride de Oil Mill street car in plenty time to git heah to ketch de train; Ah wonduhs what in de name of de Lawd done happen to her?"

"Ah don' know Chile," say Aunt Hetty, "but Ah'll ast de conductuh to hol' up de train 'till she meck hit heah." So Aunt Hetty walk ovuh to de train steps whar de conductuh was hollerin', "All Aboard! All Aboard!" an' say, "Mistuh, won' you please suh hol' dis train 'till mah sistuh Jenny mecks hit down heah? We'se got to git to Fort Wurf to ouah dead sistuh's fun'ul 'fo' de day comes to a close."

"Ah'm sorry, Aunty," say de conductuh, "but Ah ain't gonna hol' dis train up for nobody—no time; yo' sistuh'll jes' hab to ketch de train tomorruh."

"She ain't gonna do no sich thing," 'low Aunt Hetty, "she gonna ride dis train today, an' if'n you don' hol' hit up Ah knows who will." An' no sooner'n Aunt Hetty gits dese words outen her mouf dan she lays her valise down on de groun', closes her eyes, bows down her haid, clasps her han's in front of her an' say, "Gawd, Ah's doin' po'ly down heah rat now, an' Ah needs you to come down heah an' len' me a helpin' han'; mah sistuh Jenny wanna ketch dis train stannin' heah in de train yaa'd, so's she kin git to ouah sistuh Maggie's fun'ul on time, but she ain't rech de depot yit an' de conductuh say he ain't gonna hol' de train 'till she gits heah; so Gawd, Ah'm astin' you to keep dis train from movin' 'till Jenny mecks hit heah."

An' you know sump'n'? Evuhbody on de train plum' flabberghasted, 'caze let alone de conductuh shoutin' at de top of his voice, "All aboard! All aboard!" an' stompin' his feet an' cussin', an' de engineer trawna pull de throttle an' staa't de train off, hit don' budge 'till 'bout twenny minutes attuhwards when Aunt Jenny done made hit to de depot an' tuck her seat side of Aunt Hetty.

De conductuh so mad he don' know what to do wid hisse'f, so when he rech for Aunt Hetty's and Aunt Jenny's tickets, he gibs Aunt Hetty a rail mean look, an' say, "You gotta change trains in Waco for Fort Wurf, an' on 'count of what you done did, dis train gonna be too late gittin' to Waco for you to ketch de train for Fort Wurf; de Fort Wurf train gonna be gone when we git dere, so you ain't helped yo'se'f none nohow."

"Oh yeah! Ah is too," 'low Aunt Hetty. "De same Gawd dat kep' dis train from staa'tin' in Austin, gonna hol' dat'n in Waco 'till we gits dere."

Sit Down, Self!

AH CALLS TO MIN' Sistuh Mandy Taylor an' her husban' what go by de name of Seth, what was croppuhs on de ole Robinson plannuhtation on de edge of de pos' oak districk jes' 'fo' you gits to Bryan. Sistuh Mandy hab de bes' backgroun' in de worl'—Gawd's her backgroun'—but her ole man, Unkuh Seth, almos' a sho 'nuff goner to de devul. Dis heah worry Sistuh Mandy rat smaa't, 'caze Seth gittin' olduh all de time, an' she don' wanna disrecognize de fac' dat his time ain't long on dis putty green carpeted soil, what dey calls de earth, so she tell Unkuh Seth one Sunday when dey habin' a big 'vivul at de Pilgrim's Res' Chu'ch down to Bryan dat he bettuh quit bein' slow ez 'lasses in de wintuh time 'bout jinin' de chu'ch an' go down to de 'vivul an' git religion. Unkuh Seth kinda mule-haided mos' de time, but dis heah time he pay heed to Sistuh Mandy, an' go wid her to de 'vivul dat comin' Sunday night.

Seth been libin' rat 'roun' de Brazos Bottoms all his life, an' ain't nevuh come thoo an' jine de chu'ch, but de preachuh what was preach-in' dis heah Sunday night was one of de bes' 'vangelists what de peo-ples in de Bottoms done evuh laid eyes on. So his preachin' gits de bes' of ole Seth an' he moseys up to de mounah's bench an' tells 'em he wanna jine de chu'ch an' be a Christun.

Dis meck Sistuh Mandy rail proud, so she git up long 'fo' daybreak dat nex' Monday mawnin' and cook Unkuh Seth some of de bestes' ham she got in de smoke-house for his breakfas', but when she look for 'im he ain't nowhars to be found. He ain't in narry room in de house, so Sistuh Mandy goes out in de yaa'd to see if'n she kin fin' 'im, an dere he is sho 'nuff, out at de wood-pile, crawlin' 'roun' on his han's an' knees lack he lookin' for sump'n' 'nothuh he done lose.

Sistuh Mandy don' wanna contrary Unkuh Seth, 'caze she done had haa'd 'nuff time gittin' 'im to jine de chu'ch, but she walks ovuh to whar he fumblin' 'roun' near de wood-pile an' say, "Seth, what's you doin' out heah in de wood-pile?"

"What's Ah'm doin' out heah?" say Seth, "Ah'm lookin' unnuh dese chips to see if'n Ah kin fin' a bug—de preachuh say las' night when Ah got converted dat dere was a bug unnuh de chip some place, so Ah's trawna see if'n Ah kin fin' 'im."

Dis heah show Sistuh Mandy dat Unkuh Seth ain't got no rail toe-hol' on religion yit, but she don' say nothin', 'caze she hope dat in time he come to be a knowledge man an' git dat thing lack de Word say git hit. But Sistuh Mandy in error, 'caze de ver' nex' Sunday mawnin' when dey goes to chu'ch, Seth show he ain't yit come to be a knowledge man 'bout religion.

De preachuh's subject for de mawnin' was "Sit Down Se'f," an' evuh time he'd put ovuh a pint 'bout Christuns bein' se'fish an' thinkin' of deyse'fs fuss, he'd holler, "Sit down Se'f, sit down!"

Unkuh Seth lissuned to de preachuh for a long time, but he didn' in no wise unnuhstan' 'im—he thought de preachuh was talkin' to 'im, an' was sayin' "Sit down Seth, sit down!" So fin'ly when de preachuh was almos' thoo wid his sermon, Unkuh Seth jumped up an' yelled, "Now look a heah Revun, dat's what Ah'm doin', settin' down, what you wan' me to do, stan' up?"

Sistuh Mandy was so outdone wid 'im she don' know what to do an' she say to herse'f dat she got to rig up some way o' 'nothuh to meck Unkuh Seth unnuhstan' de Word an' git on foot wid his religion. But she still done error, 'caze de Monday mawnin' attuh de nex' comin' Sunday night, what was de night dey serve de Lawd's Suppuh at de chu'ch house, Unkuh Seth gits up rail early an' goes down an' sets on de chu'ch-house steps, an' mess de deal up sho 'nuff. Hit was rail soon in de mawnin', 'bout five o'clock, an' some of de membuhs of de chu'ch who was on de way wid dey mule teams to plow up dey lan' spied Unkuh Seth settin' on de chu'ch-house steps an' yelled, "Seth, what you doin' settin' on de chu'ch-house steps so soon in de mawnin'?"

"Dis what Ah'm doin' down heah," said Seth—"De Lawd served sich a good suppuh las' night, Ah thought Ah'd come down heah dis mawnin' an' see if'n de breakfus he served was ez good ez his suppuh."

Elder Brown's False Teeth

AH CALLS TO MIN' a uppity preachuh by de name of Revun Brown, what pastuhed de Salem Baptis' Chu'ch on de ole Butler plannuhtation ovuh on de Li'l' Brazos, what put on more airs dan a prancin' mare when he preachin' in de pulpit or baptizin' in de rivuh. He de fashion plate of de preachuhs up an' down de Bottoms, an' he hab one of de putties' sets of teeth you done evuh looked at; dey was ez white an' shiny ez de pearly gates, an' he lack to show 'em off in de

pulpit by openin' his mouf rail wide so's evuhbody kin git a peek at his teeth all shinin' white an' pearly.

De membuhship know dat Revun Brown hab a putty set of teeth, but dey don' know dat dey am false teeth. An' dey ain't in no wise evuh gonna fin' out dat dey ain't rail teeth he got in his haid if'n sump'n' funny 'nuff to meck a monkey laff hadn't come to pass one Sunday down on de rivuh when Elduh Brown was baptizin' one of de converts, an' holler so loud 'till his false teeth jar loose from his mouf an' falls smack-dab in de rivuh.

Elduh Brown so put out he don' know what to do wid hisse'f, an' he too uppity to look for de teeth while de baptizin' goin' on, so he waits 'till de baptizin's ovuh, an' evuhbody done traced dey steps home, an' tecks a piece of bailin' wire outen his pocket, mecks a hook on one end, an' th'ows hit in de wadduh whar he thinks de teeth done jarred loose. He th'ows hit in an' yanks hit out, but dey ain't nevuh no teeth on de wire when he yanks hit out. He goes on in dis heah fashion for 'bout a houah, 'till fin'ly a li'l' ole boy by de name of Buster Nelson, what been watchin' Revun Brown fumblin' 'roun' in de wadduh from behin' a big pos' oak tree, come up to 'im an' say, "What you doin' Elduh? Fishin'?"

"Naw, Ah ain't fishin'," say Revun Brown; "mah false teeth done falled in de wadduh when Ah was baptizin' Sistuh Fortson 'while ago, an' Ah's trawna git 'em out."

"Says you is," 'low li'l' Buster. "Well, Ah tells you what Revun, if'n you kin wait 'till Ah goes home an' comes back, Ah'll git 'em out for you."

"Sho, Ah'll wait," say Revun Brown. So li'l' Buster runned home rail fas', an' putty soon he comed back wid a big drumstick tied to de end of a cord string an' th'owed it in de wadduh rat whar Elduh Brown done say his teeth falled in de rivuh; an' you know sump'n'? No sooner'n dat cord string hit de wadduh, dem teeth jumped up an' ketched hol' of de drumstick an' li'l' Buster yanked 'em out an' han' 'em to Revun Brown sayin', "Heah's yo' teeth, Elduh."

76

Saint Peter and the Marlin Negroes

A H CALLS TO MIN' de Mt. Carmel Baptis' Chu'ch, rat up dat paa't
de street yonnuh 'bout a block from de square. Hit still de big-
ges' Baptis' Chu'ch in Marlin, but Ah 'membuhs when hit didn' hab
nothin' but de Big Nigguhs in hit, 'cep'n one po' fawm han' from
offen de ole Maddox Fawm down to Fish Creek. De membuhship sho
raised a howl 'bout dis po' plannuhtation han' b'longin' to dis heah
silk-stockin' chu'ch too. Dey name hit de silk-stockin' chu'ch 'caze dey
ain't nothin' but Nigguh-rich folks what kin b'long to hit. Dat's de
why dey raise so much cane 'bout dis po' han', Mose Smith, b'longin' to
de chu'ch.

De Big Nigguhs pays big money in de chu'ch, but dis heah po'
membuh, Mose, hafto pay his dues wid chitlins, pork ribs, an' mid-
dlin's in de wintuh time, an' wid roastin' yeahs, wadduhmelons an'
sorghum 'lasses in de summuh time. De big dawgs in de chu'ch don'
wan' Mose in de chu'ch, but de pastuh, Revun Brown, hol' fas' for
'im, so he stay stan' pat in de chu'ch. De ones 'speshly what don' wan'
'im in de chu'ch was Doctuh Cook, what hab a Cadillac car; de unnuh-
takuh, Charlie Briggs, what hab a Packard car; de school principal,
'Fessuh Hamilton, what hab a Buick car, an' de son of a white boss-
man what lib out to Ebenezer, an' own his own fawm, by de name of
Jim Peterson, what hab a Dodge car. Dey 'low dat dis po' membuh,
drivin' his ole raggedy T-model Fo'd to de chu'ch-house steps, is a dis-
grace to de whole membuhship. You know, dey's a ole sayin' dat de
way you gits 'bout down heah on de earth am de same way you gonna
git 'bout when you gits to heabun.

Well, fin'ly all dese big dawgs in de chu'ch dies, an' Mose lackwise,
an' dey all goes to heabun. De fuss one to die was Doctuh Cook; so he
drives up to de pearly gates of heabun in his Cadillac honkin' his horn
loud ez he kin, an' Saint Peter says to 'im, "What kinda car's dat youse
drivin'?"

"Hit's a Cadillac," say Doctuh Cook.

"Well, den, you cain't come in," say Saint Peter.

De nex' one what die was Charlie Briggs, de unnuhtakuh; so he driv up to de heabunly gates an' tooted his horn rail loud jes' lack Doctuh Cook done did. "What kinda car's dat youse drivin'?" say Saint Peter.

"Hit's a Packard," say Charlie.

"Well, den, you cain't come in," say Saint Peter.

De nex' one to die was 'Fessuh Hamilton, de school principal; so he do lackwise an' go drivin' up to de heabunly gates blowin' his horn loud ez he kin blow hit. "What kinda car's dat youse drivin'?" say Saint Peter.

"Hit's a Buick," say 'Fessuh Hamilton.

"Well, den, you cain't come in," say Saint Peter.

De son of de white boss-man, Jim Peterson, was de las' one of de big dawgs in de chu'ch to die an' go up to heabun, an' he do jes' lack de res'—he driv' up to de heabunly gates in his Dodge jes' a-blowin' his horn. So Saint Peter squall out to 'im "What kinda car's dat youse drivin'?"

"Hit's a Dodge," say Jim.

"Well, den, you cain't come in," say Saint Peter.

De las' one of 'em to die was de po' han', Mose Smith. So he driv' up to de pearly gates wid his ole T-model Fo'd jes' a-rattlin' an' a shakin' lack hit was gonna fall to pieces evuh minute de Lawd sen'! Hit kep' up so much fuss 'till bof Saint Peter an' Gawd comes runnin' up to de heabunly gates an' peeps ovuh de fence to see what keepin' up all dis heah racket at de high gates of heabun; an' when Gawd looked out an' seed Mose an' his ole rickety Fo'd a-rattlin' an' a squeakin', he turnt to Saint Peter an' say, "Open de gate, Peter, an' let 'im in—he done had hell 'nuff!"

78

Salvation Is Free

ONCET DERE WAS A VISITIN' PREACHUH what comed from 'way somewhar to 'duct de servuses at de li'l' Baptis' chu'ch down to Berclair. De pastuh of de chu'ch gib 'im a big send-off when he introduce 'im, so de membuhship 'low dey gonna sho 'nuff heah a good sermon dat mawnin'.

De visitin' preachuh's name was Revun Allen an' de reports was dat he comed from way up Norf some place 'nothuh, an' dat he hab plenty book-learnin'. So evuhbody set back in dey seats to lissun at 'im.

Attuh de song servus, an' de scriptur's done been read, Revun Allen gits up, cleahs his th'oat an' say, "Brothuhs an' sistuhs, de subject of mah sermon dis mawnin' am 'Salvation am Free.' Yeah, salvation am free, for you an' me."

An' when de preachuh talk in dis wise, one of de ole deacons settin' in de Amen cawnuh, by de name of Deacon Harper, hollers, "amen." De why dat Deacon Harper holler "amen" am dat he don' b'lieve in gibin' no money to de chu'ch, so de preachuh talkin' rat down his alley. He say to hisse'f, "Now dis heah am one preachuh what don' in no wise wan' no money for his servuses. Ah gonna see if'n dese deacons gonna teck up a colleckshun for 'im when he done come to a stop wid his sermon."

No sooner'n de preachuh done come to a stop wid his sermon, de deacons goes up to de table, ez allus, to teck up a colleckshun, but when dey staa'ts up to de table, de ole deacon beckoned to 'em to retrace dey steps to dey seats, an' tells 'em de preachuh say "salvation am free," so dey don' hab to teck up no colleckshun for his sermon, 'caze hit am free.

De preachuh heahs what de ole deacon tellin' de deacons what done staa't up to de table to teck a colleckshun for 'im, so he turnt to whar de ole deacon was settin' an' say, "Lissun brothuh; lemme git you straight 'bout 'salvation am free.' Dere's a rivuh runnin' thoo dis town, ain't hit? An' if'n you hab a min' to do so you kin go down to de rivuh an' drink all de wadduh you wants to, free, but if'n de city pipe dat wadduh to yo' house, hit gonna cost you sump'n', ain't hit? Dat's de way hit be wid de gospel Ah done brung to you dis mawnin'; Ah done piped hit to you, an' hit gonna cost you sump'n'.''

Uncle Jerry and the Ship of Faith

DE BESTES' TALE Ah evuh heerd in mah whole bawn life am de one mah pastuh Revun Jackson used to tell in de pulpit when he wanna lay ouah race out 'bout doin' sump'n' 'nothuh dat de True, de Tried an' de Trusted Chile of Gawd ain't had no bizniss to do.

Look lack tellin' tales was Revun Jackson's birfmark; he hab mo' tales learned in de haid dan any othuh body Ah done evuh seed, or heerd tell of, for dat matter; he 'low dat when he was'n no mo'n a li'l' shirt-tail boy in de Brazos Bottoms dat he heerd a rail ole preachuh, what go by de name of Revun Brown, tell dis tale. He say dat one Sunday, in de nighttime, Revun Brown histed hisse'f up from de chaih he was settin' in on de platform an' say, "Brothuhs an' Sistuhs, mah discourse dis evenin' am gonna be on de Ship of Faith. De Nigguhs rat heah in de Brazos Bottoms, in de early day dey call Slav'ry Time, hab sich a haa'd time 'till dey wanna git shed of dey earthly life an' mosey on into de Holy Lan'; dat is if'n dey kin hab dey d'rothers; only trouble was dat dey ain't got nobody to pilot de way for 'em. Hit happen, howbesomevuh, tho, dat all de ole massas in de Brazos Bottoms gib de slaves leaveway to hab a Nigguh preachuh bring 'em de Word oncet a mont', at a big brush arbor dey done builted down on de banks of de Brazos.

"De ole man what brung de word to 'em was name Revun Jones, an' he ain't no sorry preachuh wastin' a good life, he a sho 'nuff stan' pat Nigguh wid Gawd. He don' jes' preach 'bout dis, dat, an' t'othuh —sump'n' to suit de peoples' fancy; he woke 'em up to de fac', if'n dey railly wanna git shed of dis earthly life an' rock on into de Holy Lan', dat he kin ast Gawd to figguh out a way for for 'em to do jes' dis thing. He 'low dat if'n dey goes on 'bout dey nevuhmin's, an' quits tamperin' wid de devul, an' comes to be de True, de Tried an' de Trusted chilluns of Gawd, dat Gawd gonna show 'em de Rainbow Sign an' gib 'em leaveway to leave de Bottoms an' rock on into de Holy Lan'. De Brazos Bottom Nigguhs don' jabber 'bout dis: dey tell Revun Jones rat off dat dey's ready to roll on into de Holy Lan' de minute Gawd think dey done rech de pint dat dey's fittin' to meck de trip.

"So, one Sunday night, 'bout a yeah an' a half attuh Revun Jones done been preachin' to 'em, he clum up on de platform an' say, 'Brothuhs an' Sistuhs, Gawd done rech de place now dat he thinks y'all is haa'd to crowd ez de True, de Tried an' de Trusted, so he done 'veal de way to me for y'all to git shed of de trials an' tribuhlations of dis ole worl' an' rock on into de Holy Lan'; he got de Ship of Faith down dere on de wadduh ready for you to go an' git on rat now, so all y'all what wanna roll on into de Holy Lan' go an' git on de Ship of Faith dis ver' minute an' we'll mosey on into hit.'

'Hallelujah! Hallelujah! De Lawd be Praised!
Yistiddy we was settin' an' cryin';
But today we'se ridin' an' flyin','

shouts de Brazos Bottom Nigguhs ez dey tecks a runnin' staa't for de Ship of Faith.

"Dey was in sich a hurry 'till lots of de li'l' bitty yaps gits runned ovuh an' trampled on—evuhbody so tickled to git outen de Bottoms an' out from unnuh de slav'ry yoke dat dey acks jes' lack a bunch of crazy peoples. Revun Jones, all de ole folks, de rail smaa't size chilluns, an' de li'l' bitty young'uns in de Bottoms was haidin' haid fo' mos' to de ship. Dey wasn't but one ole man in de whole bunch dat didn' wanna git on de ship an' dat was a ole man what go by de name of Unkuh Jerry. When Revun Jones calls Unkuh Jerry in questshun 'bout not gittin' on boa'd de Ship of Faith, Unkuh Jerry tell 'im dat he ain't gittin' on no ship to go to de Holy Lan', dat he gonna swim to hit. So Revun Jones tell 'im if'n dat's de way he wanna git dere, to go 'haid on. So Unkuh Jerry jumps in de wadduh rat 'long 'side de ship an' staa'ts swimmin' 'long 'sides hit. But when de ship done rech rail deep wadduh, a shark sees Unkuh Jerry an' lights out attuh 'im. When Unkuh Jerry looks 'roun' an' sees de shark trawna ketch 'im, he lets out a whoop an' yells to Revun Jones to let down a rope an' pull 'im up in de boat, but Revun Jones say, 'Ah ain't gonna do no sich a thing; you jes' swim on to de Holy Lan' lack you say you was gonna do.'

"Unkuh Jerry so scairt he don' know what to do wid hisse'f, but some how or 'nothuh he pulls hisse'f togethuh an' o..tswims de shark till he fin'ly gits in sight of de Holy Lan'. But when he done almos' rech hit, he spies a great big lion stannin' at de edge of de wadduh wid his mouf open, what look lack he jes' waitin' for Unkuh Jerry to lan' so he kin eat 'im up. Unkuh Jerry sho in a bad fix now; he eithuh got to turn hisse'f 'roun' in de wadduh an' go back an' be kilt by de shark, or go forward to de lan' and be kilt by de lion. So what he gonna do? Ah tell you what he do; he fin'ly puts his trust in Gawd an' swims to'a'ds de lan' wid de shark rat in 'hin' 'im, an when he do dis, de lion jumps on de shark an' kills hit an' leave Unkuh Jerry go stone free in de Holy Lan'. Gawd done furnish Unkuh Jerry wid a lion to 'tect 'im in de time of trouble, but don' you Nigguhs think Gawd gonna furnish evuhbody wid a lion; he ain't gonna do dat."

The Test Question

AH CALLS TO MIN' a rail ole deacon of a cullud Baptis' chu'ch in Eas' Texas named Brothuh Williams, what cain't nevuh in no wise git 'long wid t'othuh deacons in de chu'ch, an' de preachuhs, an' who allus changin' chu'ches evuh mont' o' two, 'caze he wanna be de chief cook an' bottle washer in de chu'ch, an' ebun down rule de preachuhs. He done b'long to neahly 'bout evuh cullud Baptis' chu'ch in Eas' Texas. De word fin'ly gits 'roun' 'bout what a haa'd customer Brothuh Williams is to gee-haw wid, an' hit fin'ly come to pass dat t'ain't no cullud chu'ch in Eas' Texas dat'd gib 'im leaveway to jine hit.

82

So Brothuh Williams goes to de bigges' white Baptis' chu'ch in Eas' Texas one Sunday an' tells de preachuh he wanna jine his chu'ch. So de preachuh say dat's awright, but he gonna hafto teck a 'zaminashun 'fo' he kin jine. Brothuh Williams say dat's awright wid 'im—go ahaid on an' ast de questshuns.

"Well, de fuss questshun am dis," say de preachuh, "Whar was Christ bawn?" Brothuh Williams scratch his haid a li'l' while, an' fin'ly he say, "M 'rshall."

"Naw suh," say de preachuh, "dat ain't rat, so you cain't jine mah chu'ch."

De nex' Sunday, Brothuh Williams goes to de bigges' white Mefdis' chu'ch in Eas' Texas an' asts de preachuh of dis chu'ch kin he jine hit, so de Mefdis' preachuh tell 'im jes' lack de Baptis' preachuh—he hafto pass a 'zaminashun fuss, so he ast Brothuh Williams de same questshun ez de Baptis' preachuh, "Whar was Christ bawn?" So Brothuh Williams scratch his haid, lack ez 'fo', an' say, "Crockett."

"Naw dat ain't rat," say de preachuh. "You cain't jine mah chu'ch."

But Brothuh Williams kinda bull-haided, so he ain't gonna gib up trawna jine a white chu'ch. De nex' comin' Sunday, he goes to de bigges' white Presbyterium chu'ch in Eas' Texas an' tells de preachuh of de chu'ch dat he wanna jine hit, so de preachuh say, "Awright, but you gonna hafto teck a 'zaminashun fuss 'fo' Ah kin teck you in de chu'ch —Whar was Christ bawn?" So Brothuh Williams scratch his haid, an' look down on de groun' lack he in a deep study, an' say, "Tyler."

"Naw, dat ain't rat," say de preachuh, "so you cain't jine mah chu'ch."

But Brothuh Williams ain't in no wise gonna yit gib up trawna jine one of de white chu'ches in Eas' Texas. So de ver' nex' Sunday attuh de Presbyterium done turnt 'im down, he goes to de bigges' white 'Piscopal chu'ch in Eas' Texas an' tells de rector dat he wanna jine his chu'ch, so de rector tells 'im dat's awright, but he gonna hafto 'tend confirmation classes. So Brothuh Williams say dat's awright wid 'im, too, he don' min', but he say, "Look a-heah Revun, Ah wanna ast you sump'n'—Whar was Christ bawn?"

"Palestine," say de rector. So Brothuh Williams snap his fingers rail loud an' say, "Dat's rat, Ah knowed hit was rat 'roun' heah in one of dese Eas' Texas towns, but Ah done cleah forgot which one hit was."

Deacon Wright's Confession

A H CALLS TO MIN' down to de Mount Gilead Baptis' Chu'ch, at Falls on de Brazos, a deacon by de name of Joe Wright, what bully all de preachuhs what come to pastuh de chu'ch an' run ovuh all de deacons, lackwise, by goin' wid dey wives.

He a great big six-foot black rascal, an' weigh 'bout two hunnuhd an' ninety-five poun's, so de pastuhs an' de deacons don' in no wise cross 'im—dey don' wanna git bruised up. He ca'ie on in dis heah wise for twenny yeahs o' mo', 'till fin'ly he gits too ole to flirt wid de sistuhs in de chu'ch an' 'cides to settle down an' be a good Christun.

De change comed one Wednesday night when dey was habin' confession meetin' an' hit comed ole Joe's time to tell his 'sperience. When his time come to testify, he gits up, looks 'roun' de chu'ch, from side to side, an' say, "Dis heah's de truf, from heah to heabun—from now on Ah'm gonna quit goin' wid Deacon Brown's wife, an' Deacon White's wife; Ah'm gonna let Deacon Smith's an' Deacon Green's wives alone lackwise. The fact of hit is, Ah'm gonna let all of de Deacon Boa'd's wives alone, an' Ah done ebun promised mahse'f to stop goin' wid de pastuh's wife."

An' when ole Joe said dis, one of de rail ole deacons who didn' hab no wife riz up outen his seat an' say, "Brothuh Wright, is you testifyin', o' is you braggin'?"

Rock, Church, Rock!

I N DE EARLY NINETEEN HUNNUHDS, 'roun' Beeville, an' t'othuh
towns 'roun' 'bout heah, dey warn't nothin' on earth for cullud
people to do 'cep'n wuck durin' de week-a-days an' go to chu'ch on a
Sundays. Of a consequence, de chu'ch comed to be de style of de day,
an' people flocked from evuhwhichuwhar to de chu'ch houses an'
brush arbors in Beeville, Runge, Goliad, Sand Ridge, de Minniwee,
Berclair, an' all t'othuh li'l' train stops in dese heah paa'ts.

Dey hab some pow'ful preachuhs in dem times comin' up, an' one
of 'em what hab de bes' go was a big black Baptis' preachuh down to
Runge what go by de name of Revun Cloud—dey say when he git to
yellin', an' a-hawkin', an' a-spittin', dat he cloudin' up, an' dat a rain
gonna pop up putty quick 'roun' dere, meanin' dat de peoples gonna
whoop an' holler, an' cry, an' shout Gawd-a-moughty offen de cross,
an' dat de chu'ch gonna do what dey call "Rock." Dey hab a sayin' in
dem times comin' up when de chu'ch membuhs gits happy, "Rock
chu'ch, rock!"

One Sunday when Revun Cloud was preachin' down to a Baptis'
convention dey was habin' unnuh a li'l' brush arbor down to Berclair,
an' all de Baptis'es from de whole country 'roun' done brung dey
lunch baskets full of grub so's dey kin eat dey dinnuh at de chu'ch
house, an' don' in no wise hafto trace dey footsteps back home 'till de
servuses for de whole day am thoo wid, Revun Cloud staa'ts to
preachin' at nine o'clock in de mawnin' time; at lebun o'clock he was
still preachin' an' de chu'ch was jes' lack a mad-house—de peoples
was shoutin' an' hollerin' "rock chu'ch, rock!" At two o'clock in de
evenin' time, Revun Cloud was still preachin'. His subject was, "If'n at
fuss you don' succeed, try an' try again, an' den keep on tryin', an'
den if'n you cain't meck hit, keep on suckin' 'till you do suck seed."
Mah mama say 'bout fo' o'clock in de evenin' time, it staa'ted to
rainin', but dis heah still didn't stop Revun Cloud. Mama say he wasn't
sayin' nothin' much, jes' hummin' an' singin' mos' de time, but he yit

goin' strong lack he ain't hit a tap of wuck. De peoples cain't figguh hit out how Revun Cloud kin preach all dat time an' ain't ebun down stopped to git him no sump'n' to eat. He heah 'em talkin' 'bout how he kin preach so long 'dout sump'n' to eat, an' he say, "Ah don' in no wise hafto eat, 'caze Gawd'll feed me; Ah b'lieves in Gawd, an' Gawd knows dat Ah's gonna preach forevuh an' forevuh, an' dey ain't nobody gonna stop me but Gawd." An' jes' 'bout de time Revun Cloud git dese words outen his mouf, dere comed a great big clap of thunnuh, an' a streak of lightnin' dat hit de chu'ch an' set hit on fiah. An' no sooner'n Revun Cloud looked up an' seed de roof of de brush arbor on fiah, he jumps down offen de platform an' staa'ts to runnin' to'a'ds de front of de brush arbor fas' ez his feets kin ca'ie 'im, yellin', "chu'ch am ovuh!"

Dog Ghosts and Other Spirits

"Dey ain't nobody kin meck me b'lieve Ah didn' see dat thing!"

Uncle Henry and the Dog Ghost

ONE SADDY, early in de mawnin' time, Unkuh Henry Bailey rigged up sump'n' 'nothuh to put on an' lef' Clarksville to go down to de big baseball game an' barbecue dey was habin' down to Oak Grove. Unkuh Henry used to eat up baseball when he was a pitchuh on de Clarksville team, so he yit lack to see a good ball game. Dat's de why he was goin' down to Oak Grove dat Saddy mawnin'— to see de Knights of Pythias an' de Oddfellows play off a twelve innin' tie dey done had de Saddy 'fo'.

Unkuh Henry rech Oak Grove long 'fo' de game staa't an' gits 'im a good seat on de side of one of de wagons what was stannin' at de fur end of de pastur' whar dey was habin' de barbecue an' ball game. Putty soon de players on bof sides comes lopin' up on dey hosses. Dey ties dey hosses to a fence pos', goes ovuh to de barbecue pit, grabs 'em a big hunk of barbecue, eats hit, an' attuh restin' up a spell, staa'ts to waa'min' up for de game.

But dey was way late gittin' on foot wid de game, attuh all, 'caze one of de pitchuhs dat hab to come from way off somewhar rech Oak Grove 'bout a houah late, an' dis shove de staa'tin' time of de game way back. But Unkuh Henry don' budge 'till de game am plum' ovuh an' de las' train done lef' for Clarksville. Hit was pitch dark when de game done come to a stop, so de onlies' way dat Unkuh Henry kin git home now is to walk.

Unkuh Henry don' min' walkin' in de daytime, but he don' in no wise relish walkin' down de railroad track in de dark. What pester Unkuh Henry is how is he gonna see whar to walk, dark ez hit done come to be? So he stoops down an' picks up a Coca Cola bottle what layin' on de groun' side de wagon he been settin' in an' goes down to de groce'y sto', what yit open, an' buys 'im 'nuff kerosene oil to fill up de bottle. Den he tuck off his necktie, folded hit up an' stuffed hit down in de bottle of kerosene. He struck a match to hit an' ez soon ez hit staa'ted burnin' he lit out to walkin' down de railroad track to'a'ds Clarksville wid de lighted Coca Cola bottle in his han's. Hit was gittin' darker an' darker all de time an' lookin' kinda stormified too, so Unkuh Henry gits rail sho 'nuff scairt an' 'magine he sees all kinds of eyes shinin' up at 'im from 'side de railroad track. He fin'ly gits so scairt till he staa'ts to runnin'. He was goin' jes' lack ole numbuh 30 goin' norf an' 'fo' you c'd say Jack Robinson he done rech Annona, but when he rech hit, he stop daid in his tracks, 'caze stannin' rat in front of 'im was a great big white dawg wid red eyes. De longer Unkuh Henry eyed de dawg, de bigger de dawg got. "Git back offen me!" yelled Unkuh Henry, hittin' at de dawg, but he cain't dote on de lighted Coca Cola bottle no mo', 'caze he done knocked de necktie outen de bottle on de groun' when he hit at de dawg. So he lit out runnin' down de railroad track again wid de big dawg rat at his heels. Fastuh an' fastuh Unkuh Henry's feet ca'ied 'im to'a'ds Clarksville 'till fin'ly he reched his house an' falled on de gall'ry limp ez a dish rag an' jes' a pantin' for bref. His wife, Aunt Jenny, heerd 'im fall on de gall'ry so she fetched a oil lamp offen de kitchen table an' comed out on de gall'ry to see what de trouble be wid Unkuh Henry.

When she seed Unkuh Henry stretched out on de gall'ry, she runned in de house an' brung 'im a dipper full of well wadduh. He drunk hit, an' putty soon he set up an' tol' Aunt Jenny all 'bout de big dawg runnin' 'im all de way home from Annona.

Aunt Jenny lissun at Unkuh Henry, an' when he done hab his say, she crack her sides a-laffin'. "Henry, come to think 'bout hit," she say, "you didn't hab to teck no runnin' staa't from dat dawg an' think you was no sho 'nuff goner: Dat dawg sperrit was jes' some good Christun frien' what done come back from de grave to bring you good luck an' 'tect you on de way home."

Unkuh Henry was awful sorry dat he done run hisse'f neahly to deaf for nothin', but jes' de same he don' stop short of de dinnuh table whar Aunt Jenny hab him a big dish of collard greens an' neck bones, an' a whole pan full of cracklin' bread waitin' for 'im.

De dawg sperrit didn't meck Unkuh Henry stop goin' to ball games, but he nevuh did stay 'way from home attuh dark no mo'.

The Dog Spirit Doctor

SEE DAT OLE RUN-DOWN HOUSE 'way 'crost de street down yonnuh what ain't got no do's an' windahs in hit, what de birds roostes in? Well, long time ago when by-gones was usterbees, dey was a widow woman an' her daughter libed dere by de name of Jones. Dey tuck in washin' an' i'onin' for a libin', an' was rail good chu'ch membuhs. Evuhbody was in a wonder ez to why de gal, what was name Liza Mae, don' ma'ie, but she 'low dat her mama ain't got nobody but her since her papa died, an' she gonna stay rat dere on de place wid her mama 'till her mama die. Liza Mae done rech sebunty-two yeahs ole when Aunt Patsy died, an' dey been libin' dere by deyse'f for nigh on fifty yeahs.

Attuh Liza Mae's mama done died an' been buried, evuhbody was in a wonduh ez to how Liza Mae gonna fare by herse'f, 'caze she so use to her mama. But dey don' hab to wait long to fin' out how she gonna fare, 'caze de ver' nex' day attuh dey done buried her mama, a haid-ache th'owed her an' laid her flat on her back in de baid. She jes' poured med'cine down her, but hit didn' ease her misery a'tall. She jes' rolled an' tumbled all day long, an' all night long lackwise. Well, dis heah kep' up for 'bout three mont's 'till one night Liza gits up outen de baid an' goes out in de backyaa'd to git a li'l' fresh air an' see if'n hit won't ease de misery in her haid a li'l' bit.

But, 'twarn't long attuh Liza Mae staa't walkin' 'roun' in de back-yaa'd 'fo' she heerd sump'n' lack a puff of win' pass by her. She looked 'roun', an' what she reckon she seed?—a big white dawg wid a haid-rag on lookin' straight at her. De funny thing 'bout hit was dat de dawg hab a lots of pills stuck all ovuh de haid-rag he wearin'. Fin'ly de dawg tuck one of his paws an' pinted at de pills stuck in de haid-rag, so Liza Mae rech down an' got one of 'em an' swallowed hit. An' you know sump'n'? De minute she tuck dat pill her haidache stopped an' didn' hurt her no mo'! Liza Mae don' know what to meck of dis heah 'till she look down at de haid-rag de dawg was wearin' an' seed hit was made outen de same piece of cloth ez de dress her mama was buried in. She know den dat dat dawg was her daid mama, what done comed back to ease her misery an' keep her from bein' low sick.

The New Wife and the Breeches Quilt

JIM HARRIS was one of de sweetes' husban's in Hunt County. Jim an' his wife Mirandy hab two li'l' gals an' two li'l' boys, an' own a big spot of lan'—'bout 500 acres of de riches' lan' in de Red Rivuh Bottoms. Mirandy used to 'low dat she wouldn' trade Jim for Jack Johnson, ebun if'n Jack was de champun of de worl'.

Jim an' Mirandy was one of de happies' ma'ied couples in de county, an' tuck great intrus' in de schoolhouse an' de chu'ch—fact of hit is Jim gib two acres of de bes' lan' he own for 'em to buil' de li'l' cullud schoolhouse on, an' let de teachuh stay wid him an' Mirandy widdout payin' a cryin' copper cent for her boa'd an' keep.

But dis condition ain't in no wise gonna stan' pat lack dis heah for long. One yeah, when spring was jes' ovuh de hill, Mirandy goes out in de lowuh pastur' to git de milk cows so she kin milk 'em 'fo' Jim come home from plowin' up some new groun' he done grubbed up, an' she gits cut off from de house by a late northuh. Hit was cold 'nuff to freeze a skeetuh, an' Mirandy ain't got on nothin' but a li'l' ole thin percale dress, so she tuck low sick wid de pneumonia an' died in less'n a week.

De chilluns wasn't ole 'nuff to cook an' wash an' i'on, so dey wasn't much help to Jim. All dey c'd help wid was feedin' de chickens an' tuckies an' ducks an' hawgs, so de school teachuh Miz Nelson, what was stayin' wid 'em, tell Jim dat she don' min' cookin' for 'im an' de chilluns an' doin' dey washin' an' i'onin', 'caze Jim an' Mirandy done

93

put deyse'f out by 'vidin' her wid boa'd an' keep evuh since school staa't in November. So Jim say dat would set things off jes' right, since hits plowin' season an' he gonna hab to spen' de whole day, evuh day, gittin' his lan' in trim for plantin' time.

De teachuh treat Jim an' de chilluns so good 'till Jim run slapbang into de trap de teachuh done set up for 'im. Jim don' hab de knowledge to know dat de teachuh am a speculation outfit, an' dat she done set her cap to ma'ie 'im so she won't in no wise hab to worry no mo' 'bout wuckin' for thirty dolluhs a mont'. She know dat Jim am a good ketch, so she aim to go fishin' for 'im. She come to be a good fisherman too, 'caze jes' 'fo' de school close down in April, Jim ast her to ma'ie 'im. Evuhbody in de colony was knocked clean offen dey feet, 'caze Mirandy ain't been dead no mo'n a mont' an' a ha'f, an' dey 'low Jim ain't doin' de rat thing, but jes' de same Jim an' Miz Nelson gits Revun Morgan, de Mefdis' preachuh, to ma'ie 'em an' dey comes to be man an' wife.

Evuhbody wonduh how de ma'iage gonna turn out, so dey all keeps a watch. But Jim an' his new wife don' let dis git de bes' of 'em; dey an' de chilluns gits 'long fuss rate togethuh 'till hawg-killin' time come de nex' wintuh. A big blue northuh blowed up one day jes' attuh de las' bale of cotton done been picked on Jim's fawm, an' Jim tuck one of de fattes' sows he hab in de hawg-pen an' kills hit so his fam'ly kin hab some good ole pork ribs an' chittlin's. Attuh de hawg done been cut up an' put in de smoke-house, Jim buil's a big fiah in de fiahplace, an' dey all sets 'roun' hit 'till dey dozes off to sleep.

Soon ez de chilluns goes to sleep, Jim's new wife—Susan was her fuss name—goes an' gits some ole raggedy, dirty quilts outen a ole trunk an' puts 'em on de chilluns baids for kivver. Attuh she done finish meckin' de chilluns baids, she looks on top of de chifferobe an' tecks down a spank-brand new breeches quilt what Mirandy, Jim's fuss wife, done quilted jes' 'fo' she died for de chilluns to sleep unnuh, an' puts hit on her an' Jim's baid. Dey goes to baid an' is sound asleep when dey feels sump'n' 'nothuh tuggin' at de breeches quilt. So both of 'em jumps up rail quick, jes' tremblin' to beat de ban', an' lights de oil lamp, an' what you reckon dey sees—a great big shaggy dawg draggin' de breeches quilt 'crost de flo', an' puttin' hit on de li'l' gals' baid. Dey hollers at de dawg an' hit jes' vanish into thin air. Den Susan tecks de breeches quilt an' puts hit back on her an' Jim's baid. But de ver' nex' night attuh dey done gone sound asleep, de dawg comes back an' tecks de quilt offen dey baid an' puts hit ovuh de two li'l' gals on dey li'l' baid. But Susan tecks hit offen de chilluns baid lack ez 'fo' an' puts hit back on her an' Jim's baid.

Dese heah doin's keep up for fo' straight nights, 'till Susan fin'ly gits mad an' say, "Look a-heah, Jim! If'n you don' do sump'n' to stop dat dawg from teckin' dat quilt offen ouah baid evuh night, Ah'm gonna quit you an' leave." Jim tell her dat dat's awright wid him, 'caze he knowed dat dat dawg am his dead wife, an' dat she don' lack hit 'bout dem sleepin' unnuh de quilt she done quilted for de li'l' gals, an' dat she done comed back from de grave to see to hit dat nobody ain't gonna in no wise sleep unnuh hit but her li'l' gals.

Little Nero and the Magic Tea Cakes

YOU KNOW OLE LADY COLEMAN what lib de secon' house from de chu'ch house down by de railroad crossin'? Well, she hab a girl one time what go 'way somewhar an' ma'ie an' hab a li'l boy name Nero.

When li'l' Nero wasn' no mo'n five yeahs ole, his mama got kilt in a wreck in one dem "starvation buggies," an' his papa brung de li'l' felluh to lib wid ole lady Coleman, an' pay her for his boa'd an' keep. Ole lady Coleman lub de li'l felluh ver' much 'caze he de onlies' gran'- baby she got in de whole worl'. She do evuhthing unnuh Gawd's sun to please 'im; she git 'im lots of putty li'l' things to play wid, a li'l' red wagon to ride in, a li'l' red rockin' chaih to rock in, an' a cute li'l' baid wid a feather mattress to sleep on. She hab a li'l' blue feather pillow for his baid, too, an' plenty kivver for 'im to kivver hisse'f up wid when hit comed to be wintuhtime.

De onlies' thing dat ole lady Coleman didn' fare too good wid was li'l' Nero's eatin'; he 'speshly hab a sweet toof, an' lack sweet things to eat all day long. But don' gib a keer how many sweet things ole lady Coleman cook 'im—lemon pies, chocolate cakes, sweet 'tater pies, an' peach cobblers—he wouldn' eat no mo'n one o' two bites of 'em. He'd jes' sit 'roun' wid his han's unnuh his chin an' look outen de windah lack his min' in a transom.

Ole lady Coleman was plum' flabberghasted 'bout de way li'l' Nero was ca'ien on, but don' meck no diffunce how much she coax' 'im to eat de cake an' pie she fix for 'im, he don' budge. He was gittin' all out of han' when hit comed to de eatin' bizniss, an' didn' look ez pert ez he did when his papa done brung 'im to lib wid ole lady Coleman. Her haa't reched out to de li'l felluh, but she yit couldn' figguh out how to git 'im to eat de sweet things she cook for 'im.

Ole lady Coleman done jes' 'bout rech de end of de rope wid her patience when sump'n' happen one night dat move li'l' Nero's eatin' stumblin' block outen de way. One night 'bout twelve o'clock, li'l' Nero felt sump'n' rail hot lack a win' blowin' in his face, so he waked up an' seed a white puff of smoke comin' in de room thoo de winduh. When de smoke done rech li'l' Nero's baid, it turnt into a big white dawg an' staa'ted coughin' up tea cakes on de flo'. When de dawg done coughed up a lots of tea cakes, he turnt hisse'f into some smoke again an' went back outen de winduh. Li'l' Nero was scairt, but he jumped outen his baid rail quick an' picked up some of de tea cakes an' staa'ted eatin' 'em. De tea cakes jes' suit his appetite, so he et 'bout fifteen o' twenny of 'em. He den went out in de kitchen an' fetched a flour sack an' put de tea cakes what was lef' in hit; den he tuck de sack of tea cakes an' hid 'em unnuh de mattress on his baid.

De nex' mawnin' when ole lady Coleman comed in li'l' Nero's room to call 'im to breakfus', he jumped outen de baid a-grinnin' an' actin' so happy dat ole lady Coleman wonduh what done come ovuh 'im. She say, "Nero, Ah sho is glad youse feelin' so good dis mawnin'; huccome youse so happy?" Li'l' Nero don' say a word; he jes' teck his gran'ma by de han', lif' up de mattress an' show her de flour sack full of tea cakes.

"Whar dese tea cakes come from, Nero?" say ole lady Coleman, so li'l' Nero tell her what done come to pass durin' of de night, an' grabs up 'nothuh han'ful of tea cakes an' staa'ts eatin' 'em.

Ole lady Coleman glad dat sump'n' done happen to meck li'l' Nero happy, but she yit doubt what de li'l' boy say. Putty soon tho' she switch her min' 'roun', 'caze don' keer how many tea cakes li'l' Nero et durin' de day, de nex' mawnin' de flour sack was plum' full of tea cakes again.

One time li'l' Nero's papa comed to see 'im, an' tuck a peek at de tea cakes, an' say dem's de same kinda tea cakes de li'l' felluh's daid mama used to cook for 'im all de time.

The Saturday Night Fiddler

DURIN' COTTON-PICKIN' TIME in de Red Rivuh Bottoms, Saddy was de day dat de cotton-pickuhs what done come from 'way somewhar don' go to baid wid de chickens—'stead, dey buil's 'em plank platfawms on de fawms whar dey's pickin' cotton an' habs 'em a rail break-down ball what las' slap-bang up to de time de roosters staa't to crowin' for daytime Sunday mawnin'.

De fawmuhs cain't in no wise hol' de cotton-pickuhs down neithuh, o' keep 'em from runnin' 'way wid things. Dey hab a sayin' in dat time comin' up de Red Rivuh Bottoms dat "If'n a white man c'd be a Nigguh in de Bottoms for jes' one Saddy night he nevuh would wanna be a white man no mo'!"

Dey allus hab a fiddle player to play de music for 'em to dance by evuh Saddy night, an' dey don' do him no dirt 'bout payin' 'im eithuh —he kin allus dote on gittin' 'bout twenny dolluhs for de night, an' dis heah mo'n de school teachuh mecks in a couple of weeks. Of a consequence, de news travel 'roun' fas' 'bout de fas' money dat fiddle players mecks in de Red Rivuh Bottoms on a Saddy night, so fiddlers from evuhwhichuwhar mecks dey way into de Bottoms to play for dese Saddy night platfawm dances. Of occasion, a fiddler ebun down come from way down in Loozyannuh, on t'othuh side of de Red Rivuh, to play for dese Saddy night flang-dangs.

Oncet, one of dese Loozyannuh fiddlers was way late gittin' off from Sweespote an' didn' lan' in de Bottoms 'till pitch dark. De reason hit was way pas' dark when he rech de Bottoms was dat he brung his li'l' brothuh wid 'im. His mama jes' die an' leave his li'l' brothuh, an' de fiddler's de onlies' libin' relative de li'l' boy got, so he hab to tag 'long wid de fiddler wharsumevuh he kin latch on to a job playin' de fiddle.

De fiddler worried a whole heap 'bout gittin' to de Bottoms so late, 'caze he got a extra mouf to feed now. His pocket change rail low, an' he yit don' know if'n he gonna git a job playin' for a platfawm dance dat night. He yit got to go bird-doggin' for a dance to play for, an' his li'l' brothuh's feets is so so', an' his legs so achin', an' his tongue so hangin' outen his mouf lack a dawg when he been runnin' a rabbit 'till de fiddler don' wanna meck de li'l' boy walk anothuh-furthuh. So, de fiddler looks at his li'l' brothuh rail pitiful lack, 'caze he know how bad de li'l' felluh am farin'. But whar in de name of de Lawd am he gonna leave de li'l' boy while he hunt for a place to play his fiddle? Dat am de questshun what pesterin' 'im now. But jes' den he look up an' seed a white man joggin' 'long de road on a saddle hoss, an' he stop de white man an' ast him do he know whar's de cotton-pickuhs habin' a dance dat Saddy night, an' do he know whar dey's a place he kin leave his li'l' brothuh whilst he go bird-doggin' for a place to play his fiddle. De white man tell him yeah, dat dey was habin' a big dance piece-ways down de road on de rat han' side, an' dat dey's a ole cotton-seed house, 'bout ebun wid whar he stannin' rat now on de lef' han' side, whar he kin leave his li'l' brothuh. De fiddler thank de man, den tuck a box of matches outen his pocket, lit one of 'em, an' look cross de barb-wire fence to de lef', an' sho 'nuff, dere was de cotton-seed house jes' lack de white man done tol' 'im. He tickled to deaf 'bout findin' a place to leave his li'l' brothuh, 'caze he know he was moughty haa'd to crowd ez a fiddler, an' he know dat he ain't in no wise gonna hab no trouble landin' a job to play for a dance, if'n he fin' de place whar dey's habin' de dance. So he tecks his li'l' brothuh by one han', his fiddle in t'othuh'n, clams thoo de barb-wire fence wid 'em, an' goes on ovuh to de cotton-seed house. Dey's a ladder leadin' to a windah on one side, so he clams up de ladder, ca'ies de li'l' boy thoo de windah, tecks de blankets he ca'ien on his shoulder for 'im an' de li'l' boy to sleep on, spreads one of 'em out for de li'l' boy to stretch hisse'f out on, an' gibs 'im a paper sack wid some cheese an' crackers an' ginger snaps in hit to eat if'n he gits hungry. He den tecks his fiddle, tells his li'l' brothuh, "So long," an' strikes out down de road to see if'n he kin fin' de spot whar dey's habin' de dance.

De cotton-seed piled so high in de cotton-seed house almos' up to de top of de ceilin' 'till de li'l' boy barely hab room to stretch hisse'f out, but fin'ly he manage somehow to git hisse'f fixed so he kin lay down an' res' his tiahed limbs. But his big brothuh ain't been gone no mo'n a couple of minutes when de li'l' boy heahs a puffin' noise, an' when he riz his haid up to see what de trouble be, what you reckon he seed?— some smoke comin' thoo de windah of de li'l' cotton-seed house. De li'l' boy so scairt he pull de blanket ovuh his face rail quick an' staa't tremblin' lack a leaf. He lay dere for quite a spell 'till fin'ly he gits up 'nuff courage to peek out from unnuh de cover, an' what you reckon he seed dis time?—a great big white dawg stannin' up at de foot of his pallet lookin' down at 'im. De li'l' boy so scairt he cain't ebun holler— he jes' lay dere wonderin' if'n de dawg gonna bite 'im an' tar 'im to pieces, but de dawg don' budge from whar he stannin'—he jes' stan' dere an' look down at de li'l' boy an' don' meck a soun'.

Fin'ly, de li'l' boy see dat de dawg don' ack lack he gonna bite 'im, so he doze off to sleep an' sleep 'bout eight houahs. When he woke up, hit was 'bout five o'clock in de mawnin', an' de dawg was still stannin' ovuh 'im jes' lack he was 'fo' he done dozed off to sleep. Putty soon attuh de li'l' boy waked up, he heerd his brothuh comin' down de road playin' his fiddle, an' jes' 'fo' his brothuh rech de cotton-seed house, de dawg turnt into smoke again an' went back outen de windah he done come in. When de fiddler comed in, his li'l' brothuh tol' 'im what done come to pass, an' de fiddler 'low dat dat dawg was 'im an' de li'l' boy's mama, what done comed back from de grave to keep a watch ovuh de li'l' felluh whilst he was fiddlin' for de cotton-pickuhs to dance.

The Oak Cliff Dog Ghost

ONE SADDY NIGHT down on Deep Ellum an' Central track, rat attuh de las' show done let out at de Harlem picture show, a big fat yalluh woman wid a white dress on comed up to a taxi-cab drivuh an' tol' 'im she wan' 'im to teck her out to Betterton Circle, in Oak Cliff.

Hit was durin' of de Depreshun, an' de woman an' de taxi-man talk all de way 'bout how haa'd hit done come to be to meck a hones' dolluh an' de way de white folks was cuttin' down on dey help, an' lettin' 'em go.

Dey go on in dis heah wise 'till de taxi-man turnt de cawnuh goin' into de block on Betterton Circle whar de woman done tol' 'im she wanna go. De taxi-man look back to ast de woman if'n dis heah block am de one whar she done tol' 'im she wan' 'im to teck her, an' what you reckon he seed when he look back?—a great big yalluh dawg wid a white ring 'roun' his neck settin' in de back seat 'stead of de woman what he done picked up on Deep Ellum. She ain't no whars to be foun'—ain't nothin' in de seat 'cep'n dat great big ole yalluh dawg jes' a-pantin' an' lookin' straight at de taxi-man wid his big red eyes. De taxi-man froze stiff in his seat—he cain't move a muscle—but putty soon he gits a holt on hisse'f, jumps outen de taxi-cab an' runs up to de house what de woman done gib 'im de numbuh of, an' raps on de do'. A rail ole man opens de do' an' ast 'im what in de name of de Lawd do he want? De taxi-man tol' 'im 'bout pickin' up a yalluh woman ovuh on Central Track, an' 'bout her gibin' 'im dat house numbuh to bring her to, an' de ole man say, "Sho, Ah knows all 'bout hit—dat's jes' mah daid wife an' dis de day dat she done died. Evuh yeah, since de yeah she done died, she comes back to see me on dis heah day an' brings me a ten dolluh bill; she in heah now settin' down to de table eatin' suppuh wid me; don' you wanna come in an' see her?"

"Naw Suh! Naw Suh!" yell de taxi-man, runnin' an' jumpin'

offen de porch 'dout ebun down waitin' to collect his taxi-fare, "Ah'll teck yo' word for hit."

An' you know sump'n'? From dat day to dis one, dey ain't nobody git dat taxi-driver to meck 'nothuh trip out to Betterton Circle.

Little Tom and His Mean Brother

L I'L' TOM JACKSON was one of de Jackson boys what was raised an' bawn rat 'roun' Bois d'Arc Creek dat hab de knowledge to count his pennies an' come to be Nigguh rich. But Tom hab a no-'count triflin' brothuh dat go by de name of Sandy, dat don' know brushwood from big timber. Dis heah brothuh allus sayin' mean things 'bout Tom, 'caze Tom done comed up in de worl' an' he don' ebun own a pair of mules. He ain't done nothin' all his life 'cep'n wuck up an' down de Red Rivuh Bottoms on boss-menses' fawms an' drag his fam'ly from one place to 'nothuh evuh yeah de Lawd done sen'. When peoples in de community 'd brag on de way Tom done come to be a good liber, Sandy'd jes' turn up his nose an' say, "If'n Ah had mah d'rothers, Ah'd jes' ez soon wuck fo' t'othuh man," an' dat's jes' what he do too. Sandy so mean dat he won' ebun down set foot in li'l' Tom's house, an' when he meet 'im in de road, he turn his head t'othuh way.

But dis heah don' meck Tom hab no bad feelin' 'gainst Sandy, 'caze Tom a good Christun man an' don' tamper wid de devul, o' none of his imps. Tom got a whole heap of religion, an' done git dat thing lack de good book say git hit. Tom done winned a prize one yeah for habin' de bes' fawm in de county, too, white o' black, an' you know you got to *double* win hit if'n you win a prize from white folks. So Tom jes' go 'long an' don' teck keer 'bout nothin' Sandy say, 'caze he libin' in a big sebun room house, own 600 acres of de bes' lan' in de Bottoms, got a good wife an' a fine boy, while Sandy an' his wife an' chilluns libin' in a li'l' ole run down shack wid holes in de roof big 'nuff for a tuckey to fly thoo. But, all de same, of occasion, li'l' Tom gits down in de dumps an' worry 'caze his brothuh won' set foot in his house; he 'low attuh all, dat dey was blood kin, an' he know his mama what done died an' gone on to glory wouldn't wan' him an' Sandy to be on de outs wid one 'nothuh. But Sandy stan' pat 'bout nevuh settin' foot in li'l' Tom's house, 'till li'l' Tom gits killed in a stretch of timber on his fawm by a boy what was huntin' an didn' hab de knowledge to know dat Tom was comin' out from 'hin' a tree whar he was shootin' at a squirrel what was clammin' up de tree, so de shot from de boy's gun lan' rat in Tom's chest, an' he die 'fo' de doctuh kin be fetched.

De same night attuh dey done buried li'l' Tom in de li'l' graveyaa'd down at de chu'ch house, Liza Mae, Tom's wife, an' Tom's boy, what go by de name of Dudley, was settin' down cryin' an' talkin' wid one 'nothuh when dey heerd somebody walk up on de gall'ry. Liza Mae opened de do', an' who you reckon she see stannin' dere jes' grinnin' but Sandy, li'l' Tom's brothuh, who ain't nevuh set foot in Tom's house long ez he live. Liza Mae 'vite 'im in de house an' ast what he want, an' he say he come to git all Tom's suits of clo'es, wuckin' clo'es, shirts an' shoes—dat's what he want—an' for her to git up outen dat chaih she settin' in an' go an' git 'em for 'im rat now; he don' wan' no foolishness 'bout hit. Liza Mae tell 'im dem clo'es jes' fit her boy Dudley, an' she gonna gib 'em to 'im, but Sandy glare at her, an' 'low Dudley ain't gonna hab dem clo'es no sich a thing, so he shove Liza Mae an Dudley aside an' goes ovuh to de wall whar li'l' Tom's clo'es am hangin', grabs a sheet offen de baid, wrops 'em up, puts 'em on his back an' staa'ts walkin' down de road to'a'ds his house. But he ain't no mo'n staa'ted good when he feel de bundle of clo'es staa't to git rail heaby, so he look back an' see a great big white dawg taggin' 'long 'hin' 'im, way back. Sandy don' pay de dawg no nevuh min', but de furthuh he go, de heabier de bundle of clo'es gits. So Sandy look back at de dawg again, and de dawg gittin' closer an' closer to 'im all de time, but he yit don' pay de dawg no 'tention, but putty soon de bundle of clo'es gits so heaby 'til Sandy hab to drop hit, an' when he try to lif' hit offen de groun' hit so heaby he cain't lif' hit up. So he look 'roun', an' dat dawg dat been followin' 'im is stannin' rat side de bundle of clo'es, an' am three times ez big ez when Sandy fuss spied 'im, so Sandy stops tryin' to lif' de bundle of clo'es offen de groun' an' lights out to runnin', an' don' slack up 'till he gits home.

De nex' mawnin' when Liza Mae an' Dudley opened dey do' an' looked out on de gall'ry, dere was de bundle of clo'es Sandy done tuck settin' rat by de do'.

Dey say dat dawg sperrit was li'l' Tom, an' dat he comed back from de grave to keep Sandy from mistreatin' his wife an' teckin' his clo'es.

The Dog Ghost and the No Account Boy

LONG TIME AGO, when Ah was a whole lots littler'n airy one of y'all, dey was a ole man by de name of Unkuh Jake Wilson what libed way out on de edge of town all by hisse'f. His wife, Aunt Mandy, done gone to glory for many a yeah now, an' de onlies' chile dey hab, a boy chile name Simon, what done been haa'd brought up an' li'l' thought of by his mammy an' pappy, done runned off to Dallas while he yit in knee pants. Dis boy Simon was young an' worl'y an' cut quite a shine in Dallas, so dey say, so he turnt out to be a sport an' hab a whole lots of bad womens wuckin' for 'im, an' totin' 'im de money dey meck offen othuh menses.

Howbesomevuh, when ole man Wilson done kicked de bucket, dis no 'count boy, Simon, comed home to de fun'ul, an' since his papa done lef' 'im a li'l' fo' room house, an' lots of tuckies, chickens an' hawgs, hit comed to 'im to switch his min' 'roun' 'bout libin' in Dallas an' come on back home to Plano to lib. But he ain't traced his footsteps back home no mo'n a mont' 'fo' he staa'ts de same kinda devulmint he was ca'ien on in Dallas. 'Stead of goin' on 'bout his nevuhmin's, look lack he jes' cain't keep his finguhs out of dat sportin' life mess, so he sets his cap for a ma'ied woman what hab a husban' dat wuck nights down to de Interurban station. No sooner'n de woman's husban' 'd light out for wuck evuh night, ole Simon'd go down to de man's house an' be his wife's comp'ny keepuh 'till way late in de nighttime. Ole Simon kep' dis up for quite a spell, 'till fin'ly some menses what was all bunched up on a cawnuh one day stopped de woman's husban' when he was on de way to wuck an' let hit leak out to him dat Simon was knockin' 'roun' wid his wife. So dat nex' comin' Saddy evenin' attuh de woman's husban' done gone to wuck, an' de nighttime done brung de cain't see to de lan', he gits off from wuck an' goes an' hides hisse'f in a clump of bushes a fur piece down de road whar he know ole Simon gonna come 'long sometime 'tween dis and den. Hit was a pitch dark night an' de woman's husban' tarry so long in de bushes 'till he sorter dozes off to sleep, but 'way attuh while he heahs somebody comin' down de road fas' ez dey feets kin ca'ie 'em, jes' a-whistlin' a ragtime tune. So he rouses hisse'f rail quick an' looks up, an' who you reckon he sees haidin' rat fur de clump of bushes whar he hidin' but ole Simon. Jes' ez soon ez Simon darts pas' de place whar he was hidin', de man jumps out from 'hin' de bushes, grabs 'im by de collar an' puts a razor to his th'oat. But jes' ez he staa't to pull de razor an' cut ole Simon's th'oat, a big white dawg wid eyes shinin' lack balls of fiah comes up an' de woman's husban' falls on de groun' an draps de razor. De razor ketched fiah an' burnt clean to pieces. De nex' mawnin' rail early some menses foun' de woman's husban' still layin' out dere on de groun' an' brung 'im home. He wasn' daid, but sebun days rolled 'roun' 'fo' he comed to.

You say what happen to ole Simon? Well, de nex' day attuh de woman's husban' done waylay 'im an' trawna kill 'im, he sol' de li'l' house his papa done lef' 'im an' 'traced his footsteps on back to Dallas. Dey says dat de dawg sperrit what saved Simon's life was his daid papa what done come back to keep de woman's husban' from killin' 'im.

The Dog Ghost and the Buried Money

DOES AH KNOW ANY SCARY STORIES 'bout dawg ghostes? Lemme see now! Come to think 'bout hit, 'pears to me Ah heerd mah gran'ma tell sump'n' one time 'bout a dawg ghos' prowlin' 'roun' on dey fawm when she warn't no mo'n three yeahs ole, rat attuh her papa was kilt an' dey done buried 'im.

De way gran'ma tol' hit—her papa, what was name Sam Lee, was one of de bestes' fawmuhs in de whole of Bastrop County. He hab a limp, an' walk hip-hoppity, but dat don' bar 'im from followin' 'hin' ole Beck an' meckin' good crops evuh yeah de Lawd sen'. But when he done sell his cotton an' cawn, he hol' fas' to his money. Gran'ma say her papa was a po' han' at spennin' his money, dat he didn' git shed of hit fas', an' dat he didn' let wuck pile up on 'im. He comed up moughty quick in de worl' 'caze he set aside mos' all de money he raked in from his cotton an' cawn. But he didn' b'lieve in puttin' his money in no bank; he allus hided hit on de place somewhars, an' wouldn' ebun down tell gran'ma's mama whar he done statched hit out.

Gran'ma say her papa was a po' han' at jarrin' loose from his money, but he sho was a good providuh for his fam'ly when hit comed to eatin' an' sleepin'; he hab lots an' lots of cows to milk an' kill for beef, plenty hawgs in de hawg-pen for hawg-killin' time, a passel of sheeps, gobbs of chickens an' tuckies, an' a han'ful of geeses an' ducks ramblin' 'roun' de bawnyaa'd all de time. An' sides dis, he raised bushels an' bushels of yalluh-yam sweet 'taters, an' a whoppin' big crop of onions, I'ish 'taters, an' tuhmatoes evuh yeah de Lawd sen'. He hab 'is own 'lasses mill lackwise, an' a ole-timey gris'-mill to grin' cawn an' meck meal for cracklin' bread. Gran'ma say de house dey libed in was a five room house what hab a roof dat hab rail good shingles on hit so's de rain wouldn' leak thoo hit; dat de flo's in de rooms didn' hab no holes in 'em, an' dat dey wasn' a broke windah pane on de whole place.

Gran'ma say her papa lub money so much dat he hab a li'l' sayin' he say all de time what go lack dis:

> White man got de money an' education,
> De Nigguh got Gawd an' conjuration.

An' gran'ma say attuh he done hab his say, he'd 'low: "Ah didn' git no further'n McGuffey's secon' readuh in book-learnin', so Ah cain't come up to de white man in education, but Ah kin putty nigh rech 'im when hit come down to de money proposition."

Gran'ma say her papa was a po' han' at 'tendin' to othuh folkses bizniss, dat dey wasn' a bit of trickerashun in 'im, an' dat he ain't nevuh done nobody no dirt in his whole nachul bawn life. But dey was lots of peoples what begrudged 'im what he hab, 'caze dey hab a haa'd time gittin' on foot lack he done did. Gran'ma say de reports was dat her papa hab 'nuff money to las' 'im de res' of his nachul life if'n he didn' nevuh hit 'nothuh tap of wuck ez long ez he libed.

Onlies' thing dat gran'ma say she couldn't forgib her papa for was his bein' so tight wid his money dat he wouldn' buy her mama an' de chilluns no dress-up clo'es to w'ar. Gran'ma say de onlies' kinda goods he'd buy for her mama to meck dresses for her an' de girl chilluns in de fam'ly was calico, an' dat her mama hab to meck dey unnuhskirts an' drawers an' night gowns outen flour sacks an' bran sacks. She say dat he wouldn' buy her onlies' brothuh Tom nothin' but duckins to w'ar, ebun down on a Sunday, dat de boy hab to sleep in a cotton drag sack evuh night de Lawd sen', an' dat de whole fam'ly hab to go to chu'ch in dey bare feets. Gran'ma say de bad thing 'bout hit was dat, when her mama'd call her papa in questshun 'bout hit, she couldn' switch his min' 'roun' 'bout spennin' money for clo'es. When she'd call 'im in questshun 'bout hit, he'd jes' cloud up an' 'low dat he ain't nevuh seed nowhars in de Bible whar hit say you hab to dress yo'se'f up to go to chu'ch, but he seed whar hit say you hab to dress yo' soul up to go to heabun!

Well, gran'ma say dat things rocked on an' rocked on in dis fashion 'till one Saddy evenin' rolled 'roun' an' her papa saddled up his saddle hoss, ole Molly, an' rid her into Bastrop to git 'im a box of cigars to las' 'im thoo de nex' week. Hit was way late in de evenin' time an' lookin' kinda stormified when he lit out for home, so he tuck out his quirt an' let ole Molly hab hit rat on her shanks, an' she tuck a-runnin' staa't for home. Hit was pitch dark an' ole Molly was jes' battin' hit down de road trawna meck hit home 'fo' hit rained, but a big downpour ketched her jes' 'fo' she reched a li'l' ole branch 'bout two miles from de fawm-house, an' Molly los' 'er way an' strayed off from de dirt road. Gran'-ma's papa hab holt of de bridle reins an' tries to pilot ole Molly back on de dirt road, but Molly so feart of de lightnin' an' thunnuh 'till she keeps runnin' straight ahaid thoo de bushes 'till she runs slap-bang up to de edge of a high cliff on de branch an' falls in hit, th'owin' gran'-ma's papa to de groun' an' breakin' his neck. He was a sho 'nuff goner. Some mens foun' 'im in de branch dat night 'fo' de wadduh got high 'nuff to float 'im way somewhars down de creek an' brung 'im on home.

Gran'ma say dat her papa didn' b'lieve in b'longin' to no lodges, so, since he ain't nevuh tol' her mama whar he done hided his money, she don' hab a cryin' copper cent to bury 'im wid. She hab to sell her bes' team of mules an' all de hawgs in de pen to buy a coffin to bury 'im in.

De way de dawg ghos' git into hit was lack dis: Gran'ma say dat her mama an' her two sistuhs an' her an' her brothuh Tom hab a prac-tice evuh night of goin' down to de bafroom, what was way down 'crost a thick patch of timber in de lowuh pastur' of dey fawm. Dey allus tuck a lantern wid 'em so's dey c'd fin' dey way to de bafroom 'dout stumblin' an' fallin'. De nex' night attuh dey done buried gran'-ma's papa, when dey gits 'bout ha'fway to de lowuh pastur' on de way to de bafroom, what you reckon dey looked up an' seed followin' 'em? —a big white dawg wid red eyes jes' a shinin'. Dey ain't nevuh seed de dawg 'roun' de premisus 'fo', so dey stoops down an' picks up some rocks offen de groun' an' chunks 'em at 'im, an' he runs off. Dey don' nevuh spy de dawg in de daytime, but evuh night when dey'd staa't down to de lowuh pastur' to de bafroom dis dawg'd show up from somewhars an' staa't followin' 'em, an' lack ez on de fuss night dey spied 'im, dey gits 'em some rocks an' th'ows 'em at de dawg, an' lack ez 'fo' he runs on off. Dey ca'ies on in dis wise for mo'n a mont' 'till

107

one Saddy night when dey staa'ts down to de bafroom, an' de dawg follows in 'hin' 'em an' dey chunks at 'im, he don' run off; dis heah night, he jes' keep on comin' to'a'ds 'em, an' hit look lack de rocks dey chunked at 'im jes' go rat thoo 'im an' don' hit 'im nowhars. Dis heah kinda th'owed a scare into gran'ma an' dem, so dey staa'ts runnin' on down to'a'ds de bafroom wid de dawg rat in 'hin' 'em. When dey done finished at de bafroom, gran'ma an' all of 'em was still scairt, so dey all lights out for de house jes' a runnin' to beat de ban'. But when dey looks back, de dawg ain't followin' 'em—he jes' stannin' dere by de bafroom lookin' to'a'ds a big clump of trees further down in de thicket, an' when gran'ma an' dem looked at 'im, he staa'ted walkin' to'a'ds de clump of trees. So gran'ma's brothuh Tom turnt to his mama an' say, "Mama, les'n us follow de dawg—look lack he wanna show us sump'n' 'nothuh." So gran'ma's mama say dat suit her fancy, so dey all staa'ts walkin' to'a'ds de clump of trees, followin' in 'hin' de dawg. When de dawg done rech hit, he stops in front of de bigges' pos'-oak tree in de whole clump, an' tecks his front rat foot an' staa'ts scratchin' in de dirt.

When gran'ma an' dem seed de dawg staa't pawin' in de ground', dey all tuck a runnin' staa't for de tree whar de dawg was scratchin' at. De dawg don' budge 'till dey all done rech de spot. Den he looks up at 'em kinda pitiful lack an' dis'pears so sudden lack dey don' ebun see whichaway he go. Look lack he jes' turnt hisse'f into a fog o' sump'n' 'nothuh, 'caze all gran'ma an' dem c'd see whar de dawg was stannin' at was sump'n' dat looked lack smoke floatin' up to'a'ds de sky. Ez soon ez de dawg dis'peared, gran'ma's brothuh Tom broke a limb offen de tree an' marked de spot whar de dawg was diggin' an' de nex' mawnin' him an' gran'ma's mama tuck a pick an' shovel an' goes down an' staa'ts diggin' in de spot whar de dawg was scratchin'. When dey digs down 'bout five feet, dey fin's sebun cigar boxes full of gol' an' silvuh money what gran'ma's papa done buried dere; hit wasn't no li'l' bitty dab neithuh; dey was mo'n three thousan' dolluhs in de boxes, all tol'.

De dawg nevuh did show up no mo' attuh dey digged up de money, an' de reports was dat de dawg was gran'ma's papa what done comed back to show his fam'ly whar he done statched 'way his money.

The Bee County Headless Horseman

MAH MAMA TOL' ME dat long time ago when she was little dat her fam'ly libed out in de country in Bee County. De fawm her papa own was 'bout three miles norf of Beeville, an' dere wasn't 'nothuh house widdin two miles an' a half of her papa's house. Dere wasn't nothin' but bushes 'roun' de house, for miles an' miles, an' wasn't nothin' de chilluns c'd do to 'muse deyse'f. De onlies' 'musement dey hab is for dey papa to tell 'em ghos' stories evuh night jes' 'fo' dey goes to baid. He tell sich turbul ghos' stories 'till all de chilluns scairt to go outen de house attuh dark, an' dey don' nevuh in no wise evuh venture further dan de front gall'ry of de house attuh hit done come to be dusk-dark.

One of de stories mah gran'pa allus tol' mah mama an' her sistuhs was 'bout a haidless-hossman what roam all 'roun' in Bee County, an' what been seed by lots of people. De reports was dat de haidless-hossman lib one time in de ver' house what mah gran'pa an' his fam'ly was libin' in, an' dat he watchin' ovuh a pot of gol', buried some place o' 'nuthuh on de lan' whar dey was libin', to see to hit dat nobody don' bothuh dat pot of gol'.

Dey was thirteen girl chilluns in mah mama's fam'ly, an' no boys, so mah mama an' her sistuhs had to pick cotton, cut wood, an' do all de things dat a boy chile hafto do. De girls had to ebun down go out to de pastur' an' bring de cows home when dey was way late gittin' home in de evenin', so one day 'bout dusk-dark when de cows was late gittin' home, mah gran'pa sent mah mama an' her sistuh, named Lola, to go an' bring in de two milk cows. Mama say dat when dey rech de fiel' whar de cows was grazin', dey had done strayed off into de bushes somewhars an' warn't nowhars to be foun'. Mama an' Lola

109

knowed dat if'n dey went back to de house widdout both de cows dat dey papa was gonna teck down his razor strop offen de wall an' whip 'em good, so dey 'cides to go lookin' thoo de bushes for 'em. Hit was gittin' darker an' darker all de time, an' dey was 'fraid of rattlesnakes, but dey ain't thought nothin' 'bout de haidless-hossman. All dey know was dat dey got to hurry up an' fin' de cows, 'caze hit gittin' darker an' darker evuh minute de Lawd sen'. So Mama tol' Lola to go 'roun' *dat* way an' see if'n she kin fin' de cows, an' dat she gonna go 'roun' *dis* way, so dey paa'ts, an' staa'ts to lookin' for de cows. Mama said she was followin' de track of two cows on one side of de li'l' creek what run thoo de fawm, an' Lola was followin' de tracks of one cow on t'othuh side of de creek. When Mama an' Lola met dey tol' one 'nothuh what dey been doin', an' dey knowed dat sump'n' 'nothuh funny was goin' on, an' dey scairt neahly 'bout to deaf. Dey know none of dem tracks ain't de tracks of dey papa's mules, ole Bob an' ole Bill, 'caze two mo' of Mama's sistuhs done gone to town drivin' dem wid a wagon load of cotton to sell.

So for de fuss time Mama an' Lola think 'bout de story of de haid-less-hossman an' gits scairter an' scairter. Dey was stannin' dere trem-blin' an' lookin' at one 'nothuh, when all of a sudden a white thing rode by 'em jes' a gallopin'! Hit was pitch dark now, an' Mama say dey didn' see nothin' but de feet of de thing, whatsomevuh hit was, ez hit dashed by. Mama an' Lola was so scairt 'till dey bonnets flew offen dey haids an' falled on de groun'. An' 'bout dis time, de thing rides by 'em again laffin', an' sayin', "Ah got you now!"

Mama say dat when hit talk in dis wise, she picked up a rock an th'owed hit at de white hoss de thing was ridin' an' de rock went clean thoo hit. She looked ovuh at her li'l' sistuh Lola, an' her teeth was chatterin' lack rain pourin' down on a tin-top roof. So Mama grabbed Lola by de han' an' staa'ted runnin', wid de thing on de hoss rat in 'hin' 'em, still laffin'. Mama say she ain't nevuh gonna forget dat laff, 'caze hit was slow an' sounded lack a crazy person. Mama said dat when she got to de place whar de cows s'posed to be, she turnt Lola's han' loose, an' say, "run Lola, run!" She say dat Lŏla runned off an' lef' her, but she fin'ly ketched up wid Lola an' when dey reched de house dey bof was yellin' an' a hollerin', "Papa! Papa! de haidless-hossman is attuh us—he rat 'hin' us now!"

So, dey papa heerd 'em an' grabbed his shotgun an' come runnin' outen de house an' ast 'em what was de matter. Dey tol' 'im dat de haidless-hossman was runnin' attuh 'em, but dey papa looked 'roun' an' say he don' see nothin' but de dust dey done kick up when dey was runnin'. Dey papa was rail mad, an' he say, "Whar's dem cows?" So li'l' Lola say, "we couldn' fin' 'em—we heerd 'em, but 'fo' we c'd git to 'em, de haidless -hossman got attuh us."

Den dey papa say, "Y'all is bof lyin' to me—dey ain't no sich thing ez de haidless hossman; dat's jes' some stories Ah been tellin' y'all to pass de time 'way." So he tuck 'em in de house an' goes in de kitchen to fetch his razor strop offen de wall whar hit hangin' on a nail. Dey knowed what was gonna happen, but 'bout dat time dey heerd de cows lowin', an' dey papa looked outside an' seed de cows tied to a tree in de yaa'd. Den he say, "what y'all trawna do—play a trick on me?" But jes' den li'l' Lola look up at 'im an' say, "but Papa, who tied de cows to de tree?" Dat's de onlies' thing dat kep' dey papa from whip-pin' 'em wid de razor strop, de cows bein' tied to dat tree. When evuhbody in de fam'ly stop an' think for a minute—"Who tied de cows to de tree?"—dat was de questshun. Den li'l' Lola an' Mama runned in de house. Soon dey papa comed in de house but he didn't use de razor strop on 'em—he jes' say lack de res' of 'em, "who tied de cows to de tree?"

Rat today, in Bee County, people is yit scairt to roam 'roun' in de bushes attuh dark, 'caze dey say de haidless-hossman am still prowlin' 'roun' de county watchin' ovuh de pot of gol' what buried dere. Mama say she allus b'lieve dat de spot whar de haidless-hossman tied de cows, dat night he run her an' her sistuh Lola, is whar de pot of gol' am buried. But evuhbody yit scairt to try diggin' for hit.

The Headless Horseman and the Hunter

MAH OLE MAN is allus braggin' 'bout de days when he was a boy. He was riz up rat 'roun' Beeville, 'bout de same time mah mama was comin' up. He used to brag an' tell many tales 'bout how he used to hunt long ago.

He 'low dat 'way back yonnuh 'roun' 'bout 1914, when he was a li'l tot 'roun' Beeville, dere was lots of good huntin' in de woods an' good fishin' in de creek. Mah ole man say dat he owned fo' dawgs what go by de names of Buck, Bill, Old Spot, an' Stinky.

One of de incidents in mah ole man's huntin' life was 'bout a haidless-hossman what roam 'roun' in de wilderness in Bee County. De way mah ole man tol' de tale was lack dis:

"Ah allus hunted at night, 'caze Ah was attuh good game. Ah lacked to hunt, 'caze dat was de onlies' thing dey was to do 'roun' Beeville for pleasure. So I got my dawgs togethuh one night, an' struck out for the bushes 'bout three o' fo' miles norf of town. Ah was ridin' mah ole black mare Daisy, 'caze Daisy knowed dat paa't of de country putty good, an' Ah wasn't scairt of nothin' unnuh Gawd's sun. Of a consequence, Ah nevuh carried a gun. De dawgs was trained to kill any prey Ah wanted 'em to, so I didn' need no gun. When me an de dawgs reched de bushes, dey was off lack a bat out of hell—jes' a-runnin', an' a-barkin' to beat de ban'. Ah jes' let Daisy jog 'long rail slow lack 'hin' 'em, 'caze Ah knowed putty soon dey was gonna pick up a trail. Attuh 'while Ah heerd 'em barkin' rail fas' lack, an' Ah hit Daisy wid mah quirt, an' she went lopin' to'a'ds de spot whar Ah heerd de barkin'. Putty soon we reched a spot whar we c'd see de dawgs, but dey ain't in no wise close to no tree, an' was jes' stopped col' barkin' at sump'n' 'nothuh. Ah ain't nevuh in mah life seed de dawgs ca'ie on in dis fashion.

"Jes' den Ah heahs de hoof beats of a hoss runnin' fas', so hit come to me, jes' lack a flash of lightnin', dat de dawgs done wandered off into dat paa't of de county whar Carrie Lee used to lib, an' whar dey say de ghos' called de haidless-hossman s'pose to hang out, an' watch ovuh a pot of gold. So ah rid ovuh to whar all dis was goin' on, an' Daisy, breakin' thoo a bush, come putty nigh th'owin' me off, 'caze she done seed sump'n' 'nothuh. My gran'pa done tol' me long time ago dat a man c'd see a ghos' good durin' of de nighttime, so Ah begin to figguh dat de haidless-hossman was 'roun' dere some place 'nothuh, an' Ah become rail frightened.

"Fin'ly, all fo' of mah dogs stopped barkin' an' comed ovuh to whar Ah was settin' in de saddle, an' set down rat in front of me. Dey look lack to me dey was holdin' a combersashun wid one 'nothuh, an' was almos' goin' to sleep. Ah tried to rouse 'em but dey jes' look at me ez if'n dey was sho 'nuff sleep an' don' in no wise bark, o' move, o' nothin'. So Ah gits down offen Daisy an' walks ovuh to whar de dawgs am settin', an' when Ah rech down to pat mah dawgs, an' talk to 'em, Ah seed hit! Hit was stannin' rat dere in front of me—an' hit railly didn' hab no haid on hit, an' dere hit was shinin' in de moonlight! Somebody done tol' me dat you kin only see hit when de moon was full, an de moon was full dat night. De thing was white all ovuh an' de hoss was de putties' hoss Ah evuh laid eyes on—hit had a gol' bridle wid stars in hit. Dey ain't nobody kin meck me b'lieve Ah didn' see dat thing.

"Ah begin to walk to'a'ds Daisy an' Ah jumps on her, slaps her 'cross her ass, an' was off. Daisy was scairt, an' I was scairt, an' dey wasn't nothin' unnuh de sun dat c'd ketch us. Den Ah says to mahse'f —jes' think, me, who ain't nevuh been scairt of nothin', runnin' 'way from a ghos'! An' whilst Ah'm thinkin' in dis heah fashion Daisy tripped, an' de nex' thing Ah knowed, Ah was flyin' thoo de air. When Ah hit de groun' Ah was knocked col'.

"De nex' mawnin' when Ah waked up, Ah jes' knowed Daisy had done been killed from dat turbul fall, so Ah looks 'roun' to see if'n Ah kin see her stretched out on de groun' some place, but she ain't no whar to be foun'. De queer thing 'bout hit was dat dere wasn't no foot-prints 'roun', an' we was in a pastur' whar dey wasn' nothin' for Daisy to trip on. When Ah fin'ly stumbled back home, mah fathuh was mad at me, 'caze Ah hadn' ketched no game. He said dat de dawgs comed home 'bout five houahs ago, an' dere wasn' a thing wrong wid Daisy. She done come home wid de dawgs."

The Black Widow Car

ONCET A OLE MAN by de name of Julius, what libed in Lufkin, down in Angelina County, ma'ied a young woman 'bout thirty yeahs younguh dan he be. He come to be rail jealous of 'is young wife 'caze she putty ez a speckled pup, an' ca'ie herse'f lack nobody's bizniss.

But ole man Julius ain't no good husban'—he don' do nothin' but grumble all de time an' talk 'bout how he gonna ha'nt her attuh he die, if'n she coa'ts o' rema'ies. He meck his young wife's life rail miz'bul, an' she jes' lay down an' cry all day whilst he 'way from de house. She know ole Julius kinda on de ignorant side, an' she don' wanna meck no booger outen her ma'iage, but she know dat she cain't rock along wid Julius de way things is stackin' up. Howbesomevuh, she know dat Julius ain't in no wise gonna let her quit 'im, so she ast 'im to buy her a red car to ride 'roun' in. Lufkin a saw-mill town, an' evuhbody mecks putty good money, so ole Julius kin buy de car if'n he hab a min' to do so; but he wanna contrary his young wife, so he buys a black car 'stead of de red car she done ast 'im to git for her.

Julius gittin' olduh an' olduh, an' meaner an' meaner; he know dat his time to die ain't far ovuh de hill, so he do evuhthing he kin to worry his wife an' keep her opset all de time. He call de black car he bought de "Black Widow," an' he wouldn' ebun down let his young wife drive de car attuh he done bought an' paid for hit. He'd lock hit up in de garage an' dare her to teck hit out when he was 'way from de house. He do his bes' to scare her 'bout de car, too, 'caze he know he gonna die soon. He'd git up at twelve o'clock midnight, drive de car out in front of de house, an' jes' blow de horn, an' blow de horn; den he'd teck hit into de alley, back of de house, an' blow, an' blow an'

114

blow. He would hide hisse'f in de car so nobody c'd see him when he'd drive hit 'roun', an' when his wife would ast 'im bout de car blowin', an' nobody in hit, he'd tell her dat dat's a ghos' in de car, an' dat if'n she run 'roun' wid mens an' coa'ts attuh he done die dat dat horn gonna blow for houahs at a time jes' lack hit doin' now, an' he gonna know she foolin' 'roun' wid 'nothuh man.

'Long 'bout six mont's attuh he done bought de car, 'bout de turn of de spring, Julius died. At de fun'ul, a good lookin' young man drove Julius' black car an' hit staa'ted to blowin' an nevuh did stop ez long ez de young man was drivin' hit. All thoo de fun'ul servuses, de horn kep' on blowin', an ebun down durin' of de burial de horn ain't stopped blowin' loud ez hit kin blow. Attuh de fun'ul, de car was put in a garage for sto'age, but evuh time a man would git in hit, hit would staa't to blowin' again. De ole man was mad at his wife 'bout lettin' men git in de Black Widow. Hit frightened his wife so much 'till she try her bes' to sell hit, but evuhtime de man she gonna sell hit to clam up in de seat, de horn'd staa't blowin' an' wouldn't stop. Fin'ly, de Black Widow was bought by a woman what libed in Lufkin, an' de horn stopped blowin'.

The McManor Bridge Ghost

CLOSE BY CAMDEN, a li'l' saw-mill town in Eas' Texas, was a bridge what go by de name of de McManor bridge. De why dey call hit de McManor bridge was 'caze a mean ole white man, Dave McManor, what used to own a saw-mill, an' whip de Nigguhs what was wuckin' at his saw-mill when dey ain't wuck to suit 'im, was killed at de spot whar de bridge covuhs a li'l' stream of wadduh. One night when his hoss runned 'way wid 'im an' th'owed ole man McManor to de groun' he landed smack-dab on his haid an' de lick killed 'im daider'n a door knob.

Attuh ole man McManor done died, an' done been buried, de reports was out dat his ghos' laid wait at de bridge, day an' night, to whip anybody, white o' cullud, what crost de bridge. Of a consequence, evuhbody in de community scairt to cross dat bridge, 'caze ole McManor's ghos' gonna whip 'em if'n dey do. Of occasion though, somebody forgits an' cross de bridge anyways.

One night, when de cullud high school football team from Camden was comin' back to Camden attuh dey done played a game wid 'nothuh school 'bout twenny miles further down de road, dey reched de Mc-Manor bridge in de special bus dey done rented an' all of a sudden de bus stop daid still an' de motor stop runnin'. Dey looks outen de windahs to see what done happen an' dere was ole man McManor's ghos' jes' a-laffin', crazy lack, an' meckin' all kinds of faces at 'em. Evuhbody in de bus staa't to screamin', an' den ole man McManor's ghos' tecks hol' of de back end of de bus an' lif's hit cleah up offen de groun', th'owin' evuhbody in de bus out in de aisles, whar dey jes' a-fallin' all ovuh one 'nothuh, an' yellin' an' screamin' at de top of dey voices. Some of 'em trawna run out de do', but de do' done come to be jammed an' dey cain't jar hit loose, so dey jes' lay dere on de flo' of de bus wid dey faces turnt to de flo' an' staa'ts to prayin' for de Lawd to sabe 'em.

An' hit ain't no tellin' what would of happened to de teachuh an' chilluns in de bus if'n some cars passin' dat 'way hadn' th'owed dey haid-lights on ole McManor's ghos'. When dey shined dey haid-lights on 'im, he let go of de bus an' vanish 'fo' you kin say Jack Robinson. When de cars rech de bus, one of de mens jumps outen his car an' opens de do' of de bus—den some of de chilluns jumps out an' staa'ts to runnin' evuhwhichuwhar, but de teachuh hollers an' calls 'em back, an' tells 'em dey ain't no need to be runnin' 'way now—dat ole man McManor's ghos' done been driv' 'way by de automobile lights, an' for 'em to come on back an' teck dey seats. So dey retraces dey steps an' tecks dey seats, an' de teachuh tecks de steerin' wheel an' staa'ts de motor runnin', an' dey goes on home to Camden 'dout habin' any mo' mishaps, but dey ain't nevuh forgit dat turbul night.

Dey was so many peoples pestered by ole McManor's ghos' attuh dis heah night dat dey fin'ly builted a new highway an' tore de ole McManor bridge down. An' from dat time on—evuhsince dey builted de new highway, an' tore down de ole McManor bridge—de McManor ghos' ain't been seed o' heerd tell of.

The Ghost of Sifty-Sifty San'

ONCET DERE WAS a great big two-story house 'bout ten miles from Wallis, what was surrounded by woods an' was settin' rat on de edge of a lake. Hit was settin' way fur back from de road-side, whar hit couldn' be seed, an' dey ain't no man yit what done spent de night in de house. De reports was dat hit was ha'nted by a turbul ghos', what call hisse'f Sifty-Sifty San', an' dat he ain't in no wise gonna 'low nobody to stay in de house, leastways ovuh night.

De man what own de place, howbesomevuh, gittin' tiahed of payin' taxes on de house, yeah attuh yeah, an' don' meck a cryin' cent outen hit, so he ver' anxious for somebody to prove dat peoples kin lib in de house. He offer a great big reward to anybody what kin stay in de house all night. Dey was many a person what done tried to stay in de ole house, but dey ain't narry one yit what come to stay all night. So de owner combed de city for two yeahs to see if'n he cain't git somebody what got 'nuff guts to stay in de house all night. Fin'ly he runs 'cross a Nigguh named Sam, what jes' come to Wallis an' what got de reputation of done come in contact wid a lots of bad ghos'es, so de owner of de ha'nted house goes to see Sam an' bargains wid 'im to spen' de night in de house.

De owner goes down to de groce'y sto' an' buys Sam a big sack of 'taters, a slab of dry-salt bacon, a bag of cawn meal an' a great big sack of red beans for 'im to cook an' eat while he waitin' for Sifty-Sifty San' to show up. So de nex' evenin' 'bout one o'clock Sam th'ows his sack full of grub ovuh his shoulders an' lights out for de ha'nted house. He rech de house 'bout six o'clock late in de evenin' time, opens de do', walks in, an' staa'ts 'im a fiah in de fiahplace so he kin cook 'im some grub.

117

De sun was already out of sight an' all you c'd see was li'l' frag-
ments of red sunlight 'gainst de clouds what was hangin' heaby
ovuhhaid.

Attuh Sam done meck de fiah an' staa't his grub to cookin' he goes
an' closes down all de windahs an' locks de do's, 'caze hit done come
to be pitch dark by now an' Sam don' wanna teck no chances on
Sifty-Sifty San' slippin' up on 'im an' ketchin' 'im nappin'.

'Bout half a houah attuh Sam done close up all de windahs an' do's
he think he heah a faint cry lack a li'l' baby cryin' an' frettin', but dis
heah don' in no wise worry 'im—he 'low dat dat am some baby cryin'
for hits mama to feed hit—so he goes on wid his cookin', but putty
soon he heahs de cryin' again, an' dis time hit a li'l' cleahuh dan hit be
de fuss time. Sam raily come to be a li'l' scairt dis heah time—he 'low
dat maybe hit's time for Sifty to show hisse'f, sho 'nuff—so he opens
up de windah neahes' de fiahplace, grabs de sack of 'taters an' puts 'em
close to de windah, an' tecks de fryin' pan full of meat offen de fiah
an' puts in his han' so he'll be ready to meck a quick git-away if'n
Sifty shows up. He say to hisse'f, "Sifty bettuh go on 'bout his nevuh-
min's, 'caze if'n he show up 'roun' heah, he gonna be a sho 'nuff
goner," but he ain't no mo'n put dis thought outen his min' when he
heahs sump'n' 'nothuh say, "Sifty-Sifty San'—Ah'm now on de lake,
whar's de man?" An when Sam heah dis, he begin to sweat, his eyes
shinin' lack wet glass, an' his knees knockin' togethuh lack a sledge
hammer.

Sam say he b'lieve to his soul dat dat's Sifty sho 'nuff dis time, but
he mainly worried 'caze he ain't had time to eat his dinnuh. He 'low,
"If'n Ah only hab de time to eat mah grub evuhthing would be aw-
right." But 'fo' he kin git thoo wid his thoughts, he heah sump'n'
'nothuh say, "Sifty-Sifty San'—Ah'm now on de porch neah de man."
Sam done come to be rail scairt sho 'nuff now—he 'low dat he mus' be
de one Sifty talkin' 'bout, 'caze he's de onlies' man 'roun' dere. Sam
was stannin' by de windah wid de fryin' pan full of meat in one han'
an de sack of 'taters in t'othuh one, an' whilst he yit stannin' dere Sifty
comes thoo de front do' an' stan' rat side Sam an' say, "Sifty-Sifty San'
—Ah'm now in de house wid de man!" An' when Sifty talk in dis wise,

Sam jumps thoo de windah wid de fryin' pan of meat an' sack of 'taters yellin', "Naw you ain't neithuh—youse a lie! Youse in de house by yo'se'f!"

The Antique Bed Ghost

LUFKIN ONE OF DE PLACES in Texas whar a ghos' pop up putty quick attuh de sun done gone down; dey don' lose no time gittin' busy soon ez de nighttime come. Dey's got a street in de cullud section of Lufkin dat go by de name of Hoo! Hoo! Street whar de ghostes prowls 'roun' all night long, plum' on up 'till broad open daylight. But dis heah ain't de onlies' place in Lufkin whar ghostes is; dey's all ovuh de premisus.

Ah was called up to Lufkin 'long 'bout twelve yeahs ago to pastuh a chu'ch dere, so since de membuhs all habs big fam'lies an' ain't got no extra rooms, dey gits me a place to stay wid a widow woman what go by de name of Miz Lipscomb. One of de deacons tecks me in de back of de house to a great big room what hab one dese ole timey high-up baids in hit. He tell me dis heah gonna be de room whar Ah sleeps, so Ah puts mah suitcase down 'sides de baid an' tells Miz Lipscomb Ah'll be back when nighttime come, dat Ah has to go wid de deacon so's he kin show me de chu'ch house an' gib me a introduce to some of t'othuh membuhs of de chu'ch. So Miz Lipscomb say dat's awright, an' Ah goes on off wid de deacon, an' don' git back to Mrs. Lipscomb's house 'till 'bout lebun o'clock in de nighttime. Soon ez Ah gits to mah room, Ah pulls off mah clo'es, turns de light out an' gits in de baid. Ah was awful tiahed an' all tuckered out, so Ah goes rat on to sleep, but 'long 'bout three o'clock in de mawnin'-time, Ah feels sump'n' 'nothuh pullin' at de baid kivvers trawna git in de baid wid me; Ah was scairt plum' to deaf, so Ah crawls outen de baid, and mecks mah way ovuh to whar Ah kin see de light switch by de num-buhs shinin' in de ole-timey eight-day clock on de wall, an' turns de

119

light on. Ah keeps de light on an' goes back an' gits in de baid again. 'Long ez Ah leave de light on, de thing didn't 'sturb me, but fin'ly Ah gits tiahed of stayin' 'wake an' Ah turns de light off again. But no sooner'n Ah turns de light out, de thing staa'ts trawna pull de kivver offen me again, so Ah gits up an' turns de light back on, an' stays wake de rest of de night 'till hit come to be broad daylight.

Dat mawnin' ez soon ez Ah seed Miz Lipscomb, Ah tol' her 'bout sump'n' 'nothuh 'sturbin' me durin' of de nighttime an' she jes' crack her sides laffin' an' try to hoot me off. She say dat dat's mah 'magination. Ah tol' her dat Ah's too ole now to hab 'magination an' dat Ah knows good an' well when Ah feels sump'n' 'nothuh close to me, an' dat Ah sho knows when Ah's bein' touched. Attuh Ah done hab parlance wid Miz Lipscomb, Ah grabs up mah hat an' goes on down to de deacon's house what been showin' me 'roun' an' tells him 'bout sump'n' 'nothuh 'sturbin' me durin' of de nighttime, so he say he'll traw'n git me 'nothuh room some place else, but Ah tells 'im, "Naw, da's awright; Ah'll traw'n see if'n Ah cain't stay on for 'nothuh night o' two at Miz Lipscomb's an' see what teck place." But when Ah goes to sleep dat night, dat same thing 'sturb me again 'long 'bout three o'clock in de mawnin'-time, a tuggin' at de kivver on mah baid lack hit done done 'fo', so Ah gits up an' turns on de light an' stays wake 'till de daylight again. Den Ah goes an' tells de deacon 'bout de thing 'sturbin' me again an' he trawna git me to gib 'im leaveway to git me 'nothuh room, but Ah tells 'im, "Naw! Ah don' lack for nothin' to git de best of me." So he tell me to teck some silver money dat night when Ah gits ready to go to baid an' put hit unnuh mah pillow, dat dis heah'll keep de ghos' from 'sturbin' me. So, Ah reaches in mah pocket dat night 'fo' Ah pulls off mah clo'es an' gits in de baid, an' fin's out dat Ah don' hab no kinda money 'cep'n a greenback. So Ah tecks de greenback an' puts hit unnuhneath mah pillow, puts out de light an' goes on to baid. But dat night de thing woke me up 'bout two o'clock in de mawnin' 'stead of three, a tuggin' at de kivvers haa'der'n evuh 'fo', so Ah jumps outen de baid an' turns on de light an' stays wake all night again. De nex' day Ah gits me some silver money, an' dat night 'fo' Ah goes to baid, Ah tecks de silver money an' puts hit unnuhneath mah pillow, turns out de light an' goes on to sleep, but dis night, 'long 'bout one o'clock in de mawnin'-time, Ah feels sump'n' tusslin' 'roun' in de baid rat 'sides me, trawna pull de kivver offen me, so Ah's sho 'nuff scairt now, an' Ah jumps up an' turns de light on, an den lays down on de flo' an' sleeps de rest of de night wid de light on, 'caze Ah don' das'n git back in de baid no mo'!

Dat same day Ah gits de Deacon to git me 'way from Miz Lipscomb's house, an' Ah moves. De peoples in de neighborhood say dat dat ghos' was Miz Lipscomb's husban'; dat he tol' her 'bout three weeks 'fo' he died dat if'n he libed three weeks longer, he'd kill 'er an' 'stroy all de property. Dey say dat dat room whar Ah was trawna sleep was his room, an' dat dat ole-timey baid was his fav'rite piece of furniture an' he didn' wan' nobody sleepin' in hit. One thing Ah knows is dat he kin sho hab hit, fur as Ah'm concerned; an' you wanna know sump'n' else? All dem dat wants Lufkin kin hab hit too!

Mrs. Charles Brown's Ghost

DIS HEAH TALE's 'bout Miz Charles Brown, a rich widow woman what lib in Honey Island, Texas, an' what come to be a good liber on 'count of her husban' done been killed in de Numbuh One Worl' War, an' leave her a ten thousan' dolluh insu'ance pol'cy. She hab dat knowledge to know what to do wid a dolluh, so she buys up a lots of lan', an' sells hit at a great big profit.

She builted de fines' house in Honey Island, but she 'speshly hab a hankerin' for jewelry an' diamonds. She hab a whole heap of diamond rings, necklaces, an' bracelets, an' she buys a new piece of some sort of jewelry evuh week de Lawd sen'.

Attuh many years, Miz Brown died, but she hab it stated in her will dat she want all her diamonds buried on her—dat was her las' reques'—so de pastor of de chu'ch whar she b'long ca'ie hit out to de letter an' bury her wid all her diamonds on.

But no sooner'n Miz Brown died an' been buried dan a bunch of thieves, what come from way somewhar, an' done heerd 'bout Miz Brown bein' buried wid her jewelry on, slips into town one night an' digs up Miz Brown's grave so dey kin teck de diamonds an' jewelry offen her an' sell hit. But when dey dig down to Miz Brown's coffin an' looks in hit, what you reckon dey see? Miz Brown settin' up in de coffin, an' astin' 'em what in de name of de Lawd do dey want? She wanted to know how she got into the position she was in—what she was doin' in a coffin—so Joe, Gawge, an' Pete (dat was de names of de grave robbers) lit out to runnin', an' ain't been heerd of no mo'. Attuh dey done tore out to runnin', Miz Brown manage to open up de lid of de coffin some way o' 'nothuh, an' gits out an' walks thoo de streets to her house. She hab a sistuh an' niece what libin' in de house, an' when she comed in hit, dey was so scairt 'till dey runned outen de house screamin' an' nevuh go back no mo'.

Dey tol' de people 'bout Miz Brown comin' back from de grave so de people pays heed to hit an' don' nevuh go neah de house. Miz Brown don' nevuh come outen de house, but evuh night de people c'd see her thoo de windah walkin' 'roun' lookin' for sump'n'. De people think maybe her sistuh an' her niece done took some of her jewelry, what mebbe dey didn't fin' to put on her when she die, an' she lookin' for hit. But she yit hab on de diamonds she buried in—you c'd see 'em sparklin' on her neck an' finguhs when she walk 'roun' de house evuh night wid de lighted candle.

If'n you evuh goes to Honey Island, you kin go an' see de house for yo'se'f, an' Miz Charles Brown's ghos' too, 'caze hit yit walkin' de flo' evuh night de Lawd sen' wid dat lighted candle.

Brit Bailey's Ghost

ONE OF DE ONES what comed to be Nigguh rich rat heah in Brazoria County was Brit Bailey, what hab a great big plannuhtation what run jam up to Wes' Columbia.

Brit comed to be a good liber by raisin' sugar cane on his plannuh-

122

tation, an' habin' de knowledge to know how to sell hit an' meck money outen de deal. Dey call de paa't of de lan' he own Bailey's Prairie, an' dis heah de paa't what comed to be knowed by putty nigh evuhbody in dese paa'ts.

De why dat Bailey's Prairie done comed to be knowed by mos' de folks 'roun' dese paa'ts am dat many a one of 'em done seed Brit Bailey's ghos' ramblin' 'roun' dis prairie way late in de nighttime.

De why de ghos' meck his 'roun's am dat Brit Bailey's still watchin' ovuh his lan'. Whilst he was libin' he was knowed ez one of de bes' gunfighters in de county; de reports was dat he c'd set in de coa'thouse windah an' shoot de cigar smoke offen de top of a cigar bein' smoked by somebody way cross de street from de coa'thouse 'dout ebun techin' de cigar. Dis de why he was allus gittin' into shootin' scrapes. He allus toted a gun, an' ca'ied a lantern wid 'im durin' of de nighttime, so when he died he lef' word in his will dat he wanted to be buried stannin' up wid his pistol in one han' an' his lantern in t'othuh one, an' a jug of whiskey at his feet. So his wife an' chilluns ca'ie out dis reques', an' dis jes' de way he buried. But 'twarn't no time attuh he done been buried dat de reports was out dat folks passin' Bailey's Prairie way late in de nighttime seed ole Brit walkin' ovuh his prairie wid his pistol in one han' an' his lantern in t'othuh one.

Putty soon, dey don' see 'im no mo', but when dey hab de big explosion in de Wes' Columbia oil fiel' li'l' while back de reports was dat de Bailey Ghos' was de why dey hab de explosion—'caze de oil fiel' was too close to Bailey's Prairie an' dat ole Brit didn' in no wise relish hit. Dat's de why his ghos' staa'ted prowlin' 'roun' Bailey's Prairie again and de gas ketched fiah from his lantern. Ah knows lots of people 'roun' heah who's good Christuns who says dey done seed de Bailey Ghos' walkin' de prairie no longer'n de pas' mont' o' so.

123

Death of a Tap Dancer

ONCET DERE WAS A TAP DANCER in Jacksonville, Texas, what was known to be one of de bades' Nigguhs in dem paa'ts. Dem what knowed 'im 'lowed dat he done been shot thirteen times an' cut twenny-seven times durin' of his lifetime. His time to die comed when he done two-timed a woman he was libin' wid, an' slight her for a new woman what done jes' come to town. De woman he been a comp'ny keepuh wid an' him fin'ly come to be on a bus', an' he leave her an' go stay wid dis new woman, what jes' come to town. But dis heah ain't stan' 'im in no good stead, 'caze de woman what he been libin' wid all de time sen' 'im some food one day, an' puts rat poisin in hit, an' hit kills 'im.

When de unnuhtakuh got to de house to git his body, de tap dancer's feet was in a tap dancin' position, movin' backward and forward, jes' lack he's tap dancin'; movin' fuss to de lef', an' den to de rat. De unnuhtakuh hurried up an' embalmed de body, but de tap dancin' never stopped. Dey hab his fun'ul at de unnuhtakin' parlor, 'caze he ain't no chu'ch member, but dey habs singin' jes' de same, an' evuh-time dey'd raise a song, de tap dancer's feet would keep time wid de music. Den dey stopped de organ an' staa'ted singin' widdout hit, but de dancer's feet yit kept time wid de tune dey was singin'. Ebun down when de preachuh read his tex' from de Bible, de dancer's feet would keep time wid dat, an' when dey put him 'neath de groun' in de graveyaa'd an' de preachuh was sayin' ashes to ashes, an' dus' to dus', de tap dancer tapped hit out.

De preachuh was so mad at de tap dancer 'till he say out loud, "If Gawd don't git you, de devil mus'," an de tap dancer tap dis off, too. An' dey say rat now, if'n any songs is sung when dey buryin' some-body in de same graveyaa'd whar de tap dancer buried, you kin heah tappin' soun's comin' from outen his grave.

The WORD
on the BRAZOS

the WORD

on the BRAZOS

*Negro Preacher Tales
from the Brazos Bottoms of Texas*

J. MASON BREWER

Foreword by J. FRANK DOBIE
Illustrations by RALPH WHITE, JR.

1953. University of Texas Press. Austin

To the memory of

PINCKNEY MITCHELL AND JOE BREWER

my grandfathers, who were both wagoners, hauling farm tools and implements, hardware, lumber, drugs, dry goods, groceries, and notions from Victoria, Texas, to merchants in Goliad and Mission Refugio long before the railroads came,

and to my father

J. H. BREWER,

a cowboy and assistant foreman, who drove cattle from the Santa Rosa, or Media Luna Ranch, owned by Colonel D. R. Fant, to Fort Supply in the Indian Territory during trail driving days.

It was from the lips of these three that I heard, as a child, fascinating and dramatic stories of early life in Texas. From them stemmed the resolution that some day I would collect and record some of the Texas Negro's folk tales.

Acknowledgments

I WISH TO EXPRESS MY GRATITUDE to J. Frank Dobie and the Texas Folklore Society for their kindness in sponsoring the grant-in-aid from the General Education Board which made it possible for me to collect Negro "preacher tales" in the Texas Brazos Bottoms, and to the Board for making the grant. It is a genuine pleasure to acknowledge also the substantial contributions made to the collection by the Rev. Nellum Taylor Denson and "Uncle" Anderson Shaw, of Marlin, Texas, both now dead. I shall never be able to repay the debt of gratitude I owe Mr. and Mrs. H. S. Butler, and Professor and Mrs. Harry Hines, also of Marlin, and Dr. G. H. Radford, now of Waco, for helping me locate elderly Negroes and other tradition-bearers, in various Brazos Bottom localities, who could tell preacher tales.

Special thanks are due Dr. Stith Thompson, professor of folklore at Indiana University, in whose course entitled "The Folktale and Allied Forms" I first became aware of the fact that the preacher tale was an important form of folk narrative. Thanks are also due Dr. Russell Noyes, Dr. W. Edson Richmond, and Dr. Erminie W. Vogelein, all of the University of Indiana, for aid in guiding this work.

I am deeply grateful to Dr. Mody C. Boatright, secretary and editor of the Texas Folklore Society, for his interest, and for technical assistance on this manuscript. Finally, I am indebted to three of my sisters, Dr. Stella Brewer-Brookes, chairman of the English Department at Clark College, Atlanta, Georgia; Mrs. Marguerite B. Harris, teacher of English at the Anderson High School, Austin, Texas, and Mrs. Gladys K. Miles, teacher at the D. B. and O. State School, Austin, Texas, for critical reading of the manuscript and for helpful suggestions.

J. MASON BREWER

Austin, Texas
June 19, 1953

A Word on *The Word*

By

J. FRANK DOBIE

J. MASON BREWER is not a seventh son of a seventh son and he
makes no claim to special luck or wisdom; just the same, he has a
feeling for seven. He was strong on having the tales in this book num-
ber a multiple of seven; they number fifty-six. He began collecting
Negro folk tales twenty-eight years ago, and seven will evenly divide
1953, the year of final publication. His first publication of Negro tales
was twenty-one years ago, in 1932.

My interest in him and his work goes back to that year. I was then
secretary of the Texas Folklore Society and editor of its annual publi-
cations. One Sunday morning in the fall a stranger called me over
the telephone, gave his name, and said he had collected a large
number of Negro folk tales reflective of slavery times. I invited him
to meet me in my office, which was in the old Main Building, later de-
molished, of the University of Texas. It was very quiet there on Sun-
days, and things would come to a man's mind. Brewer brought his
manuscript in a cardboard box. I began reading at once and by the
time I had read two or three tales knew that their author had some-
thing genuine and delightful. Getting the dialect consistent and cor-
rectly marked required an enormous amount of editorial labor, but

that fall we published forty tales under the title of "Juneteenth" in the volume entitled *Tone the Bell Easy* (Publications X of The Texas Folklore Society).

During the twenty-one years that I acted as editor for the Texas Folklore Society hundreds of contributions came to hand, but in my estimation "Juneteenth" stands out with only three others as the freshest, most original, and most significant. The tales in "Juneteenth" and those in *The Word on the Brazos* complement each other, both in sociological values and in charm.

Some treatments of folklore that are without charm have importance, but none without it is primary. As literature, *Uncle Remus* stands above all comparative studies published on the folk tale. In an introduction to his collection of *Irish Fairy and Folk Tales*, William Butler Yeats wrote: "The various collectors of Irish folklore have, from our point of view, one great merit, and from the point of view of others, one great fault. They have made their work literature rather than science, and told us of the Irish peasantry rather than of the primitive religion of mankind, or whatever else the folklorists are on the gad after. . . . They have caught the very voice of the people, the very pulse of life, each giving what was most noticed in his day."

It must be kept in mind that the day of the Brazos Bottom Negroes in Mr. Brewer's tales is not the day of President Truman's orders, confirmed by President Eisenhower, against segregation in the Armed Forces. It is not the day when Negro students attend classes in the University of Texas and, without discrimination, eat meals with students of other skin pigmentation in the University Commons. The time is generally the last third of the 19th century, coming down occasionally to that of automobile swiftness. Ways of work and play, sin and religion, acting and thinking, saying and not saying, of postslavery Negroes are almost unconsciously brought out by these tales.

One of their outstanding qualities is the charm of literalness, a concomitant not constant to literal people and writing. "Gawd am evuhwhars," the preacher iterated, in swaying rhythm specifying valley, hillside, rivers, clouds, post-oak thicket, Brazos Bottoms. "Elduh, is he in mah pocket?" little David jumped up to ask. "Sho, he's in yo' pocket." "Youse a liah." David's "mammy-made pants" didn't have a pocket.

Uncle Beverley, who had been a slave as boy, and who learned to read, he said, by praying and leaving the Bible open under his pillow, earned his living when I knew him long ago by preaching and carrying clothes in a rickety one-horse shay to and from washer-women. There was no vagueness in Uncle Beverley's preview of heaven. He knew exactly how he would look—"white like you is"—sitting close to the golden throne of God at the Banquet of the Saints. He knew how the white-clothed table, piled high with chicken and other blessings, would look, and he knew how many guests would be seated at it—180,000, "according to His Word."

The naiveté, the simplicity, the faith, the charm of this literalness! Bud Gregg (in "Brother Gregg Identifies Himself") was a sinful man who habitually hunted and fished on Sunday, but his wife got him to church one Sunday and the preacher recognized the event by calling upon him to lead in prayer. He really did not have anything to say to the Lord—no impediment either to any modern loud prayer over the radio—but he had to say something. He began by remembering that he was a stranger to the Lord and that there were a lot of other Negroes in the Mount Zion community named Gregg.

"Lawd," he called out, "Ah reckon Ah bettuh tell you who Ah is befo' Ah staa'ts dis prayer. Ah ain't John Gregg, de one what kin pick eight hunnud poun's of cotton when he teckin' one row at a time; Ah ain't Jim Gregg, de one what plays de fiddle an' de banjo evuh Saddy night for de platform dances, an' Ah ain't Tom Gregg, de one what stealed his boss-man's bes' pair of mules one Sunday night an' runned off way somewhars. Ah'm Ole Man Gregg, de one what shoots de gun so good."

The faith of a mustard seed could not go beyond this. It belongs to primitive imagination, an imagination that sees the white teeth of a skeleton ghost gleaming in the light of a kerosene lantern and that has absolutely nothing to do with the rational. Considering elemental imagination of this character and the portraying power of elemental poets, Macaulay came to the sorrowful conclusion that "as civilization advances, poetry almost necessarily declines." If, however, nothing beyond what is called civilization threatened poetry, lovers of it today would have scant reason for fearing its decay.

Picturesqueness in speech is a phase of imagination playing on the concrete, and *The Word on the Brazos* is sprinkled with words and phrases fresh out of the earth: "de sumpin'-to-eat question," the "don'-care bandwagon," "one-eyed gravy," "Beck time" (the time of Old Beck, the mule), "going to hell head fo'most," too ignorant to "know big wood from brush," "he jes kept his potato trap shet an' don' say a mumblin' word." "Sinner man" is more concrete and visualizable than the abstraction *sinner*, just as "the poor people" specified in acts of the mediaeval parliament of Scotland connotes more of humanity than "underprivileged" or "masses in the lower income brackets."

As in the ancient ballads of the Scottish border, the most economical compositions in English literature, there is no comment about life. Tragedy in the ballads rides, walks, sails:

> Saddled and bridled and booted rode he,
> A plume in his helmet, a sword at his knee.
>
> To home came his saddle, all bloody to see,
> Oh, home came his good horse, but never came he.

In "The Mulatto Boys and the Religious Test," five young mulattoes white enough to pass the color line run away from poorly paid field work and get fine-paying jobs in a cotton gin, which hires whites only. But they are betrayed and put to a test that involves their deference to God and not the skins inherited from their white grandpappies. They fail the tests, "an' de bossman say, 'You Nigguhs bettuh drag on back to Eloise, an' dat in a hurry, too.' " That's the end of the telling.

Sometimes, it appears that the highest form of art is artless. But one can never be sure that the apparently artless artist is unconscious either of his art or his artlessness. One of the old-time Negro sayings was: "White man never knows what's inside black man above his mouth." That depends on how sensitive and intelligent the white man is. A little boy without brother or sister was "sorta lonesome all de time, an' he teck de rivuh an' de mud outen hit for company-keepers." Is this artless? Perhaps some art, and that not of a low order, is instinctive.

Satire is perhaps never unconscious. The simplest forms of it come from mother wit. The satire in "White and Black Theology" could easily be extended to the reliance on degrees in the American education system; that in "The Hare-Lipped Man and the Speaking Meeting," to the casuistry, which insults intelligence and flatters ignorance, in arguments by modern mountebanks.

The essence of all the tales is humanity. There is truly a galaxy of preachers supplemented by such Ameners as Sister Rosie, crying out, "Ride, salvation, ride," until the collection hat was announced, when she shouted, "Walk, salvation, walk." Here are Sin-Killer Jackson and Hotwind Johnson; Elder Joshua Dennis, who could pick about a thousand pounds of cotton every day and whom the plantation owner ordained to preach because he'd stress "work haa'd an' 'bey yo' boss man" and tell the hands, "All dat a Nigguh needs is a bad row, a sharp hoe and a mean boss"; Elder Sanford, who preached a sermon about "Evuhthing dat is, was, an' evuhthing dat ain't, ain't never gonna be;" Elder Jasper Jackson, big, black, six feet and seven inches tall, who habitually began his sermon by saying, "Brothuhs an' Sistuhs, Ah is heah; Ah didn' ride on hossback; Ah comed on a mule"; revivalists greedy to take away "some of dat good ole Brazos Bottoms cotton-pickin' money"; the old war-time moderator, displaced for a young educated preacher, who, after likening his successor to a gold fish, said, "Ah mought gib out, but Ah ain't in no wise evuh gonna gib up"; the happy-bellied elder who upon being asked what was his favorite part of the chicken replied, "Ah lacks the breas' an' all the res'."

Humanity never gets outdated, but modernity is here too. Elder Waller was preaching on the good-for-nothingness of the younger generation and Sistuh Flora Hanks was shouting, "Tell de truf!" "Speak outen yo' soul!" and other encouragements. "Yeah, dey's goin' to hell in Cadillacs, dey's goin' to hell in Packards, dey's goin' to hell in Buicks, dey's goin' to hell in Dodges," Elder Waller went on in the incremental repetitious manner of ballad makers until Sistuh Flora

Hanks jumped up shouting, "Well, mah boy'll be back, 'caze he's goin' in a T-Model Fo'd."

Soon the T-Model Ford will need the same kind of explanatory footnote that "Beck time" now needs, but the Sister Floras and the Elder Wallers won't need explaining any more than Chaucer's Wife of Bath and Pardoner do. When human beings are transplanted right off the ground into print they " 'splain dere selfs."

Contents

xiii

Illustrations

xv

Introduction

THE RELIGIOUS TALE antedates the coming of Christ. Long before that date, in Greece, Rome, and Judea, the illustrative tale was used as a means of moral instruction.

In Medieval Europe, short narratives employed to illustrate or confirm a moral were called "exempla." From the seventh to the seventeenth century many compilations of these moralizing tales and anecdotes were made. They appear to have been more popular than any other form of story. Indeed, the use of the exemplum in the pulpit by churchmen became such a vogue in the fourteenth century that serious opposition was registered against it by Chaucer, Dante, John Wycliffe, and other writers. Although protest against its use caused it to suffer rapid decline in the sixteenth century, the exemplum remained in use both in England and on the European continent until a much later date.

It was in the United States, however, that the conditions necessary to bring the exemplum back into vogue rose again. Here exempla assumed, to some extent, their original role as powerful agents in advancing the cause of a particular Christian doctrine. The sending of Francis Asbury to America in the year 1771 to propagate the faith of John Wesley was indirectly responsible for creating a situation that stimulated the use of exempla in this country.

Through early experimentation, Asbury and the frontier preachers

1

associated with him learned that the best way to hold their audiences was by the frequent use of anecdote. Lorenzo Dow, who was delegated to expand the work of Methodism in the South, was also aware of the practicality of the use of the comic tale as a means of impressing the congregations to which he spoke. Dow's contemporaries of the Baptist and other creeds likewise adopted the anecdote as a device for clinching a sermonly point.

Dow and his fellow-ministers spoke principally to plantation owners and other whites, but in many instances slaves were permitted to attend religious services along with their masters and mistresses. Consequently, when the slaves were freed and began to establish churches of their own, there were some among them who not only knew enough about the Bible to interpret it but were able also to support their beliefs with appropriate tales.

Granted that Negro religious tales fail in many instances to conform to the pattern of the traditional exempla and fall short of the requirements that would qualify them to be classed with the moralizing, or illustrative, tale of antiquity, it must still be conceded that they have one characteristic in common with this particular genre of folk-narrative—the attribute of entertainment.

The term "preacher tale" was widely used by Negroes when referring to their religious anecdotes. It included both stories told by preachers in the pulpit and those related about preachers.

Although now in a period of decline as a pulpit device, preacher tales are still in the living tradition of the Negro. They are still told to some extent in pulpits by Negro preachers and in Negro homes by parents to their children. They are also told on trains, buses, and street corners, and in barber shops and taverns by church and non-church-going Negro folk. Naturally, however, they thrive more abundantly in certain remote recesses of the South than in other areas. The sea-islands of South Carolina, the Florida East Coast, and the Brazos River Bottoms of Texas provide the most fertile fields for the collector.

In the lower Brazos Valley of Texas, where the plantation culture of the old South flourished, a large number of religious anecdotes were invented by Negroes; but they must also have acquired a wealth of them from the whites, since many of the tales of this vicinity are known throughout rural America. The versions in this collection, however, have been thoroughly adapted to the region and reflect accurately social problems and attitudes of a Negro generation now passing from the scene.

Brazos Bottom Negro preacher tales, although humorous in nature, should not convey the idea that the Brazos Bottom Negro preacher and his followers were showmen or that they did not take their religion seriously. Brazos Bottom Negroes were devout and sincere Christians and usually were the essence of humility, even though their religious tales were often satirical in nature. These tales followed the pattern of a popular folk-tale type found in the oral literatures of other ethnic groups, namely the comic anecdote—a device invented by the masses to lampoon their leaders and superiors. The preacher has always been the acknowledged leader in the Negro community, and as such he has been the target of many witty stories told by his followers. The tales concerning "the Word" on the Brazos are indigenous examples of this type of folk expression.

The tales in the present collection were culled in the bottom lands along the banks of the Brazos River in Central and South Texas. Because of the fertility of the soil in this section, pioneers were early attracted to settle here and establish extensive plantations. Stephen F. Austin planted his first families around Washington, on the Brazos River. Other settlements soon followed, and almost simultaneously slave labor was introduced to plant, cultivate, and harvest the crops. Thus the Negro became a part of the land, worked it, and drew life from it. Some of the largest plantations in this district were located in Falls, Robertson, McLennan, Brazoria, Brazos, and Washington Counties.

The ex-slaves who remained on Brazos River Bottom plantations after Negroes were given their freedom on June 19, 1865, were believed by Negroes residing in other sections of Texas to be the most illiterate, humble, and mistreated Negroes in the state. A common expression among Texas Negro children several decades ago, when

3

they wanted to poke fun at their playmates for being ignorant, was, "You mus' be from de Brazos Bottoms," or "You ack jes' lack a Brazos Bottom Nigguh."

In spite of the conditions that produced this sarcasm, many Negroes of the Brazos Bottoms overcame the stigma and achieved distinction. L. K. Williams, world-renowned Baptist leader, is perhaps the outstanding example of Negro leadership that emerged from this section. L. K. Williams, the story goes, was a gambler in his youth, and in spite of appeals from his father, a Baptist deacon, to join the church and become a Christian, continued to spend his Sundays on the banks of the Brazos River shooting dice with other wayward Negroes. Elderly Negroes still living in the Brazos Bottoms say that they remember the very Sunday that young Williams decided to give up "worldly ways" and "put on de armuh of de Lawd." One narrator of the saga about young Williams' conversion thus describes the incident:

"We was all listenin' to de preachuh an' jes' beginnin' to feel de sperrit movin' in our haa'ts, when all of a sudden we heahs a hoss gallopin' up to'a'ds de chu'chhouse ez fas' ez he kin trot. Evuhbody wonder what de trouble be an' staa't lookin' outen de windows. Putty soon dey seed a roan hoss stop out at de fence roun' de chu'chhouse an' a boy git offen 'im. De boy staa'ted runnin' up to de chu'chhouse an' when he gits close 'nuff we seed dat hit was L. K. Williams. He had on his duckins an' dey was dirty ez dey could be an' his hair ain't been combed, but he runned in de do' straight up to whar de preachuh was preachin' an' say, 'Elduh, ah wants to jine de chu'ch an' be a Christun.' His pappy was settin' on de front row an' soon as L. K. said dis his pappy grab 'im an' staa't cryin' an' say, 'Bless de Lawd! Bless de Lawd! Mah prayers done been answered.' From dat day on L. K. comed to chu'ch all day evuh Sunday, an' putty soon he come to be a exhorter (dat's a preachuh tryin' to git on foot preachin', you know). So putty soon dey calls 'im to pastuh a li'l ole chu'ch, and he comed to be one of de bes' preachuhs in de Bottoms. Dey say dat de why he comed an' jined de chu'ch dat Sunday was 'caze he losed all his money in a dice game down to Falls on de Brazos, and de Lawd

4

meck hit come to 'im to git shed of his sinful ways an' live a good life."

L. K. Williams' record from that time on was one of goodness and usefulness. Just prior to his death in an airplane crash some years ago, he served as vice-president of the Baptist World Alliance and was pastor of the Olivet Baptist Church in Chicago, which at that time was reputed to have the largest membership of any Protestant church in the world.

Brazos Bottom Negroes refer to the Bible as "the Word" and enjoy commenting on purported comical happenings of the past involving the preacher and the members of the church. Human pleasure in telling and listening to these tales accounts for their survival.

Today, in the Brazos Bottoms, few vestiges of the old plantation life remain. The times that these tales tell about have almost passed into oblivion. Many farms formerly occupied by master and slave, boss-man and sharecropper, and later by Negro farm managers and field-hands, are today occupied by Italians, Germans, Poles and other relative newcomers, who manage and work them. Yet, in spite of all changes, cotton, sugar cane and corn fields up and down the Brazos are still worked by Negroes. The original Brazos Bottom Negro has left his tracks in the soil, enriched it with his dust, and flavored it with what we call, in a broad sense, his culture.

PART ONE

Bad Religion

The Preacher and His Farmer Brother

The Preacher and His Farmer Brother

O F OCCASION IN DE BOTTOMS, in de same fam'ly, you kin fin'
some of de bestes' preachuhs dat done evuh grace a pulpit, an'
a brothuh or a sistuh what ain't nevuh set foot in de chu'ch ez long ez
dey live. Ah calls to min' Revun Jeremiah Sol'mon what pastuh de
Baptis' chu'ch down to Egypt, on Caney Creek. He done put on de
armuh of de Lawd when he rech fo'teen; he come to be a deacon when
he rech sixteen, an' dey 'dained 'im for to preach de Word when he
turnt to be eighteen. He one of de mos' pow'ful preachuhs dat done
evuh grace a Texas pulpit an' he de moderatuh of de St. John's 'Socia-
tion. But he hab a brothuh, what go by de name of Sid, what ain't
nevuh set foot in a chu'ch house in his life.

Sid hab a good spot of lan' 'roun' 'bout Falls, on de Brazos, though;
so one time Revun Jeremiah 'cide to pay Sid a visit. Hit been twenty
yeah since he laid eyes on 'im; so he driv up to de house an' soon ez he
gits thoo shakin' han's wid Sid's wife, Lulu Belle, an' de chilluns, he
say, "Ah wants to see yo' fawm, Sid. Le's see what kinda fawmuh you
is."

"Sho," say Sid. So he gits his hat on an' dey goes down to de cawn
patch an' looks at de cawn Sid done planted an' what nelly 'bout
grown, an' de Revun say, "Sid, youse got a putty good cawn crop by de
he'p of de Lawd." Den dey goes on down to de cotton patch and de
Revun looks at hit an' 'low, "Sid, youse got a putty good cotton crop by

9

de he'p of de Lawd." Den dey moseys on down to de sugah cane patch an' when de Revun eye dis, he say, "Sid, youse got a putty good cane patch, by de he'p of de Lawd."

An' when he say dis, Sid eye 'im kinda disgusted lack, an' say, "Yeah, but you oughta seed hit when de Lawd had it by Hisse'f."

A Job for God

AH CALLS TO MIN' two han's on de ole Babb plannuhtation on de Lowuh Brazos what was cuttin' logs on de wes' side of de rivuh to buil' a bawn on de boss-man's premisus. Dey cut de cypress trees down on de wes' side an' brung de logs 'cross to de eas' side on a li'l' ole row boat. Hit wasn't far from de Gulf an' of occasion a alluhgattuh comed up in de back wattuh, but dey ain't seed one in dese paa'ts for quite a spell. Anyhow, dese two han's, Tim Groce an' Steve Risby, done been to chu'ch de Sunday 'fo' dey staa't to bringin' de logs crost de rivuh, an' dey heahs Elduh Sample, de pastuh of Mothuh Mt. Zion Chu'ch, say, "Gawd so lacked de worl' in sich a way, dat he done sen' de onlies' son he got down to de urf so dat dem what b'lieve on 'im gonna be saved."

Dat sermon stay on Steve's min'. He don' forgit hit. So Tim an' Steve been cuttin' down de cypress trees an' bringin' de logs 'cross de rivuh for four days now, an' dey ain't seed nor heerd tell of no alluhgattuh yit, but when dey staa't back crost de rivuh wid dey las' load dat Friday, what was de thirteenth of de mont'—dat's a bad luck day, you knows—anyways, dey spy sump'n or 'nothuh swimmin' to'a'ds 'em from de Gulf. "What's dat?" say Tim. "Looks lack a alluhgattuh," say Steve. 'N sho' 'nuff, 'fo' you c'd say, "amen," de alluhgattuh done rech de boat an' turn hit ovuh an' lit out to swimmin' attuh Steve an' Tim. Tim 'bout to git away, but de alluhgattuh gainin' on Steve all de time; so Steve calls to min' what de preachuh say, and he pray:

"Gawd, Ah knows youse got a habit of sen'in' yo' son down heah to do yo' work, but Ah wanna tell you rat now, don' you come sen'in' yo' son down heah now, you come down heah you'se'f, 'caze savin' me from dis alluhgattuh is a man's job."

Cussing for the Church

YOU KNOW DEY HAB A SAYIN' in de Bottoms in de ole days dat de preachuh hab de wustes' chillun in de worl', dat dey was allus into sump'n or 'nothuh an' was rank sinnuhs. Dey brung many a tear to dey pappies' an' mammies' eyes, Ah tells you. Ah calls to min' de middle-size boy of Elduh Walker, pastuh of de li'l' ole chu'ch up to Steele's sto'. De chu'ch hab a haa'd time gittin' on foot, 'caze dey don' be many Mefdis's in dat paa't of de Bottoms. Bubbuh Walker, dis middle-size boy of de pastuh's, was a great han' for cussin'. He runned off from de plannuhtation time an' time again, an' allus say:

> "Ah wouldn't pick cotton
> An' Ah wouldn't pitch hay;
> Ah wouldn't do nothin'
> Dat a white man say."

Elduh Walker allus scairt de boss-man gonna light in on 'im an' skin 'im alive one of dese days, but de boss-man don' nevuh ca'ie on in dis wise yit. Well, anyways, de chu'ch hab some chairs an' some carpet for de main chu'ch aisle what dey ain't paid for; so one Monday mawnin', attuh dey done let a payment slip by, de furniture man comed down from Calvert to Elduh Walker's house an' ast Bubbuh whar his pappy be. Bubbuh tell 'im he don' know; so de man say, "Ah'm gonna teck dis heah carpet an' dese chairs outen de chu'ch." An' Bubbuh eye 'im rail mean lack an' say, "You ain't gonna teck a damn thing outen dis heah chu'ch house." Den de man lef' an' tole Elduh Walker an' de trustee boa'd 'bout Bubbuh cussin' 'im out; so

11

de chu'ch boa'd hab a meetin' an' try Bubbuh for usin' bad language.

When dey ast Bubbuh huccome 'im to cuss de white man out, he say, "Ah was cussin' for de chu'ch." Well suh, dis surprise de boa'd so bad, dey gives Bubbuh a pawdun for breakin' de chu'ch rule an' meck 'im de sup'intendunt of de Sunday School.

Elder Lott's Sunday Night Sermon

DE OLE TIME PREACHUH was way late gittin' off wid his preachin' in de Bottoms. De boss-mens allus meck 'em stay off de plannuhtations 'caze dey hol' chu'ch servus too far into de night time. Of occasion sistuhs an' brothuhs git to shoutin' an' singin' an' a prayin' till way pas' midnight. Dis heah fashion of ca'ien' on meck 'em tiahed on a Monday mawnin' an' de boss-mens don' git but pow'ful li'l' work outen 'em on a Monday; so dey don' relish no chu'ch servus on a Sunday night for de han's. De han's sing so long some Sunday nights till dey keep de boss-mens wake an' dey cain't go to sleep dey se'f. You know dat song what go in dis heah wise:

> "White folks go to chu'ch,
> He nevuh crack a smile.
> Nigguh go to chu'ch
> You heah 'im laff a mile."

Well, dat's de gospel truf. Dat's jes' de fashion dey ca'ied on in de Bottoms, but work comed fuss an' de Word comed secon'.

Oncet dey was a circuit preachuh what was sen' out by de bishop of de Mefdis' Chu'ch to preach on de plannuhtations up an' down de Bottoms. He hab a haa'd time gittin' to preach, 'caze de boss-mens don' relish no preachin' in de cotton pickin' season noways, but fin'ly Elduh Lott gits up 'nuff courage to go ast Mistuh Gabe Clark, de boss-man of de ole Clark fawm down to Hearne, to gib him leave way to preach to de han's on his plannuhtation dat Saddy night an' Sunday mawnin'.

He 'low he ain't gonna preach Sunday night, so de boss-man say go ahaid, he reckon, an' hol' de servus. Elduh Lott an' de pastuh's stewart (dey allus ca'ied a officer of de chu'ch 'long wid 'em) called a Saddy night meetin' an' a Sunday mawnin' meetin', an' de han's git so happy an' shout so good an' ca'ie on so till dey plans a meetin' for Sunday night down in de pasture what 'bout two mile from de Big House.

Hit's cotton pickin' time an' de han's am pullin' big drag sacks evuh day; so dey habs a li'l' money in dey pockets rat now, an' dey 'vides up wid de preachuh right smaa't. Elduh Lott lack dis heah fashion dey got an' he wanna ca'ie all de money he kin outen de Bottoms while pickin's am good. So de Lawd be praised if'n he didn't call de Sunday night meetin' sho' 'nuff an' put a wash pot wid de outside turnt to'a'ds de boss-man's house so de soun' of de singin' an' shoutin' cain't be heerd. He hab a rousin' meetin', but hit so happen dat de boss-man an' his son been visitin' a neighborin' plannuhtation an' dey rides back home on de open side of de pot an' heahs all dis noise; so dey rides up in de middle of de crowd an' squalls out, "Didn' Ah tell y'all not to hab no preachin' on a Sunday night?"

De han's all scattuhs an' Elduh Lott an' de pastuh's stewart staa'ts to runnin' thoo de cotton patch, de boss-man an' his son rat behin' 'em. But de boss-man's hoss cain't git thoo de barbwire fences lack de elduh an' de pastuh's stewart; so dey runs 'bout a mile an' sets down on a stump to res'. But 'fo' you kin say, "amen," dey looks up an' heah comes de boss-man an' his son wid dey cap an' balls a shootin' at de elduh an' de pastuh's stewart; so de elduh an' de stewart dey lit out to runnin' again an' dey loses sight of de boss-man an' his son anothuh time. But 'fo' dey sets down good dey looks up de cow trail an' see de boss-man an' his son ridin' fas' to'a'ds 'em, jes' a shootin' to beat de ban', so dey lit out to runnin' again. De pastuh's stewart say to Elduh Lott, "We sho' has a haa'd time, Elduh. Does you reckon Gawd know how bad dese white folks is treatin' us down heah?"

"Sho', he know," say Elduh Lott, a runnin' an' a pantin'. "He jes' don' give a damn."

God Throws a Tree Limb

HIT TECKS LOTS OF PATIENCE to deal wid a sinnuh at de mounah's bench. Dey hab a haa'd time comin' thoo, 'caze dey ain't yit ready to jar loose from dey sinful acks. Hit don' matter how pulpit-wise a preachuh be, he hab a job on his han's gittin' de haa'd-haa'ted sinnuh man to settle on de chu'ch. Ah calls to min' a han' offen de ole Cole plannuhtation by de name of Pink Jackson. He de bigges' cotton picker on de plannuhtation, but he de rankes' sinnuh, lackwise, an' 'sides dat he kinda simple-minded too.

His wife an' chilluns b'long to de Bethesda Baptis' Chu'ch down to Reagan, an' dey very upset 'bout Pink. He know how to git de cotton togethuh for de boss-man, but he cain't hitch hosses wid de Lawd. He know hit bes' to teck one row o' cotton at a time an' to ca'ie a light drag so's to pick de most poun's of cotton, but he don' know you got to hab a clear conscience to git rail converted an' be save. De preachuh work wid Pink evuh way he know how, but Pink don' chance to come thoo.

Fin'ly, one night, though, Revun Randle, de pastuh, pray to de Lawd speshly for Pink. He say, "Gawd, please come down heah an' hope me wid dis heah sinnuh man what go by de name of Pink. Dis job Ah got for you is too haa'd for a man an' too tedious for de angels." But wid all dis prayin', Pink ain't nevuh chanced to come thoo yit. So fin'ly, Revun Randle say, "Pink, Ah tells you what to do, if'n you railly wants to be a true chile of Gawd: Go down in de pasture attuh sundown an' pick yo'se'f out a pos'-oak tree an' light out down dere evuh night. Git down on yo' knees unnuhneaf de tree an' ast de Lawd to convert you."

So Pink goes down to de pasture dat ver' same night, picks him out a pos'-oak tree, gits down on his knees an' say, "Lawd, please convert me! Oh, Lawd, please convert me!"

Dis heah goes on awright for three nights, but while Pink is prayin'

14

on de fo'th night, a dead tree limb falls offen de tree an' almos' hits 'im, so he lights out to runnin'. Hit's 'bout a week attuh dis 'fo' Pink gits up 'nuff courage to go back out to de tree again, but on de Friday night 'fo' de nex' Sunday, Pink goes back out to de tree, kinda sidles up to hit an' say, "Gawd, Ah come out heah to hab a close-up talk wid you 'bout dat tree limb you th'owed at me t'othuh night; you know if'n you had of hit me, dese Nigguhs nevuh would of had no mo' confidence in you."

Little Bill's Conversation with God

DE YOUNGUNS ON DE PLANNUHTATIONS in de Bottoms was plenty smaa't. Dey take 'vantage of dey pappies an' mammies bein' so wropped up in de Word and de chu'ch till dey study all kinds of devulmint to git outen work by dey wits. When dey don' wanna work 'roun' de house, chop cordwood, dry dishes, feed de cows, or tote wattuh from de well, or de pump, dey allus go an' git de Bible an' staa't to readin' hit, or de Sunday School quarterly. Den when dey mammies ast 'em to do sump'n 'roun' de house, dey say, "Mammy, Ah's readin' de Word; Ah wanna be a good Christun lack you an' pappy an' work in de chu'ch, an' de Word'll gimme dat information to go thoo. Ah heerd de pastuh say evuhbody ought to set down an' keep comp'ny wid Gawd durin' of de weekadays ez well ez on a Sunday." Dis heah kind of talk allus meck dey mammies happy, 'caze dey ain't nothin' dey lack bettuh 'n habin' dey chilluns hab a love for de chu'ch. So de younguns allus git out of work in dis wise.

Oncet dere was a li'l' yap down to Chinaberry Grove on de ole Lee fawm name' Bill what hab dis style down pat. He gib his pappy a hot time all de time by stealin' tea cakes outen de flow'r sack full dat his mammy done bake; an' he lie on de othuh li'l' chilluns in de house evuh day de Lawd sen' 'bout sump'n. Dey hab a ole rickety cawn crib next to his pappy's shack, so evuh time he lie his pappy tell 'im

15

to go on up in de lof' of de cawn crib an' ast de Lawd to forgib 'im. So Bill would go on up in de lof' in de cawn crib an' stay 'bout two or three hours at a time. Tom, his pappy, allus ast him huccome he stay up in de lof' so long. Den Bill would say, "Hit tuck a long time for me to git de message thoo. Gawd a busy man, ain't he, pappy?"

Bill allus lie de fuss thing in de mawnin' jes' 'fo' dey staa't to de fiel', 'caze he know his pappy gonna sen' 'im to de lof' to ast Gawd to forgib 'im for de lie he done tole, an' he kin dodge work dat mawnin'. He allus lolluhgag in de lof' long ez he kin. Dis sho' 'nuff Bad Religion li'l' Bill practicin', but his pappy Tom jes' ez 'sponsibul as li'l' Bill be; he didn' oughta sen' 'im to de lof' to pray.

Bill show his pappy good fashion one time, though. De boss-mens in de Bottoms 'low dey han's to go to Waco evuh year to de circus on a speshul train; dat is if'n dey hab a good crop year an' de han's was pleasin' 'em. Hit happen de same year li'l' Bill was ca'ien' on his foolishness dat de han's work rail haa'd an' de boss-mens leave 'em go to Waco to de circus. Dey allus sen' de obuhseers 'long wid de han's, so dey'll be sho' dey don' run off way somewhar. Dey hab passenger coaches an' de Marlin shurf allus sen' 'long a dep'ty shurf to keep down fights on de train. Lots of times de dep'ty shurfs fool de han's into a baggage car an' git 'em staa'ted in a crap game on de speshul train an' den 'rest 'em fo' gamblin' an' teck 'em offen de train 'fo' dey gits to Waco. Dey do dis heah to de han's on de ole Lee farm dis year, but Glenn Lee, dey boss-man, come up to Waco an' tell de shurfs dey bettuh turn his Nigguhs loose; dat dem's his Nigguhs an' dey ain't gonna pay no fine, an' to gib 'em de money what dey done tuck 'way from 'em. So dey pays heed to 'im, 'caze he fix dey bizniss good if'n dey don't. You couldn' 'res' a Nigguh in de Bottoms lessen you git permishun from dey boss-mens.

Howbeevuh, de nex' day attuh de circus was work day on de ole Lee farm, so li'l' Bill, lack his usual, don' relish goin' to work. So he gottuh think up some kinda lie to tell his pappy at breakfast. So when his pappy call 'im to come to breakfast, he comes on in an' staa't to soppin' his biscuits in his 'lasses an' one-eyed gravy, an' fin'ly he look up at his pappy an' say, "Pappy, one dem lions must of got loose up

16

dere at de circus yistiddy; Ah looked outen de window jes' now an' seed a lion crossin' de lane goin' up to'a'ds de mule lot."

"You git rat up from heah," say Tom, his pappy, "an' go rat up in de lof' an' ast de Lawd to forgib you. You know dat ain't nothin' but Ole Lady Jackson's shaggy dog you seed." So Bill gits up from de table an' goes up to de lof' in de cawn crib. He don' come down no mo' till de dinnuh time bell soun'. Den he come an' tuck his seat on de bench at de table 'side his ol'es' brothuh on one side an' his pappy on de othuh. When his pappy spy 'im, he say, "Bill, is you done gone up to de lof' an' ast de Lawd to forgib you lack Ah done tole you?"

"Yas, suh," say Bill.

"What'd he say?" asts Tom.

"What'd he say?" 'low Bill. "He say, 'Go 'long boy, Ah thought dat was a lion mahse'f.' "

Reverend Carter's Twelfth Anniversary Sermon

'BOUT TEN YEAR ATTUH FREEDOM done come in de Bottoms de membuhship gits pow'ful good to de pastuhs what done tuck 'em down from hangin' out on de promise limb an' brung 'em to dat condition whar dey git dat whole thing lack de Word say, an' de Lawd stick up to 'em, 'caze he glory in de style dey done tuck up wid.

Dey hab poun' paa'ties whar evuhbody brung a poun' o' victuals to de pastuh evuh mont', an' dey staa't de style of de annuhversury sermon, lackwise. De annuhversury sermon come oncet a yeah so de membuhship kin help de pastuh 'long wid his duds ez well ez his grub. Dey 'low he haftuh hab sump'n nothuh on his back ez well ez in his stummick. Dey gibs 'im a li'l' money too, an' of occasion, he gits a right smaa't in de collection when dey pass de hat 'roun' mongst de membuhs.

One o' dese preachuhs in de Bottoms what been pastuhin' mought'

nigh on to twelve yeahs when dey staa't off dis fashion was name
Elduh Neal. He de pastuh of de Ball Hill Baptis' Chu'ch what hab
a small membuhship, so he don' speck much outen de han's what
b'long to his chu'ch. He got a good sermon though. So when de Sun-
day 'roll 'roun for 'im to preach his twelfth annuhversury sermon he
dike up in his frocktail coat, his stan'in' collar, an' his high silk hat
an' staa'ts to walking thoo de thickets to de chu'ch house wid his
Bible in his han'. He doin' what dey calls "cuttin' buddy short."
(Dat mean, teckin' a short cut thoo de woods, so you git whar you
goin' lots quicker'n goin' way 'roun' de dirt road.) But he ain't done
had bettuh tuck dis heah fashion of gittin' to chu'ch, 'caze 'fo' he trace
his footsteps ver' far, he look up an' see a white man a straddle of de
lane he walkin' down on a white hoss wid a cap an' ball in his han'.
When Elduh Neal spy de man he try to dodge 'im an go thoo de
cawn patch, but de white man call 'im back an' say, "Hol' on a
minnit, Elduh; Ah wants you to dance a li'l' bit for me."

"Ah ain't gonna do no sich a thing," say Elduh Neal; "Ah done
put away dem sinful things long time ago."

"Aw, come on," say de white man, slingin' two cap an' balls, one
in one han' an' one in de othuh; "Ah'll gib you a ten dolluh bill if'n
you do a li'l' step for me."

"Well, awright den," 'low Revun Neal, eyen' de caps and balls
de man got pointed at 'im an' peekin' at de ten dolluh bill de white
man holdin' tween his thumb. "Ah ain't got much for time, though,"
say Elduh Neal, "but Ah'll do a li'l' step for you bein' dat's de case."
So no quicker'n he say dis he clicks his heels togedduh an' do a li'l'
jig.

De white man gib 'im de ten dolluh bill an' Revun Neal staa't on
down de lane again to'a'ds de chu'ch house. He ain't gone ver' far
though 'fo' he wheel 'roun' rail quick an' squall out to de white man
to wait a minnit, he wanna tell 'im sump'n. So de white man stop his
hoss smack dab in his tracks an' wait for Elduh Neal to ketch up
wid 'im.

"What you want?" say de white man when Revun Neal git 'longst
'side 'im.

"Ah jes' wanna tell you," say Revun Neal, "dat Ah'll be heah evuh Sunday at ten-thuhty from now on."

Sister Rosie and the African Missionary

IN DE OLDEN TIMES de preachuh he git lots of he'p from de membuhship when he preachin' a sermon. Dey hab a amen cawnuh whar de membuhs squall out all de time when de preachuh put ovah a good lick agin de Devul. Dey say, "Say yo' lesson suh," or, "Preach de Word, Amen! Amen!" or "Tell hit, tell hit, tell de truf, tell de truf." Dis heah lots of he'p to de preachuh an' dey hab some pow'ful sermons in de Bottoms in dem days as a consequence.

Ah calls to min' up to McGill Chapel on de Li'l' Brazos Rivuh dere was one sistuh what allus keep up de sperrit for de preachuhs an' de whole congugation lackwise. Her name was Sistuh Rosie Thompson an' she sump'n lack Naomi dat de Word tell 'bout. She hab dat style of faith an' courage dat b'lieve in de Lawd an ain't 'fraid to 'knowledge 'im in de public. She meck a big show at de servus, 'caze she nevuh stop he'pin' de preachuh. Evuhtime de preachuh meck a stroke for de Lawd, Sistuh Rosie 'ud squall out, "You sho' is tellin' de truf now. Hab mercy, Lawd, hab mercy." She hones' in her 'pinion too, but of occasion she fall by de wayside.

One time dere was a gambluh what died on de ole Burney plannuhtation an' his mammy b'long to de McGill Chapel Chu'ch. So dey ast Elduh Waters to preach his funeral. He say dat's awright wid 'im. So de Sunday roll 'roun' for de funeral. Dat's de onlies' day de boss-mens in de Bottoms 'low de han's to hab funerals reckly attuh freedom. If'n you died on a Sunday night dey'd haf to hol' you ovuh till de nex' Sunday, 'caze de boss-mens ain't gonna gib no time off from work durin' de week-a-days. Dey 'low if'n a mule die buy anothuh one, an' if'n a nigguh die hire anothuh one.

Anyhow, Elduh Waters gits up de Sunday of de funeral an' staa't to talkin' 'bout what a good boy dis gamblin' boy, Jessie, was; what a

19

good life he live an' what a shinin' light he was for de res' of de folks in de Bottoms. Sister Rosie know dis heah ain't de truf, so she set dere rail quiet for a long stretch an' don' say a mumblin' word. De people all wonduh huccome Sistuh Rosie ain't sayin' nothin' today—huccome she ain't talkin' back to de preachuh. So fin'ly, when de preachuh yell out dat Jessie was one o' de bestes' Christuns he evuh seed, Sistuh Rosie cain't hol' her peace no longuh; so she squall out rail loud, "You sho' is a tellin' a lie now; hab mercy, Lawd, hab mercy!"

Sistuh Rosie 'low de preachuh practicin' Bad Religion, but putty soon attuh de funeral a missionary come from Aferkuh to preach at de chu'ch an' Sistuh Rosie fall by de wayside herse'f. De preachuh jes' from Aferkuh whar he been for fo' years; he raisin' money for missionary work for de po' li'l' Aferkuns. In his sermon he tell 'bout how much money de rich white peoples in de Norf done gib de po' li'l' ole Aferkuns an' how much de Christun white folks in de Souf done did for de po' li'l' ole Aferkuns, an' evuh time he tell what done been did for de po' li'l' ole Aferkuns, Sistuh Rosie'd squall out, "Ride, salvation, ride! Ride, salvation, ride!" Fin'ly de preachuh gits thoo wid his sermon an' he say, "Now brothuhs an' sistuhs, Ah done tole y'all what othuh peoples done did for de po' li'l' ole Aferkuns an' now Ah wants evuhbody in dis heah chu'ch house to come up to de table an' lay a dolluh down for de po' li'l' ole Aferkuns."

When de preachuh say dis Sistuh Rosie th'ow her haid way back, th'ow her han's up in de air rail high an' squall out louduh dan evuh befo', "Walk, salvation, walk!" Sistuh Rosie ain't 'tickluh 'bout travelin' so fas' when hit come to jarrin' loose from a dolluh herse'f. She lack dey say, "De Nigguh's long on religion, and short on Christ'anity."

The Tale of the Three Preachers

DE PREACHUHS SHO' LACK TO JOKE. Dat's dey inheritance. Dat's all black folks' inheritance—to joke wid one 'nothuh. Ah calls to min' three Baptist preachuhs in de Bottoms what was close frien's. Dey was allus togethuh at de 'sociations an' conventions. Dey names was Elduh Grimes, Elduh Wilson, an' Elduh Leonard. Elduh Wilson was de rail ole preachuh in de bunch. Oncet dese two young preachuhs put dey haids togedduh an' try to play a prank on de rail ole preachuh. Dey was all at de 'sociation one year an' de young preachuhs goes up to de moderatuh an' ast 'im to 'low de three frien's to all preach a sermon de same night.

De moderatuh ain't nevuh heerd tell of sich foolishness as dat, but he gib leave way for 'em to go ahead. So when de time come for de night servus de fuss young preachuh ris' up attuh de song servus, open up de Bible, an' say, "Ah'm goin' a fishin'," an' set down. Den de secon' young preachuh ris' up, pick up de Bible an' say, "Ah'm goin' wid you," an' set back down. Den de rail ole preachuh ris' up, open out de Bible an' say, "An' dey ketched nothin'."

Dey don' ketch de rail ole preachuh nappin' nohow, so dey's so outdone till dey calls one de ole preachuh's membuhs, name Sistuh Josie, off to one side an' fix hit up wid her to fool de rail ole preachuh when she git back to Bryan, whar he pastuh.

So de nex' Sunday attuh de 'sociation done close, Sistuh Josie git all set for to fool Revun Wilson, de rail ole preachuh. So soon ez he git to whoopin' an' uh hollerin' rail good she teck out her hankershuf an' staa't to cryin'. Dis heah meck Revun Wilson preach haa'duh an' haa'duh. He say to hisse'f he sho' mus' hab on de armuh of de Lawd dis mawnin to meck a sistuh happy as Sistuh Josie be. So soon ez de servus am ovuh he heads straight for Sistuh Josie, 'caze he jes' know she gonna tell 'im how much she done relish de sermon. When he git to whar Sistuh Josie settin' she still cryin' wid her hankershuf ovuh her mouf. So Revun Wilson say, "Don' cry Sistuh Josie; Ah knows how you feels when de sermon done meck you so happy."

"Dat ain't hit, Revun," say Sistuh Josie; "Ah'm so sorry Ah did'n' enjoy yo' sermon, but dis toofache was killin' me."

Sister Patsy's Error

AH CALLS TO MIN' a sistuh down to Gerle what allus hab a haa'd time folluhin' de preachuh in his travels. She allus mess up serv-us in some fashion or 'nothuh evuh Sunday mawnin'. De deacon boa'd done motion time an' time again to put Sistuh Patsy outen de chu'ch, but Sistuh Patsy still a number in de chu'ch book an' she yit 'tend de servus. But fin'ly, de pastuh teck Sistuh Patsy's case in his own han's an' he 'low dat de ver' nex' time she do sump'n to vex de membuhship, he gonna put her outen de ch'uch for good.

Sistuh Patsy don' pull no mo' bones for a mont' or mo', but 'bout five weeks attuh dis when de pastuh was preachin' a sermon 'bout de crucifixion an' tellin' how Pilot do de Lawd an' how Judas 'tray 'im, an' how dey nail 'im to de cross an' he die, Sistuh Patsy what done been asleep durin' all of de sermon, wake up jes' in time to heah de pastuh talkin' 'bout de Lawd done die. So she rub her eyes, jump up rail quick, an' squall out to de top of her voice, "Jes' a minnit, Elduh, Ah didn' even know de po' chile was sick." Dis time, dey oust Sistuh Patsy for keeps.

The Wrong Man in the Coffin

YOU KNOW DE CHU'CH FOLKS in de Bottoms hab a love for big funerals. 'Reckly attuh freedom, dey hab de funerals on Sun-day, 'caze de boss-mens don' 'low no funerals in de week-a-days. Nowadays, dey hab all funerals on a Sunday jes' for de sake of de love of big funerals.

In dem days comin' up, womens ain't gonna talk 'bout dey men folks while dey's livin'. Dey wanna keep folks thinkin' dey hab a good man for a husband, but dese days an' times hit's a lot diffunt. De gals what ma'ied nowadays talk 'bout dey husbands to any an' evuhbody. You can heah 'em all de time talkin' 'bout "dat ole Nigguh ain't no 'count." Dey say, "If'n you been ma'ied a yeah an' yo' husband ain't nevuh paid a light bill, ain't nevuh bought a sack of flour, ain't nevuh brung you a pair of stockin's, ain't nevuh paid on de insu'ances, what you think 'bout a Nigguh lack dat?"

One time dere was a han' what died on de old McPherson fawm by de name of Ken Parker. De membuhship of de Salem Baptis' Chu'ch think Ken's a good man, 'caze he hab a fine big family an' he 'ten' chu'ch regluh as de Sundays come. De pastuh think he a good Chris-tun, too. So when he git up to preach Ken's funeral, he tell 'bout what a good man Brothuh Ken was, 'bout how true he was to his wife, an' what a good providuh he done been for his family an' all lack dat. He keep on an' he keep on in dis wise, but Ken's wife Sadie know de pastuh done errored; so she turn to de ol'es' boy, Jim, an' say, "Jim, go up dere an' look in dat coffin an' see if'n dat's yo' pappy in dere."

What Major Buford Knew

DE WORD AIN'T NOTHIN' TO JOKE WID, but some of de brothuhs an' sistuhs in de chu'ch so full of devulmint till dey allus meckin' light of de chu'ch in some fashion or nothuh. Ah calls to min' a ole man what use to come ovuh here constant to paa'lance wid me 'fo' his daughtuh move offen de plannuhtation dat's way yonnuh pas' de li'l' rivuh. Dat's de ole Bass plannuhtation, an' dis heah ole brothuh, what was called Major Buford, was allus doin' sump'n 'nothuh to tease de sistuhs, or to opset de pastuh an' de deacon boa'd of de Mt. Gilead Chu'ch ovuh to Satan, a li'l' ole community on de rivuh bed. Seem lack de Major got some of de name of dis place Satan

23

in his bones. De place call Satan, an' de Major got de Devul in 'im all de time.

One Sunday he passes a bunch of li'l' ole boys on de plannuhtation playin' marbles for keeps. So he ast 'em dey names an' writ 'em down on a paper bag he hab in his han' an' brung 'em 'fore de deacon boa'd for trial. De Major say de parent 'sponsible for de chile till he come to be sebun yeahs ole; so all dese li'l' boys was five an' six an' dey pappies had to 'ten' de meetin' wid dey chilluns. When dey all done 'sembled, Revun Galloway, de pastuh, say, "Brothuh Buford, what's de 'ditement 'gainst dese chillun?"

"Dey was playin' marbles on a Sunday for keeps," 'low de Major, "an' de Bible say, 'Don' do dat!' "

"Show us whar 'bouts in de Holy Writ do hit say not to play marbles," 'low one of de pappies of de li'l' boys, name Silas Andrews.

"Awright," de Major reply, "Ah'm gonna turn to hit rat now." So he turns ovuh to a passage of Scriptur' an' han' hit to de pastuh an' tell 'im to read what hit say.

De pastuh tuck up de Bible an', lookin' at de passage de Major hab mark, turnt back 'roun' to'a'ds de Major an' say, "Look heah, Brothuh Buford, dis passage don't say 'Marble not,' dis heah passage say 'Marvel not.' "

"Huh, Ah knowed hit all de time," chuckled de Major. "Huccome you didn' know?"

'Nothuh time we was all in a Sunday School teachuhs' meetin' an' evuhbody haftuh ast a question 'bout de Word. So when Major Buford's turn come, he say, "Who kin tell me de name of de dog what lick Lazrus' sores?" Dis heah puzzle evuhbody, ebun down to de pastuh. So fin'ly dey say, "We gibs up. What was his name?"

"Look a heah," say de Major openin' de Word an' p'intin' to a verse. "Don't you see whar hit say heah 'Mo' Rover de dog lick Lazrus' sores'?"

But de Major git de bigges' kick outen teasin' de sistuhs. Dey 'low he bettuh stop playin' wid de Lawd's Word lack he do, too. If'n he don', sump'n gonna happen to 'im, but de Major he 'low dat he don' mean no haa'm.

24

One Sunday de Major cap de climax sho' nuff wid his foolishness. 'Twas attuh de lebun o'clock servus an' ez usual he walks ovuh to whar a big bunch of sistuhs am stan'in' 'roun' waitin' for de chu'ch dinnuh to be put in de plates an' be pass 'roun', an' he say, "Gawd knows evuhthing an' Ah knows mo'."

De sistuhs look at 'im lack dey think he done lose his min'. Talkin' 'bout Gawd knows evuhthing an' he knows mo'; dat's de wus religion dey done evuh heerd of; so dey say, "Gawd know evuhthing an' you knows mo'?"

"Yeah," says de Major, "Gawd knows evuhthing an' Ah knows Mo'. Ah knows ole man Billy Mo'." An' when he say dis you could heah him laff plum on down to de commissary, clean on crost de big rivuh an' de li'l' rivuh, up to de Pos'-oak districk.

White and Black Theology

AH CALLS TO MIN' a Mefdis' preachuh what fill de pulpit at St. James in Waco. He de bigges' preachuh on de Uppuh Brazos. He been teachin' de preachuhs in Waco for many a yeah, but hit happen oncet dat he 'lected to go to de genul conference in Philadelphia an' he gon mo'n a mont'. Dat's a long time for de teachuh to stay way somewhar, so while he's gone a white preachuh comed 'long and de preachuhs 'gage his servuses to teach 'em. De white preachuh meck a charge of ten dolluhs an' he gib all de preachuhs a D.D.

When Revun Dawson come home from de genul conference de preachuhs don' relish 'im teachin' 'em no mo'. Dey 'low dey's smaa'-tuh 'n he be, 'caze dey got a D.D. an' he ain't got nare one. Revun Dawson so outdone, he don' know what to do wid hisse'f, so de nex' Sunday attuh he come back he ast his membuhship to gib 'im ten dolluhs to git 'im a D.D. But de membuhship done gib 'im a suit of clothes for de genul conference and fifty dolluhs for spendin' change; so dey don' raise but five dolluhs for 'im in de collection for de D.D. De Revun tell 'em he don' relish dat way of doin', but de trustee

25

boa'd tell 'im dey don' relish gibin' 'im no mo' money lackwise, so dey don' gib 'im anothuh red copper cent. Dey say, "Elduh you jes' hab to be 'Doctor D.' stid of 'Doctor D.D.' "

Not long attuh dis de same white preachuh comed back to de Bottoms an' Revun Dawson, 'caze he outdone on de D.D. bizness, ast 'im to teach de cullud preachuhs theology. So de white preachuh, he say he think dey oughta staa't off de course in theology by studyin' readin', writin' an' 'rifmuhtic, but dey say, "No brothuh, we knows what we wanna study; we wanna study theology, an' if'n we cain't git dat we don' wan' nuffin'."

So fin'ly de white preachuh git off to hisse'f an' he study haa'd, 'caze he don' wanna lose dat good ole Brazos Bottoms money. So a plan come to 'im an' he trace his footsteps back to de cullud preachuhs an' he say, "Brothuhs, Ah tells you what Ah done 'cided to do. Ah'm gonna teach y'all heabunly articulation, Biblical recordin', an' ecclesiastical calculation." Den dey all squall out at de same time, "Brothuh, dat's jes' what we wants." Dey ain't hab de wisdom to know dat's de same thing ez readin', writin', an' 'rifmuhtic.

How Elder Samuels Was Saved

AH CALLS TO MIN' a preachuh down to Eloise what allus tellin' his membuhship to ast de Lawd for evuh thing dey wants an' de Lawd'll gib hit to 'em. He been preachin' in dis heah fashion for ten yeahs now, but he ain't put his teachin' into practice, 'caze him an' de membuhship still worshipin' unnuh de same ole arbor what got a dirt floor an' no walls on de side. Hit do putty good for de summuh servuses, but when de fall of de yeah roll 'roun' an' de northuhs staa't to blowin dey cain't in no wise hab servuses in hit, 'caze dey ain't no place to put a wood heater.

De membuhship fin'ly gits tiahed of Elduh Samuels' (dat's de name de preachuh go by) tryin' to 'vise 'em to ast de Lawd for what dey wants an' he'll gib hit to 'em, 'caze he ain't yit ast de Lawd to build 'em no chu'ch house in de whole ten yeahs he been pastuhin' de chu'ch. So one night when dey was habin' boa'd meetin', one de deacons name Henry Sample say "Look a heah, Elduh, you allus tellin' us to ast de Lawd for what we wants an' he'll gib hit to us. Huccome you don' ast de Lawd to gib us a new chu'ch house?"

"Dat sho' am de truf, Brothuh Sample," 'low de elduh, "so Ah'm gonna ast de Lawd rat now to gib us a chu'ch house." So Elduh Samuels gits down on his knees an' pray an' ast de Lawd to please gib 'em a chu'ch house to worship in. So dat same night he ast all de deacons to go 'roun' from membuh to membuh's house an' ast all of 'em to gib a piece of lumbuh, a package of shingles, a keg of nails, or sump'n 'nothuh to he'p staa't buildin' de chu'ch.

When de nex' boa'd meetin' rolled 'roun' de deacons hab 'nuff lumbuh, an' nails an' shingles to buil' putty nice li'l' ole chu'ch house; so dey 'cides to staa't buildin' de chu'ch house dat nex' comin' week. Dey ain't in no wise got 'nuff money to hire no carpenter, so dey 'sides to use all de men membuhs of de chu'ch to he'p wid de buildin'. Elduh Samuels 'low he ain't no jack-leg carpenter hisse'f, but he gonna do ez much work ez de nex' one on de chu'ch. He 'low, "Ain't Ah done tole y'all dat de Lawd allus gib you what you asts for an' allus teck keer of you in de time of trouble?"

"Sho', Elduh, sho'," say de deacons. "Evuhthing you say done come to pass."

So time rolled on an' rolled on till de li'l' ole chu'ch house almos' ready to go into. De onlies' thing lef' for de workers to do is to finish shinglin' de roof, an' Elduh Samuels workin' rat 'long wid 'em on de chu'ch puttin' on de shingles.

Evuhthing was goin' fine an' in tip-top shape till one day when Elduh Samuels was runnin' his mouf an' braggin' 'bout all you got to do is trus' Gawd an He'll teck keer of you, he loosed his balance an' staa'ted fallin' off de roof of de chu'ch house. "He'p me, Lawd, he'p me!" yelled Elduh Samuels ez he falled; "You knows Ah trus' you an' you knows Ah knows you'll teck keer of me." But 'fo' Elduh Samuels kin git de words outen his mouf good, a nail stickin' way far out on one de walls of de chu'ch ketches 'im in de seat of de pants an' hol's 'im. So Elduh Samuels looks up at de heabuns above 'im an' yells loud as he kin yell, "Nevuh min', Gawd; a nail's got me now."

Sister Liza and the New Pastor

AH CALLS TO MIN' Sistuh Liza Johnson, what b'longed to de Pilgrim Baptist Chu'ch, down on de ole Timson plannuhtation, on the Big Brazos. Sistuh Liza hab a husban' what go by de name of Mose, what used to backslide all de time, but Sistuh Liza don' in no wise 'low nobody to lay Ole Mose's race out to her. She a good payin' membuh, so de preachuhs don' nevuh chu'ch Ole Mose an' teck his name offen de books, don' give a nevuhmin' how much he cuss an' cavort an' shoot craps up an' down de Bottoms. De preachuhs pays heed to de money Sistuh Liza th'ows in de colleckshun plate evuh Sunday de Lord sen', an' dey 'lows Ole Mose to be sho' 'nuff gone to de Devul ez far ez dey is concerned.

Well, suh, things rolled on in dis wise for many a yeah till a rail young preachuh comed to pastuh de chu'ch. Dis rail young preachuh ain't in no wise sold on keepin' Ole Mose's name on de chu'ch rolls wid 'im gallavantin' up an' down de Bottoms gamblin' and cavortin' evuh day de Lawd sen's, so he sen's Ole Mose a letter puttin' 'im outen de chu'ch. Sistuh Liza so riled 'bout what de new preachuh done dat she don' jar loose from no money no mo' when dey passes de colleckshun plate 'roun', but she still 'tendin' de chu'ch servuses.

But hit so happen dat reckly aftuh de new preachuh done lit in de Bottoms an' chu'ched Ole Mose dat Mose come down wid de dropsy an' had to stay cooped up in de house, 'caze he done growed so big an' fat he can't ebun wobble 'roun de room he's forced to set in all de time. He plagued wid de misery so bad 'till 'tain't long 'fo' he kicks de bucket. Sistuh Liza ast de new preachuh to preach Ole Mose's funeral, but de preachuh, what go by de name of Elduh Freeman, don' in no wise want to falsify Ole Mose into heabun. But Sistuh Liza cry an' git down on her knees an' beg Elduh Freeman so ha'ad to preach de funeral, since Mose been livin' rat 'roun' heah in de Bottoms all his life, till Elduh Freeman give in to her an' say he'll do de job, but he ver' careful 'bout what he say 'bout Ole Mose. When hit comed time for 'im to put Ole Mose in heabun Elduh Freeman riz up his haid an' his hands an' say "Brothuhs an' Sistuhs, Ah ain't been heahin' no good repo'ts 'bout de deceased since Ah's been down heah in de Bottoms, so Ah's jes' gonna put 'im on de Jordan, an' let whosoevuh wants 'im, Gawd or de Devul, come an' git 'im."

Dis meck Sistuh Liza pow'ful mad, an' she 'low dat if'n hit tecks her de res' of her nachul bawn days she gonna git ebun wid Elduh Freeman for what he done did to Ole Mose.

So time rolled on, an' rolled on till fin'ly one Sunday de haid-knocker of de Baptist convention comed to visit Elduh Freeman's chu'ch to spy on 'im an' see how he feedin' de sheep in his flock. Sistuh Liza say to herself, "Now's de time for me to git ebun wid Elduh Freeman for what he done did to Mose, so rat aftuh Elduh Freeman done tuck his tex' for de mawnin an' was gittin' all warmed up for de finishin' stretch of his sermon Sistuh Liza riz up outen her seat an' yelled "Hol' on dere a minute Elduh! Ah wants to tell mah determination."

Elduh Freeman eye her lack he could tar her to pieces for stoppin' 'im rat in de middle of his message when he tryin' so haa'd to show de big-shot preachuh from de convention what a big hol' he got on de membuhship, so he gits mad as a hornet an' yells "Well, tell hit Sistuh! tell hit!"

"Ah cain't tell hit now," 'low Sistuh Liza; "Ah'm too full."

"You heerd what Ah said, didn't you, Sistuh Johnson?" yelled Elduh Freeman; "Now you go on an' tell hit."

"An' Ah done told you Ah was too full to tell hit, too, ain't Ah?" 'low Sistuh Liza.

"Too full of what?" yelled Elduh Freeman, "De Holy Sperrit?"

"No sirree Bob!" shouted Sistuh Liza loud as she kin holler; "too full of dat clabber milk Ah drunk dis mawnin'."

Halley's Comet and Judgment Day

YOU KNOW, DE WORD tell us dat de man ain't been bawn what kin live 'bove sin; de Lawd an' Savior Jesus Chris' de onlies' one what done rech dis stage on dis putty green carpeted soil what we calls de urf. De preachuh stray off from de fold jes lack de membuhship an' haf to be fetch back to hit, jes' lack Hezekiah, one time, haf to fetch de peoples back in de Bible from dey sinful acks. Many a preachuh rat heah in de Bottoms c'mit 'dult'ry, drunk his lickuh, an' ebun down swo' in de pulpit; an' some of 'em ebun toted a pistol when dey comed to preach.

You know, de Mefdis's an' de Baptis's 'spised one anothuh in de Bottoms so much 'reckly attuh freedom when de chu'ch fuss staa't up dat dey hab fis' fights, cuttin' scrapes, an' shootin' sprees all de time. 'Fo' dey builded de chu'ch houses, de Baptis's an' de Mefdis's used to sometime use de same buildin' when dey hol' chu'ch servus. Dey call dis pulpit 'filiation. De Mefdis's used de house de fuss an' third Sundays, an' de Baptis's used de house de secon' an' fo'th Sundays in evuh mont', an' when de fifth Sunday roll 'roun', sometime dey bofe hol' servus togethuh.

One time dey was a Baptis' preachuh by de name of Whirlwin' Johnson. So he say dat when de fifth Sunday come he gonna preach a baptismal sermon down to de house what dey rentin' for de chu'ch to a mix conguhgation. De Mefdis' preachuh, Elduh Cyclone Williams, tell 'im he dare 'im to preach hit, but Whirlwin' preach hit jes' de same on de fifth Sunday. De nex' day Cyclone Williams meet 'im on de court house steps rat heah in Marlin, an' walk up to 'im, an' say, "Didn' Ah tole you dat if'n you preach dat sermon Ah's gonna whip de hell outen you?" An' he lam Whirlwin' rat smack dab on de jaw-bone wid his fis'. Whirlwin' den tuck his cap an' ball an' shot Cyclone in de leg, an' de county shurf put 'im in de jug, an' de Baptis'

30

'nomination tuck up money ovuh de whole state to git Whirlwin' outen de jail house.

Yas suh, de ole time preachuh cuss, fight, haa'k an' spit, an' do lots of things what ain't laid down in Holy Writ. 'Speshly dem what go 'bout all ovuh de country preachin' heah an' dere, way somewhar. You know de Word say, "Go ye into all de worl' an' preach de Gospel." De ole time preachuh didn' git into all de worl', but he git into as much of hit as he kin. Some of 'em lack dat condition "Go." Dey was 'vangelis's an' runned 'tractive meetin's. Dem's de kin' what got out 'mongst de sistuhs de mos' too.

Ah calls to min' a Baptis' preachuh, Elder Joshua Dennis, what come to be ordained to preach by his boss-man on de ole Watkins plannuhtation at Pitts' Bridge, 'bout eight mile down de main highway from heah. You know work comed fuss on de Brazos, an' de Word come secon'. De way Joshua comed to be a preachuh was by bein' de bestes' cotton pickuh on de Watkins fawm. He pick 'bout a thousan' poun's a day evuh day. So Ole Man Amos Watkins say dis de kinda Nigguh he want preachin' to his han's, a Nigguh dat gonna preach "work haa'd an' 'bey yo' boss-man," an' tell 'em all dat a Nigguh needs is "a bad row, a sharp hoe, an' a mean boss."

Fin'ly, Joshua tuck up wid dis preachin' bizniss for keeps an' he come to be one of de bestes' preachuhs up an' down de Brazos. He turnt out to be a great 'vangelis'. His wife, Mary Ann, is a good fawm manager, so he leave her an' de chilluns on de plannuhtation, an' he go roamin' all ovuh de Bottoms a preachin', an' jes' stop by home of occasion. De yeah dat Halley's Comet was s'pose' to 'stroy de worl', Joshua comed home de night 'fo' de day dat was set for de worl' to be 'stroyed an' he say to Mary Ann, "Wife, set down. Ah wants to tell you sump'n 'fo' Halley's Comet 'stroy de worl' tomorruh; Ah wants to 'fess to you an' die wid a clear conscience. You know Sistuh Janie Jones up to Mudville? Ah been goin' wid her for fo' yeahs."

"Well," say Mary Ann, dryin' her han's whar she been washin' de suppuh dishes, "Ah sho' is proud you done cleared yo' conscience. Ah don' wanna die widdout clearin' mah conscience, lackwise. You see dat boy Jim, ovuh dere on de pallet? Dat ain't yo' boy; dat's Deacon Abe

Solomon's boy. An' you see dat gal Mirandy, settin' on de flo' playin' wid dat cat?—Dat's Elduh Henry Sims's gal. Fact of hit is, dey ain't none of dese chilluns yourn."

"What?" yell Joshua, jumpin' up outen de rockin' chair he settin' in. "Hit mought be Judgment Day tomorruh, but hit's gonna be hell heah tonight!"

Brother Gregg Identifies Himself

AH CALLS TO MIN' de Gregg fam'ly, what was croppers down on de ole Davis plannuhtation, what runned jam up to de Li'l' Brazos an stretch hitse'f out far ez you could peel yo' eye 'long de banks.

Dey hab a li'l' ole chu'ch house down dere what dey done builded rat attuh freedom done come in a bulge an' hit yit stan'in' cep'n dey cain't in no wise hol' servuses in hit when hit comes a big pour-down, or a northuh. De roof needs shinglin' pow'ful bad, an' some of de planks in de sides of de li'l' ole chu'ch done jarred loose, an' some no-count triflin' Brazos Bottom Nigguhs done toted 'em off home for kindlin' wood. Dey calls dis heah li'l' ole church Li'l' Mount Zion, an' de Gregg fam'ly was one of de fuss fam'lies to jine hit. Dey was four Gregg boys, an' evuh one of 'em hab a whole passel of younguns, what of occasion brung salty tears to dey mammies an' pappies sorrowful eyes, 'caze mos' of 'em growed up to be Saddy night gamblers, sloppy drunkards, fas' womens, an' de Lawd in heabun knows what else dese yaps didn't turn out to be.

All de brothuhs cep'n Bud Gregg, de ol'es' brothuh, gits so fed up an' disgusted wid de sinful acks of dey younguns till dey done stop tryin' to square accounts wid de Lawd. An' de why dat Bud ain't done got on de don'-keer ban' wagon lack his brothuhs am dat he hab a good Christun wife, Carrie, an' a tol'able fair set of younguns. His gals was all married off to hard-workin' croppers an' his boys was all lucky 'nuff to git gals for wives dat could do ez much work on de fawm ez dey could. 'Sides dat, Bud's wife, Carrie, was de stan'by of de fam'ly

32

when hit comed to de chu'ch an' de why an wharfo' of all de chillun bein' chu'ch membuhs. Carrie hab a good influence on Bud, lackwise, an' keep a bee line on 'im cep'n Bud don' in no wise 'ten' chu'ch servuses on Sundays. Sistuh Carrie go to chu'ch an' plank herse'f rat down in de amen cawnuh evuh Sunday de Lawd sen', but Ole Bud, what was quick ez greased lightnin' wid a shotgun, spen' all his Sundays a huntin' an' a shootin' doves an' plovers an' rabbits evuh time he heah a flip-flappin in de bushes an' weeds. Ole Bud was jes a number in de chu'ch book, dat's all. Sistuh Carrie go pieceways wid 'im on de huntin' side of de fence, but she 'low dat de week-a-days am time 'nuff for carryin' on in dis wise. Bud don' give a whoop how much Sistuh Carrie try to 'suade 'im to go to chu'ch on a Sunday wid her, he jes keep his potato trap shet an' don' say a mumblin' word when Sistuh Carrie talk to 'im 'bout chu'ch. But dis don' in no wise disencourage Sistuh Carrie; she 'low she b'lieve de Lawd kin still turn a miracle wid His pow'ful awmighty han', so she don' gib up de cross.

Sistuh Carrie ain't in nowise gonna be disappointed neithuh, 'caze 'tain't long 'fo' a nachul bawn preachuh by de name of Hotwind Johnson comed to de Bottoms to 'duct a 'vivul an' tol de Brazos Bottom Nigguhs dat de Lawd was gonna lay a heavy han' on 'em if'n dey didn' git shed of dey sinful ways. Dis heah kind of th'owed a scare into Ole Bud, so de nex' comin' Sunday night attuh Hotwind done comed to de Bottoms Bud goes down to de chu'ch house wid Sistuh Carrie an' tecks a seat rat in de amen cawnuh whar Sistuh Carrie drop herse'f all de time. Dis de fuss time Bud done set foot in de chu'ch house in ten yeahs so evuhbody in de chu'ch turnt 'roun' an' look at 'im. Dis meck Ole Bud feel kind of out of place, too, but he try haa'd to brace hisse'f an' ack lack he used to bein' in a chu'ch-house. He hol' hisse'f togethuh putty good, too, till Hotwind comed in de pulpit an' raised a song an' attuh de song done been finish turnt to whar Sistuh Carrie an' Bud was settin' an' say, p'intin his finguh at Bud, "Brothuh Gregg, lead us in a word of prayer."

Bud ain't nevuh prayed in his whole life befo', so he tremblin' lack a leaf an' he don' feel lack doin' a jumpin' thing 'bout prayin'. But Sistuh Carrie nudge 'im in de side wid her elbow an' tell 'im to go ahaid an' do lack Hotwind done tole 'im to do, so Ole Bud pays heed to her, an' kneels down on de chu'ch house floor. Den he puts his han's ovuh his eyes an' says "Lawd, Ah reckon Ah bettuh tell you who Ah is befo' Ah staa'ts dis prayer. Ah ain't John Gregg, de one what kin pick eight hunnud poun's of cotton when he teckin' one row at a time; Ah ain't Jim Gregg, de one what plays de fiddle an' de banjo evuh Saddy night for de platform dances, an' Ah ain't Tom Gregg, de one what stealed his boss-man's bes' pair of mules one Sunday night an runned off way somewhars. Ah'm Ole Man Gregg, de one what shoots de gun so good."

The Old Preacher's Will and the Young Wife

SOME OF DE OLE TIME PREACHUHS in de Bottoms was good managers. Some of dem come to be well fixed wid lan' an' de lack. Dey do de membuhship some good an' deyse'f some good, lackwise. Lots of 'em bargained for de Bottom lan' when hit was sellin' for two an' three dollars a acre. Ah calls to min' Elduh Warren down to Mussel Run Creek. He de pastuh of de onlies' Foot Washin' Baptis' chu'ch in de Bottoms. So de han's what lack dis style of 'ligion comed from evuhwhichuhwhar to Revun Warren's chu'ch. Dis meck 'im hab a pow'ful big membuhship.

He staa't to preachin' when he in his late sixties, so 'tain't long 'fo' his health staa't to failin' fas'. He hab a young wife for a secon' wife, an' she wan' 'im to be sicker'n he is. So she calls all de chilluns 'roun' Elduh Warren's bedside one day an' she say, "Youse sinkin' fas', Elduh Warren; you oughta meck yo' will."

"Awright, honey," say Revun Warren. "Git a pencil an' a tablet an' run an' git Deacon Moore to come ovuh heah rail quick." So de littles' boy runned an' got Deacon Moore an' Miz Warren gits a pencil an' a tablet an' Revun Warren staa'ts to meckin' his will. He say, "Oh, Lawd, Ah mecks dis as mah las' will an' testuhmint an' Ah hopes hit'll be mah las' will. Ah wants mah wife to hab de two

34

hunnud an' fifty acres of black lan' on de hill; an' de two spans of
black mules, Ah wants dem to go to mama, too. De five hunnud
acres of Bottom lan' Ah wants mama to hab dat. Ah wants her to
hab de chariot an' de two surreys."

"Chillun," say de young wife, "jes come heah an' lissen to yo'
pappy; he's sho' dyin' wid his good senses."

"We's got lots of milk cows," say Revun Warren. "Ah wants
mama to teck de ones dat's in de uppuh pasture, an' de chillun de
ones in de lowuh pasture."

"Lissen, chillun, lissen," say de young wife. "Yo' pappy sho' is
dyin' wid his good senses."

"Ah got three thousan' dollars in de bank," say Revun Warren.
"Give de chilluns one thousan', an' Ah wants mama to hab two
thousan'."

"Now, wife," he say, "Ah'm de one what's de writer of dis will;
Ah hopes dis will be mah final an' las' will. An' now, mama, Ah
don' nevuh wan' you to marry no mo'."

When Revun Warren say dis, Miz Warren jump straight up from
de chair she settin' in an' yell loud as she kin, "Run an' git de Doc-
tuh, chillun, quick! Yo' pappy's talkin' out of his haid again!"

35

PART TWO

Baptizings, Conversions, and Church Meetings

Uncle Ebun and the Sign of the Shooting Star

E VUH TIME DEY HAB A BIG CAMP-MEETIN' down to de Ebunezuh
Baptis' Chu'ch at Hearne all de han's on de plannuhtations in
dem paa'ts come to de meetin' evuh night 'caze dey allus hab de
bigges' preachuhs of the Baptis' 'nomination to run dese meetin's.

Oncet dey was a fam'ly livin' on de ole Steele plannuhtation by de
name of Hunt what was a good Christun fam'ly, but dey ain't yit got
dey pappy, Unkuh Ebun, to jine de chu'ch. He gittin' putty ole now
an' his wife, Aunt Eerie, worryin' rat smaa't 'bout his soul goin' to
torment.

So one summuh dey was habin' sich a rousin' meetin' down to
de Ebunezuh Chu'ch down to Hearne till Unkuh Ebun for de fuss
time in yeahs an' yeahs goes down to de meetin' on a Sunday night.
Dey hab a pow'ful preachuh runnin' de meetin' by de name of Elduh
Sanford. He preach a sermon dat Sunday night 'bout "Evuhthing dat
is, was, an' evuhthing dat ain't, ain't nevuh gonna be." Unkuh Ebun
lissen good to evuhthing de preachuh say an' he 'low dat he gonna
meck de preachuh out a lie 'caze he ain't nevuh b'long to de chu'ch,
but he gonna jine when dey calls for 'em to come to de mounah's
bench. So sho' 'nuff when dey calls for 'em to come up to de mounah's
bench Unkuh Ebun gits up wid de res' an' tecks a seat on de front
row. Evuhbody glad to see Unkuh Ebun teck a stan' for de Lawd, but
Unkuh Ebun don' chance to come thoo. Seem lack he cain't meck up
his min' whether or not he rail converted; so dat night on de way

39

back to de plannuhtation, his wife Sistuh Eerie say, "Ebun, if'n youse in doubt ast de Lawd to show you a sign if'n youse rail converted."

Hit was a putty moonlight night an' Aunt Eerie calls to min' de sign of de shootin' star, an' she say: "If'n youse done gone up to de mounah's bench an' don' chance to come thoo an's in doubt, ast de Lawd to shoot you a star, an' if'n you sees a star shoot crost de heabuns reckly attuh dis, youse rail converted, but if'n you don' see no star shoot dat's a sho' sign you ain't gone thoo de change." Unkuh Ebun's ol'es' boy was drivin' de mules along at a slow pace an' Unkuh Ebun was settin' on de front plank wid him whar he could see de stars good, so he looked up to de skies an' he say, "Lawd, shoot me a star." In a few minutes he seed a star shoot crost de sky, but Unkuh Eben ain't satisfied yit; so he say, "Lawd, shoot me anothuh star." In 'bout five minutes mo' Unkuh Ebun seent anothuh star shoot crost de heabuns rat 'fo' his gaze, but dis ain't satisfy Unkuh Ebun yit; so when dey staa't into de lane offen de dirt road what lead to de plannuhtation, Unkuh Ebun look up at de sky again an' say, "Lawd, looks lack hits kinda haa'd for me to get up ma faith tonight; so Ah tells you what you do: Shoot me de moon."

"De moon!" say Gawd. "Ah wouldn' shoot you de moon for all de Nigguhs in de Brazos Bottoms."

Sister Carrie and the Little White Man

YASSUH, DEY HAB A LOTS OF SIGNS in de ole days 'bout figurin' out de rail convert. You know dey say if'n you believe you converted, dat night when you leaves de chu'ch an' you cain't see whar yo' footsteps meck a track, you is rail converted, 'caze in de flesh, a Nigguh's foot is 'casion for a track. Dey also hab a sign when you seekin' de Savior dat say if'n you dream of a black man you ain't rail converted; you haf to go back and dream again till you see a li'l' white man somewhar in yo' travels.

40

Uncle Ebun and the Sign of the Shooting Star

De speakin' meetin's de one what meet de favuh of mos' of de preachuhs in de Bottoms. Dese meetin's cause lots of fam'ly trubbles in de Bottoms, though, 'caze de sistuhs lack to 'ten' de meetin's but dey husban's don' relish dis heah servus, and don' line up wid dey wives only of occasion.

'Reckly attuh freedom dey staa't de Fuss Mefdis' Chu'ch down to Asa an' de preachuh, Elduh Jones, go hog wil' 'bout de speakin' meetin'. Mos' of de membuhship allus come to de meetin'. But dey was one sistuh who hab a sinnuh man for a husban'. Sistuh Carrie Smith was her name, an' she scairt to keep comin' to de meetin' by herse'f, an' her husban' what go by de name of Nat 'low he ain't goin' to no sich a meetin' as dis. Fin'ly one night, she 'vail wid Nat, an' he 'cide to go 'long wid her jes' one time an' no mo', 'caze he don' relish lissenin' to peoples tell dey Christun 'speriunces. Dis mek Sistuh Carrie kinda worry. So she wait till attuh all de res' of de brothuhs an' sistuhs gits thoo tellin' dey 'speriunce 'fo' she riz to tell her 'speriunce.

When she riz up from de bench she was settin' on to tell her 'speriunce, she say, "Brothuh Pastuh, an' Brothuhs an' Sistuhs, Ah wants to tell y'all 'bout twenty yeahs ago, 'bout twelve o'clock midnight, Ah goes down to de li'l' ole branch cross from de house an' begins to talk wid mah Jesus, an' when Ah riz up offen mah knees Ah seed a li'l' white man stan'in' cross de creek a beckonin' for me to come ovuh dere, an' you know sump'n, Ah been seein' dat li'l' white man evuh since."

"Oh! yeah?" say Nat, jumpin' up from his seat an' p'intin' his finguh in Sistuh Carrie's face. "You gonna tell me what dat li'l' white man's name is too!"

41

The Baptizing of the Cat Family

FISH CREEK was de bestes baptizin' wattuh hole in de Bottoms. De chu'ches all up an' down de Bottoms use hit some, but Revun Taylor, he use hit all de time. One of de bigges' deacons in de Bottoms b'longed to Revun Taylor's flock. His name was Deacon Armstead an' he hab a pow'ful big fam'ly. One Sunday dey baptize twenty converts down to Fish Creek an' li'l' Paul, de deacon's baby boy what ain't yit turned six yeahs ole, hab a rippin' good time at de baptizin'.

So hit come to pass de nex' day dat de deacon an' his wife, Aunt Spicy, haf to go to de county seat to pay some back taxes an' dey leaves de chilluns to deyse'f. Cotton choppin' time done come an' gone an' hit ain't yit time for cotton pickin'. So de li'l' chilluns is idlesome an' don' hab nothin' to do lack de ol'es' chilluns. So dey studies up what kin dey do to pass de time away.

Soon as dey mammy and pappy lit out for town an' dey big brothuhs an' sistuhs done lef' to go fishin', de li'l' ole eight-yeah ole boy say, "What we gonna play dis mawnin'?" Den de li'l' ole six-yeah-ole baby boy what 'joy de baptizin' so much say, "Le's play baptizin'." De li'l' sebun-yeah-ole boy say, "Yeah, dat'll be funny, but what we gonna use for de converts?"

Den de eight-yeah-ole boy say, "Ah tells you what; Ah'll be de preachuh an' Bob (dat's de sebun-yeah-ole boy's name), you be de haid deacon, an' we'll use de ole yalluh cat an' her kittens for de converts." "Dat'll be awright," Bob say.

So dey goes out to de win' mill an' pump some wattuh outen de pump into one o' dey mammy's wash tubs, an' fills hit up; den dey goes an' fetches de ole yalluh cat an' her kittuns from outen de hay lof' an' lines 'em up for de baptizin'. Dey ducks 'em one by one till dey comes to de ole mammy cat, but she claw an' scratch so much an' try to bite till Bob, de li'l' ole sebun-yeah-ole boy servin' as de haid deacon, say to de eight-yeah-ole boy, "Brothuh Pastuh, what we gonna do wid dis heah convert what 'fuse to be 'mersed?"

"Aw, dat's awright," 'low de ol'es' li'l' ole boy what servin' as de pastuh. "Jes' sprinkle her an' let her go on to hell."

The Hare-lipped Man and the Speaking Meeting

SOME OF DE PASTUHS what hab de bigges' followin's in de whole state was rat heah in de Bottoms, an' hit seem lack dat dem what cain't read an' write hab de bestes' go. Ah calls to min' a big black preachuh 'bout six foot sebun inches tall dat was raised in de Uppuh Zion community. He hab de bigges' chu'ch in de Bottoms, down to Shiloh. He don' know "A" from "Bullfrog," but he railly preach de Word. He teck as his practice, "When de peoples git haa'd, let de Word git haa'd." He say he lack Aunt Sally's white folks; de white folks et all de chicken an' gib Aunt Sally de gravy, but Aunt Sally got de substance. "De white preachuh preach de Word, an' Ah heahs de Word an' of a consequence Ah gits de substance." Evuh time he'd git up he'd staa't his sermon off wid de words, "Brothuhs an' Sistuhs, Ah is heah; Ah didn't ride on a hossback; Ah comed on a mule."

He pow'ful haa'd on his membuhship. He ebun show up de teachuh down to Shiloh one yeah. De teachuh allus teach de Sunday School class an' when she git thoo wid de 'struction she allus call on Elduh Jackson (dat was de pastuh's name, Jasper Jackson) to 'view de Sunday School lesson. So one Sunday he gits up an' stid of astin' de chilluns questions, he lit in to astin' de teachuh, Miss Sneed, questions 'bout de Word. "Teachuh," he say, "tell us whar 'bout in de Holy Writ do hit say dat Jesus walked forty miles on broken bottles an' nevuh cut his foot?" De teachuh ain't nevuh heerd tell of nothin' lack dis heah, so she say, "Ah don' know, Elduh." Attuh dis de folks in de Bottoms say Elduh Jackson know a whole lot mo'n de teachuh, an' don' you know, de teachuh lose her job teachin' de school dat yeah.

43

Elduh Jackson speshly hab a hankerin' for de speakin' meetin'. He hab dat evuh Chuesday night an' he allus meck all of de membuhs git up an' tell dey Christun 'speriunces. One Sunday night a hare-lip man what jes move into de Bottoms from farthuh up de Rivuh roun' 'bout Waco come up an' jined Revun Jackson's chu'ch. Dat nex' comin' Chuesday night he was at de speakin' meetin'. He tuck a seat rat on de front row; so when Revun Jackson git to 'im he say, "Brothuh Brown, git up an' tell yo' Christun 'speriunce."

"Ah ain't got nothin' to say," 'low Brothuh Brown.

Evuhbody look funny when Brothuh Brown speak in dis wise to Revun Jackson 'caze dey knows de pastuh don' stan' for nobody to cross 'im. But Elduh Jackson pass on to de nex' pusson lack nothin' ain't riled 'im. He go rat on down de line till he come to de las' membuh, an' when de las' membuh done testify he come back to whar Brothuh Brown settin' again. He stan' up ovuh 'im an' he say, "Brothuh Brown, Ah done tole you to git up an' tell yo' Christun 'speriunce." An' Brothuh Brown say lack as befo', "Ah ain't got nothin' to say."

All de membuhs staa't to tremblin' an' gittin' scairt for Brothuh Brown sho' 'nuff now, 'caze dey know Elduh Jackson gittin' sho' 'nuff riled by dis time. But Elduh Jackson jes' eye 'im an' go on to de pulpit an' raise a song an' offuh up a prayer. But attuh he done 'clude his prayer, he walk down offen de pulpit an' stan' rat in front of Brothuh Brown again. He p'int his finguh in his face an' he say, "Look heah, Brothuh Brown, Ah'm astin' you de las' time to git up from outen dat seat an' tell yo' Christun 'speriunce. Now you git up from dere rat now an' do what Ah says."

Brothuh Brown was a li'l' bitty man, an' he so scairt he don' know what to do wid hisse'f. So he git up tremblin' an' a shakin' an' he say, "Ah been heahin' y'all gittin' up heah talkin' 'bout what de Lawd done did for you, an' how you lub de Lawd, an' all sich ez dat, an' Ah done tole you Ah ain't got nothin' to say; jes' look what a hell of a fix He done lef' me in."

The Moderator and the Alligator

DE BAPTIS' MODERATUH'S a big dawg in de Baptis' Chu'ch. Dey bawls de pastuhs out a goin' an' a comin'. Dey's de haid men in de 'sociations an' was thick as fleas up an' down de Bottoms. Oncet dere was a moderatuh what go by de name of Revun Williams, what jump on de li'l' preachuh all de time wid bof feets. He hab a grudge speshly 'ginst a young preachuh down to Eagle Lake. He 'low dat Revun Douglass, de young preachuh, don' baptize enuff an' dat he's lettin' de 'nomination down. De Baptis' Chu'ch grow on dat rock, de baptizin' rock, so he say. Revun Douglass, de young preachuh, jes' ack meek lack an' don' change words wid de moderatuh, but he gittin' ready to fix his bizniss good. Putty soon he hab a revival an' gits a lots of converts, so he sen' for de moderatuh to come down an' do his baptizin' for 'im 'caze he got lots of converts.

Eagle Lake on de Lowuh Brazos almos' to de Gulf o' Mexico, an' of occasion de wattuh back up from de Gulf into de rivuh. Anyhow, de moderatuh 'joicin' 'caze Revun Douglass meckin' a 'tempt to carry out de work 'cordin' to de Baptis' record, so he comed down to do 'is baptizin' for 'im.

When de Sunday comed for de baptizin', Nigguhs was strowed all up an' down bof sides of de rivuh for de cer'mony. Baptizin' was big doin's in dem times comin' up. De procession dis Sunday was a putty sight to see. De moderatuh wid his putty white gloves an' rubber wadin' boots was leadin' de way. De converts wid dey white robes an' white haid rags was followin' rat behin' 'im. De day was clear an' de sun was wahm, jes' de rat kin' o' day for sich ca'iens-on. De fuss one in de line to be baptized was Sistuh Lucinda Pryor. De moderatuh tuck his Bible in his han' an' was jes' fixin' to read de cer'mony to Sistuh Lucinda when she tar her han' loose from his'n, keep her eyes glued on dat paa't de rivuh to'a'ds de Gulf an' staa't to singin':

45

"Ah don' lack dat comin' up younduh;
Ah don' lack dat comin' up younduh;
Ah don' lack dat comin' up younduh."

When Elduh Williams heah dis he puts on his specks, looks down de rivuh to'a'ds de Gulf lackwise, an' sees a great big alluhgattuh swimmin' rat to'a'ds dat paa't of de rivuh whar he baptizin'. When he see dis, he light out to runnin' to'a'ds de rivuh bank hisse'f, rat in behin' de converts, singin':

"An' no, by Gawd, an' Ah don' eithuh;
An' no, by Gawd, an' Ah don' eithuh;
An' no, by Gawd, an' Ah don' eithuh."

The Preacher Who Walked on Water

DE PREACHUHS IN DE BOTTOMS allus lack to meck a bettuh show dan de othuh one. All de new preachuhs what follow de ole ones what leave de Bottoms an' go way somewhar to preach wanna show de membuhship dey knows mo' an' kin do mo'n de pastuh what done gone way somewhar. Dey wanna show how dey stan' in wid de Lawd. Oncet dere was a new preachuh what been 'lected to pastuh de Bethesda Baptis' Chu'ch down to Cedar Springs. He 'pend on Gawd an' b'lieve Gawd ain't gonna fuhgit 'im, don' keer what he tell de membuhship he gonna do. Dis preachuh, Elduh Washin'ton, hab a big revival de fuss week he come to de Bottoms an' a heaps o' sinnuhs 'fess an' jine de chu'ch.

De nex' Sunday he 'nounce dat he gonna hab a baptizin' down to de rivuh where dey's lots o' wattuh. He 'low dat John de Baptis' didn' pick no shallow wattuh to baptize in, an' dat he ain't gonna pick no slough hisse'f, 'caze he gonna walk on de wattuh too, lack Christ done did. So he tuck de haid deacon down to de deepes' spot of de rivuh whar he gonna walk on de wattuh an' baptize de nex' Sunday an' hab 'im to hope 'im buil' a suppo't for a plank out in de rivuh 'bout two feet wide, so hit won' fall down.

46

Elduh Washin'ton got evuhthing set, he think, but he don' know dat some li'l' ole boys what was fishin' on de rivuh done seed 'im an' de haid deacon teck de big plank an' put hit in de rivah an' buil' a suppo't for hit. He don't know lackwise dat de minnit him an' de haid deacon gits out of sight dese li'l' ole boys goes down to de place whar dey done buil' de platform in de wattuh an' tecks de plank an' hits suppo'ts outen de wattuh an' th'ows 'em out in de rivuh an' watch 'em float on down de Brazos.

De nex' Sunday evenin' when de time come for Elduh Washin'ton to walk on de wattuh an' do his baptizin' in de middle of de rivuh de whole eas' side of de rivuh was lined wid han's from all de plannuh-tations from fo' counties 'roun'. Dey done heerd 'bout de great miracle Elduh Washin'ton gonna perform, so dey ain't aimin' to miss de 'ca-sion. Putty soon heah come Elduh Washin'ton, de haid deacon, an' de converts, comin' down de paff dat lead to dat paa't de rivuh whar de plank done been put. Elduh Washin'ton was leadin' out, so when he gits to de edge of de wattuh whar de plank done s'pose to be, he walk rat off into de wattuh lack he know he safe, an' kerflop! he fall smack dab in de rivuh an' staa't yellin'.

De haid deacon, seein' 'im fall in de rivuh, holler, "Look out dere, Elduh."

"Look out, Hell!" squall Elduh Washin'ton. "Who moved dat plank?"

The Trustee Board and the Cuspidor

DE OLE TIME PREACHUH ain't by hisse'f when hit come to bein' ignorant of de Word. De membuhship an' de 'fishul boa'ds jes as far off ez de preachuhs. Hit teck a long time for 'em to fetch deyse'f up to de p'int dey kin ca'ie out servus in good shape, but dey haa'ts was right, so de Lawd stan' up to 'em an' show 'em de way. He pay heed to dat song dat say:

> "Oh mah Good Lawd, show me de way;
> Show me de way to go home."

Evuhbody haftuh error 'fo' dey git on de rat road. Ah calls to min' Babe Hines, what live down on de ole Ellison fawm on de eas' side of de Brazos. He de pastuh's chief stewart, an' de Scott Chapel Mefdis' Chu'ch whar he b'long was gittin' ready to innuhtain de annual conference. Dey hab a new chu'ch buildin' an' putty green carpet leadin' up de aisle to de pulpit, but de pastuh, Revun Samson, 'low he wanna hab evuhting jes' lack hit ought to be, 'caze he 'spirin' for a bigguh charge. He smaa't too, 'caze he hab lots of book learnin' an' he study de bishop lackwise, so he desiah dat de Scott Chapel Mefdis' Chu'ch hab evuhthing fuss rate for to innuhtain de conference. So he calls a meetin' of de trustee boa'd an' reads off a long lis' of supplies he wan' 'em to buy for to innuhtain de conference. De boa'd pass favorable on all de list, but Revun Samson tell 'em to hol' on a minnit, dat he done fuhgit sump'n' nothuh dey 'bliged to hab for de bishop an' dat's some cuspeedos, 'caze de Scott Chapel Mefdis' Chu'ch am de bigges' chu'ch in Cameron, an' for many miles 'roun'. "Brothuhs," he say, "you know de conference cain't git long widout some cuspeedos."

When he say dis, Brothuh Babe Hines, de chief stewart, jump up rail quick an' say, "Brothuh Pastuh, Ah moves you dat Brother Brown be de cuspeedo, den we won' need no mo'." Den, Brothuh Booker, 'nothuh stewart, jump up rail quick an' secon' de motion, an' don' you know, 'fo' de pastuh kin 'splain an' straighten 'em out, dey done voted to meck Brothuh Brown de cuspeedo.

Why Abe Brown Went to the Revival

DEY'S LOTS OF SETTLEMENTS in de Bottoms whar de preachuh an' de membuhship don' relish no stray preachuhs nudgin' in on dey territory. Some of 'em gits pow'ful mad when a preachuh come from way somewhar to preach in de Bottoms an' rouse de peoples up to dey dooty to de Awmighty. But dey don' think in dis wise up to de Pos'-oak districk. Pos'-oak Nigguh think he better'n de Bottom Nigguh anyhow. Dey hab a sayin' in de Bottoms dat go in dis fashion: "Pos'-oak

Nigguh think he is better'n de Bottom Nigguh, an' de Town Nigguh look down on de Pos'-oak Nigguh."

Dey allus brung a stray preachuh in to de Pos'-oak districk 'reckly attuh de secon' pickin' of de cotton crop evuh year 'caze de han's hab a li'l' money in dey pockets an' kin do what dey calls "greasin' de preachuh's mittuns." De chu'ch what ca'ie on in dis fashion de mos' was de Mt. Pisgah Baptis' Chu'ch. Hit was de chu'ch what hab de bigges' crowd of younguns in de whole districk, 'caze de preachuh gib 'em leave way to hab a fish fry evuh Saddy night. De chu'ch house in dem days comin' up was de courtin' place for de young generation. But dey ain't narry one dese heah younguns what b'long to Mt. Pisgah what don' git dat thing lack de Word say when dey come to be de age whar dey 'sponsible for de way dey 'duct deyse'f.

One yeah a preachuh comed to 'duct a 'vivul an' de crowds was so great big evuh night till Nigguhs was stan'in' all 'roun' de sides of de arbor an' you cain't see ha'f de time who's shoutin' de mos'. All dem what ain't done come thoo in de othuh chu'ches up an' down de Bottoms come thoo in dis 'vivul wid dey feets set solid on de Christun groun'. Dey jine de chu'ch so fas' till when hit come time for de preachuh to light outen de Bottoms de first Sunday attuh he done staa't de 'vivul, mos' evuhbody in dat paa't o' de Bottoms done link deyse'f up wid de Word.

When Sunday mawnin' comed de preachuh try to outdo hisse'f, but he don' git narry convert. De preachuh don' relish dis much, 'caze dis de day dat he figurin' on gittin' a lots of dat good ole Brazos Bottom cotton pickin' money to tote outen de Bottoms wid 'im, an' Sunday de bestes' day to git hit, 'caze de han's gits paid on a Saddy. De elduh kinda down in de dumps 'bout dese Sunday mawnin' doin's; so when Sunday night come, he preach Christ on to de cross an' off again; but dey ain't narry soul come up to de mounah's bench. Dis meck Elduh Toliver git sho' 'nuff troubled in min', so he comes down offen de pulpit an' staa'ts walkin up an' down de chu'ch house aisle preachin' an' a whoopin' an' a hollerin' lack he ain't nevuh befo'. While he was whoopin' an' hollerin' a boy 'bout eighteen yeah ole comed into de arbor from de outside whar dey was a lots o' peoples stan'in' 'roun'

49

an' staa't to walkin' up de aisle to'a'ds de pulpit, lookin' to de right an' lef' of de aisle ez he walked. Elduh Toliver think de boy am haided for de mounah's bench, an' he got a Sunday convert at las', so he cain't wait till de boy gits up to de front of de chu'ch 'fo' he stop 'im in de aisle an' say, "Young man, am you lookin' for Soul's Salvation?"

"Naw," 'low de boy; "Ah ain't lookin' for no Soul's Salvation; Ah'm lookin' for Sal Jones."

The Old Moderator's Farewell Message

'RECKLY ATTUH DE YANKEE SOLDIERS done come in a bulge from way somewhars down de Gulf an' brung freedom to dem what was raised unduh de whip an' lash, de po' slave 'tempt to git hisse'f to-gethuh an' staa't up chu'ch servus in de Bottoms. De Mefdis', he staa't off kinda slow lack, but de Baptis' 'nomination 'tempt to git hisse'f on foot rat now; hit don' hab de wisdom to know dat hit got to crawl 'fo' hit kin walk, dat hit got to folluh de style of de li'l' ole baby when hit fuss try'n to pull hitse'f up on a straight chair an stan' lonely; dey ain't peek far nuff back into de Word to know dat you cain't stan' on yo' feet solid lack 'fo' de nachul time come less'n you stumbles an' falls.

De Mefdis', he don' gib a nevuhmin' who de leaduh be, but in de Baptis' 'nomination, evuh dawg an' his brothuh wanna be de big dawg in de chu'ch. Dis 'speshly true when hit come to de big chu'ch gath'rin' what go by de name of de 'sociation. Dey staa't sich fussin' an' fumin' an a goin-on 'bout who gonna be de leaduh till dey 'cides de bes' way outen de mess is to 'leck what you calls a moderatuh to 'zide ovuh de 'sociation what meet evuh yeah durin' of de cotton pickin' season while de han's in de Bottoms is got a li'l' money dey kin call dey own. 'Count of hit bein' so haa'd to keep down trubble, dey allus 'leck a big black six-foot preachuh to be de moderatuh of de 'sociation, 'caze he de onlies' style o' preachuh kin hol' his groun' an' keep de preachuhs from tacklin' one anothuh an' habin' fis' fights rat in de pul-pit. Dese moderatuhs was ez strong ez oxens, toted pistols, an' was ez quick on de trigger ez greased lightnin'. Ah tells you, de ole-time moderatuh was a pow'ful man in de 'nomination; but lack as allus, dis heah style cain't las' for allus; so putty soon de young Nigguh staa't leanin' to'a'ds de min'stry an' gittin' on boa'd de Gospel Train. De membuhship, lackwise, staa't teckin' up wid de young preachuh's style.

Ah calls to min' down to Yeawah Creek, one time, when de Missionary Baptis' 'Sociation meet dere, dey hab a 'leckshun of de moderatuh an' stid of 'lectin' de rail ole tall black preachuh, what been de moderatuh of de 'sociation for twenty-fo' yeahs, dey 'lects a tall han'some brown-skin preachuh 'bout thirty-five yeah ole to be de moderatuh. Dis meck Revun Holoway, de ole moderatuh, pow'ful mad, an' he eye de young moderatuh lack he wanna tar 'im in two. So when de preachuh what was 'zidin' ovuh de leckshun call on de ole moderatuh to hab a farewell say, de ole moderatuh riz up outen his seat, scowled at de brothuhs an' sistuhs an' preachuhs what done tuck his job 'way from 'im, tuck a face towel what he use for a hankershuf outen his pocket, wipe de sweat offen his face an' say:

"You know sumpin', y'all is jes' lack fishes. Now you teck de suckuh fish; you' don' ebun haf to th'ow no bait in de wattuh to ketch 'im; jes th'ow de hook in de wattuh an' he'll bite at hit. Dat's de way some of you chu'ch membuhs is; de fuss thing de preachuh say, you bites at hit an' dey ketches you nappin'.

"Den you teck de catfish; he's a ver' popluh fish—evuhbody lacks him. You kin th'ow any kin' o' bait in de wattuh an' he'll bite at hit; tain't much trubble to ketch 'im, but if'n you don't watch 'im close, he'll git 'way from you. Dat's de way 'tis wid some of you membuhs; you jines de chu'ch on mos' any kin' of sermon—don' keer who preach hit an' dey ketches you nappin'.

"Den, dere's de flyin' fish, he's so fas' you cain't ketch 'im in de wattuh, or outen de wattuh; paa't de time he's in de wattuh; nex' minnit he's in de air. He don' stay nowhars. He jes' lack some o' you no 'count triflin' membuhs; dis week you b'longs to St. John Chu'ch; nex' week you jines up wid Mount Moriah; week attuh nex' yo' name's on de books of St. James; nex' month, you done move you' membuhship to Mt. Pisgah; you don' stay nowhars.

"Den you teck de blow fish; he looks lack a fish, he acks lack a fish, an' you thinks deys a lots to 'im but dey ain't. As soon as de win's blowed out of 'im dey ain't nothin' to 'im; he ain't no use to hisse'f an' nobody else. Dat's de way 'tis wid some of you preachuhs; you looks lack a preachuh; you acks lack a preachuh, you gits up 'fo' de chu'ch an' you brags an' you puffs yo'se'f out, but dey ain't nothin' to you. Youse jes' full of win' lack de blow fish.

"Den dere's de gol' fish; evuhbody lacks 'im; he's putty, he's allus whar you kin see 'im, but you ain' s'pose to tech 'im. He's 'tractive, he's easy to look at, dey keep 'im in de house in a putty bowl. Folks don' try to ketch 'im—dey tecks food to 'im, but if'n you tech 'im he'll die. Dat's de way 'tis wid dese young preachuhs; he's dressy, he's cute, he's got his hair all slicked back, he ca'ies a powder puff wid 'im in de pulpit, he tecks his hankershuf, an' brushes hisse'f off durin' of de sermon, he tecks a fan an' fans hisse'f in de pulpit; he's easy to look at; de sistuhs feeds 'im, an' tecks on ovuh 'im, but he's easy kilt lack de gol' fish.

"An las', but'n no wise de leastes', Ah wants evuh livin' soul heah tonight to keep dis in yo' 'membrance dat Ah mought gib out, but Ah ain't in no wise evuh gonna gib up. Amen!"

The Complaining Church Sister

DON' MECK NO DIFFUNCE how good a sermon de preachuh preach, dey's some folks dat don' lib lack dat Book say. Dey teck up wid de style of de worl' an' stray off to de devul's side; dey ain't git dat whole thing lack dat Book say, an' dey 'low deyse'f to be tolled off in de dark so far 'til dey puts a rope 'round dey neck wid dey sinful acks.

Ah calls to min' a big fat sistuh what b'long to de li'l' ole Baptis' chu'ch down to Ball Hill. She weigh 'bout two hunnud an' fifty poun's an' she go by de name of Mariah, but she sho'-fire proof dat Bad Religion am still foot loose in de country.

Sistuh Mariah speshly hab a habit of complainin' all de time; she hab a mean habit an' a haa'd haa't an' she allus sayin' mean things 'bout de preachuhs an' de membuhship. She don' hab de wisdom to know de diffunce twix a true chile of Gawd an' a rank sinnuh; so she fail to stay on her watch an' come to be one of de bigges' hypocrites an' backsliduhs on de east side of de Brazos. She 'speshly don' hab no good blood for anothuh sistuh in de chu'ch, what go by de name of Sistuh Susie. Dis de why she don' hab no good blood for Sistuh Susie: dey bof got gals, an' Sistuh Susie's gal done went an' tuck Sistuh Mariah's gal's beau an' marry 'im. Dis heah meck Sistuh Mariah pow'ful mad, an' evuh time she git de chance to do sumpin' 'nothuh to meck Sistuh Susie feel bad she do it. Evuhthing Sistuh Susie do or say, Sistuh Mariah would teck de op'site side.

When de new preachuh fuss come to de chu'ch an' preach his fuss sermon, Sistuh Susie walk up to 'im attuh de sermon, shuck an' reshuck his han' an' say, "Elduh, dat sho' was a good sermon you preached; Ah 'joyed it." Den Sistuh Mariah walk rat up 'hin' 'er an' say, "Look a heah Elduh, lemme tell you sumpin', you gonna haf to preach longer'n any twenty minnits from now on; Ah haf to walk five miles to heah you, an' Ah ain't gwine walk no five miles to heah no twenty-minnit sermon."

Sistuh Mariah staa't out to complainin' 'bout de new preachuh an' she don' let up. 'Bout two mont's attuh de new preachuh done lit in de Bottoms, Sistuh Mariah goes down to de commissary for a jar of snuff an' meets Sistuh Susie. When she see Sistuh Susie, she walk ovuh to her an' say, "Don' you git tiahed a lissenin' to de preachuh preach de same sermon evuh Sunday de Lawd sen'?"

"Naw, Ah don' git tiahed," say Sistuh Susie. "Don' meck no diffunce if'n he do preach de same sermon evuh Sunday; he hollers in diffunt places, don' he?"

Sistuh Mariah don' relish de ansuh Sistuh Susie give her a-tall, so she 'low dat she gonna ebun up de score wid Sistuh Susie rat whar evuhbody'll know hit, de ver' fuss chance she git. She 'low dat Sistuh Susie done seent Little Hell, but she gonna see Big Hell fo' she git thoo wid her, you kin bank on dat.

So, sho' 'nuff, de ver' nex' Wednesday night when dey hab de

53

speakin' meetin' down to de chu'ch house, an' hit come Sistuh Susie's turn to tell her Christun 'speriunce, Sistuh Susie gits up an' say, "Brothuhs an' sistuhs, de night Ah comed thoo, Ah seed a thousand cats," an' when Sistuh Susie say dis, Sistuh Mariah, what settin' on de far side of de chu'ch house, jump up rail quick an' say, "Too many cats."

"Well, den, brothuhs an' sistuhs," say Sistuh Susie, "Ah seed five hunnud cats."

"Too many cats," yelled Sistuh Mariah, jumpin' up outen her seat again.

"Well, den, brothuhs an' sistuhs," 'low Sistuh Susie; "Ah seed two hunnud an' fifty cats, an' Ah ain't gonna teck anothuh damn cat off."

Attuh dis, de membuhship bar Sistuh Mariah from de speakin' meetin', an' she come to meck her po' Christun life a average Christun life in de chu'ch.

Sister Sadie Washington's Littlest Boy

SISTUH SADIE WASHIN'TON was a widow woman, but one of de trues' chillun of Gawd dat you gonna evuh run 'cross durin' of a lifetime. Sistuh Sadie hab de record thoo de whole Bottoms of bein' one o' de good uns when hit come to dem what hab paa'lance wid de Lawd, an' she done got dat thing lack de Word say git hit.

But Sistuh Sadie hab one pow'ful regret—she hab a boy, her littlest boy, what go by de name of Pete, what ain't yit jine de chu'ch an' come to be a Christun. Pete out of his thirteen crowdin' his fo'teen, an' done growed into de shape of a man, so Sistuh Sadie don' feel lack she 'sponsible to Gawd for 'im no mo'.

Don' keer how haa'd Sistuh Sadie an' de membuhship of de Mt. Zion Chu'ch try, dey cain't in no-wise toll Pete off to de Christun faith. Sistuh Sadie de mammy of fifteen yaps, an' Pete de onlies' one what ain't come thoo an' be converted; he done rech his own 'sponsibility to de Lawd, an' he ain't 'fessed religion yit. So Sistuh Sadie heah 'bout a

54

rousin' 'vivul dey was habin' up to Bryan 'mongst de Town Nigguhs an' de Pos'-oak Nigguhs, an' she tuck li'l' ole Pete an' dragged 'im out to de meetin' one night. She set 'im down rat by her so de triflin' rascal cain't slip outen de chu'ch house an' cut buddy short back home.

Putty soon de preachuh what come from way somewhars to 'duct de 'vivul line a hymn for to staa't de servus an' den staa't blowin' Gawd's word outen his system lack ole Number Three blow steam outen hits smokestack when hit git to de railroad crossin' on de ole Carter plannuhtation. Dat's de plannuhtation whar Sistuh Sadie an' her chilluns all mecks de day an' gits dey pay from Ole Man Carter what own de plannuhtation. Pete, he de wattuh boy for de han's on de plannuhtation, an' he lackwise beats de sweep for de han's to knock off from work an' come to dinnuh.

De preachuh hab a great big voice, an' weigh 'bout three hunnud pounds. When he walk 'cross de flo', de whole chu'ch house rock an' shake lack a cyclone done hit it. Dis kinda scare li'l' ole Pete; dis de fuss time in his life he done evuh seed a preachuh dis big what kin shake de flo', so he thinks hit's de Lawd shakin' de flo', an' he goes up to de mounah's bench an' meck out he converted. Dat was de secon' Saddy night in de mont' an' de pastuh of de chu'ch set de fo'th Sunday ez de day for de baptizin' of de new converts.

Sistuh Sadie so proud dat Pete done come thoo she don' know what to do, so she go all up an' down de whole Bottoms tellin' evuhbody she sees to be at de big baptizin' on de fo'th Sunday, down on de Big Brazos, 'caze Pete gonna be baptized. So de fo'th Sunday comed an' 'bout sebun hunnud Town Nigguhs, Pos'-oak Nigguhs, an' Bottom Nigguhs congugates on bof sides of de Big Brazos, jes' 'fo' hit gits to de fork of de rivuh on de ole Washin'ton plannuhtation, to see de baptizin'. De pastuh an' de 'vangelis' lines up de cannuhdates on de banks of de rivuh. Li'l' Pete was number sebun in de line, an' evuh-thing gittin' 'long fine till dey gits to Pete. De converts what baptized 'fo' Pete 'ud all holler, "Ah b'lieves de Lawd done saved mah soul," when de preachuh'd duck 'em under de wattuh; but when dey duck li'l' ole Pete, he don' say narry word, jes' stan' dere in de wattuh an' look.

So de preachuh push Pete to one side in de wattuh, an' go on an' duck anothuh convert, an' dis convert lack all de res' 'cep'n Pete yell, "Ah b'lieves de Lawd done saved mah soul." Den de preachuh turn 'roun' to Pete, grab 'im an' duck 'im again, but Pete don' say nothin' yit; he jes' stan' dere lack he in a transom or sump'n. So de preachuh shove 'im to one side again an' go on an' duck anothuh convert, an' dis heah convert squall out jes' lack de res', "Ah b'lieves de Lawd done saved mah soul." Den de preachuh turn 'roun' and grab li'l' ole Pete an' duck 'im again, an' dis time, when Pete come outen de wattuh, he yell, "Ah b'lieves, Oh! Ah b'lieves!"

Sistuh Sadie was stan'in' on t'othuh side of de rivuh, an' she so happy dat Pete done come thoo an' confess till she yell back at 'im, "What you b'lieve, son? Oh! what you b'lieve?"

"Ah b'lieve," yell Pete, "dat dis damn preachuh tryin' to drown me; dat's what Ah b'lieve."

Uncle Charlie Gets Directions

ONE DE BESTES' CHILLUN OF GAWD dat evuh plowed a row in de whole Bottoms was Unkuh Charlie Brown, what was a croppuh on de ole Martin plannuhtation his whole life thoo. Unkuh Charlie lacked all preachuhs, but he jes' wil' 'bout de preachuh what evuhbody call Sin Killer Johnson. Sin Killer earn dis heah name 'caze de say he kill de sin in people and meck de Word soak into 'em so till dey comes to be Christuns.

Well, to meck a long story short, one time Sin Killer was runnin' a 'vivul down to Bryan, an' Unkuh Charlie want to go an' heah Sin Killer blow de Word of Gawd outen his system, an' kill de sin in de peoples' haa'ts, an' meck 'em git dat thing lack de Word say git hit. De meetin' was bein' held at de Mount Sinai Baptist Chu'ch up to Bryan. Unkuh Charlie ain't nevuh been in de Pos'-oak districk befo', let alone de town of Bryan, so he don't know zackly whar de Mount Sinai Chu'ch house be. He 'vites his wife an' her mammy to go 'long wid 'im to heah Sin Killer preach one Saddy night, an' he teck chances on somebody in Bryan pointin' out de chu'ch house to 'im, but he don' know dat de Mount Sinai Chu'ch ain't in town, dat hit's way out in de country, 'bout five mile from Bryan. So when he drive his hoss and buggy up to a drinkin' trough, so's de hoss kin git 'im a drink, he ast a Nigguh stan'in' by de trough chewin' on some chewin' tobaccuh whar de Mount Sinai Chu'ch house is whar Sin Killer Johnson was preachin'. De Nigguh look at 'im lack he think Unkuh Charlie out of his min' or sumpin', an' he say, "Whar's you from, not knowin' de Mount Sinai Baptis' Chu'ch be in de country, 'bout five mile out of town?"

"What dat you say?" 'low Unkuh Charlie.

"Ah say, whar's you from?" de Nigguh say again.

"What you talkin' 'bout, where's mah from?" say Unkuh Charlie. "Ah ain't got no 'from,' Ah lef' hit at home. What Ah wants to know am, how does Ah git to de Mount Sinai Baptis' Chu'ch?"

"Well, Ah tells you," say de Nigguh; "go rat down dat road dere for two or three miles and turn to de right, and you'll see a pos'-oak tree wid de bottom limb broke off; teck de lef'-han road till you comes to a cane patch; go down de head row and cross de branch; den turn back to de right an' you'll see a house wid a piece of pasteboard in de window; turn norf at dat house and you'll strike a windin' road; follow hit to de end and you'll come to a red house wid a spotted yelluh dog in de yaa'd, an' ast de man what lives dere whar de Mount Sinai Baptis' Chu'ch be, and he kin tell you zackly whar de chu'ch be."

PART THREE

Good Religion

A Sermon, a Cat, and a Churn

HIT TECKS GOOD RELIGION for de great Gawd Awmighty to stan' up to you an' pilot you to de promus lan'. Mos' evuhbody got Good Religion in de Bottoms nowadays. De white folks ebun down got hit mo' so'n dey use to. White folks gittin' mo' lack black folks evuh day an' black folks gittin' mo' lack white folks evuh day. De white folks in de Bottoms sho' a long sight better'n dey was reckly attuh 'mansuhpation.

Ah calls to min' de ole Jones plannuhtation down to Brazoria on de Lowuh Brazos. Ole Colonel Jones hab a bell he done meck outen de ole fam'ly silver what he hang on top of de cawn crib he done buil' in de fawm yaa'd. He put a long rope on de bell what rech from de top of de cawn crib clean on thoo de window to his baid, so's he could pull de bell evuh mawnin' 'dout ebun gittin' outen his baid. All he haf to do is to rech up whar he got de rope tied on to a nail driv in de baid pos' an' pull hit. He do dis evuh mawnin' to call de han's to work long 'fo' sunup, 'bout a hour an' a ha'f 'fo' daybreak. Den, he meck 'em stay in de fiel' till pitch dark. He say de moon change thirteen times a yeah an' dat he gonna git thirteen mont's work outen his Nigguhs. Sich ca'iens-on ain't in de Bottoms today. De white boss-mens what own de plannuhtations stays in town way somewhar an' 'hab a Nigguh rider to run de fawm. De Nigguh rider, he a rail obuhseer, but dey don' say so. De boss-mens fin' out de Nigguh rider mecks mo' money for 'em dan a white obuhseer; dat's de why dey change dey fashion an' hire cullud mens to look attuh dey fawms. Dey's lots of 'em in de Bottoms today. Cose dey don' come out ahaid much, but dey fares way bettuh dan befo'.

When a Nigguh used to go to de commissary to buy hisse'f a can of molasses, or a plug of chewin' tobaccuh, or sump'n 'nothuh lack dat, an' dey's a picture of some white pussun on de can label, he'd haf to say, "Gimme a can of 'Miss Mary Jane molasses,' " or "Gimme a can of 'Mistuh Prince Albert tobaccuh.' " Well dis heah fashion done played out now, an' mos' de Bottom white folks is marchin' in step wid de Word.

De cullud preachuh used to hab a haa'd way to go in de Bottoms, lackwise. De boss-mens tell 'im what to preach in his sermons. Dey meck 'im preach obeyin' yo' boss-mens an' dey pays de preachuh off-han' wid a silvuh dolluh or two. Dey don' ebun 'low 'im to ca'ie no mud outen de Bottoms on his buggy wheels when hit rain; dey say de Brazos Bottoms red stiff san' too good to ca'ie outen de Bottoms on buggy wheels way somewhar, so dey mecks 'im clean de wheels off an' drive his hoss way 'roun', miles outen de way, when hit come a downpour of rain. Dey done fin' out now, though, dat de show crop's on de sof' light san'.

Ah calls to min' Sistuh Janie Moore what b'long to de Pleasant Valley Baptis' Chu'ch down to de ole Coffee fawm. Sistuh Janie ver' faithful membuh of de chu'ch. All de membuhship of dat chu'ch was faithful lackwise. De pastuh, Revun Preston, a gravy train preachuh, an' he allus tack de membuhship on some dark an' gloomy trip in his sermons. He hab a practice dat de brothuhs an' sistuhs allus go back home attuh he preach a sermon an' put de sermon into practice dat nex' comin' week. He 'low dat he a preachuh what relish action in de membuhship. Evuh Sunday attuh he gits thoo preachin', he allus gib space for de brothuhs an' sistuhs to tell how dey done put into practice de sermon he done preach de week befo'.

One Sunday, Revun Preston tuck for his tex' "You brung nothin' heah, an' you ain't gonna teck nothin' away." So when de nex' Sunday roll 'roun an' de time come for de membuhship to tell how dey done put de sermon of de pas' Sunday into practice durin' de week, Sistuh

Janie git up an' say, "Ah wants to tell y'all what de sermon de pastuh preach on las' Sunday done did for me. When Ah lef' home las' Sunday, Ah lef' de milk what Ah done churn 'fo' Ah come to chu'ch in de kitchen wid de top offen hit so's de buttuh could rise to de top an' cool off. So when de servus was ovuh las' Sunday an' Ah done pass de time of day wid a few of de sistuhs, Ah goes on home an' goes in de kitchen to see 'bout mah milk in de churn, an' what you reckon Ah seed? Mah ole black tom cat, what done falled in de churn, a scramblin' 'roun' an' 'roun' in de milk tryin' to git out.

"Well, suh, de fuss thing Ah calls to min' is de pastuh's sermon; so Ah grabs ole Tom by de nap of his neck, raises 'im up an' hol's 'im ovuh de churn; den Ah reaches ovuh on de table an' gits mah dish rag an' wipes de milk an' buttuh offen 'im till dey ain't narry drop on 'im, den Ah says to 'im 'fo' Ah turns 'im loose, 'You brung nothin' heah an' you ain't gonna ca'ie nothin' away.' "

The Preacher Who Asked Too Many Questions

A H CALLS TO MIN' a preachuh what pastuh de Hardin Chapel Chu'ch down to Jerusalem by de name of Elduh Morrow. Hardin Chapel de ol'es' Baptis' Chu'ch in dem paa'ts of de Bottoms. Hit's de bestes' chu'ch, 'caze de han's pay in de mos' money an' 'tend de servus mo' so'n de res'. Evuh Sunday de pastuh preach, some of de membuhs 'vite 'im out to a big chicken dinnuh. Fin'ly he done go de roun's till he been to all de membuhs' house for dinnuh 'cep'n one, an' dis Brothuh an' Sistuh Robinson's; Brothuh Robinson ain't so stuck on Elduh Morrow. He 'low he got de runnin' off at de mouf too much, but fin'ly Sistuh Robinson 'suade 'im to let her 'vite Elduh Morrow to a Sunday chicken dinnuh, 'caze she say all de res' of de membuhs done hab 'im ovuh to dey house.

So when de nex' Sunday come an' de mawnin' servus was ovuh, Elduh Morrow goes to Brothuh an' Sistuh Robinson's house for his Sunday chicken dinnuh. Dey hab three big fat hens on de table, so attuh dey sets down to de table an' says grace, Brothuh Robinson turnt to Elduh Morrow an' say, "Elduh, what paa't of de chicken does you lack bes'?"

"Ah lacks de breas' an' all de res'," say Elduh Morrow, jes' a gigglin' an' actin' silly; so Brothuh Robinson serves 'im a big piece of breas' an' a good ole juicy drumstick. De Elduh et dis an' 'tain't long 'fo' he pass his plate again for some mo' dat good ole chicken. He et dis, an' 'fo' you kin turn aroun', he done pass his plate de third time for some mo' chicken. Brothuh Robinson, he look at Sistuh Robinson, an' Sistuh Robinson eye Brothuh Robinson, but dey don' say nothin'. Elduh Morrow, he don' say nothin', lackwise, but he sho' eatin' dat good ole chicken. Putty soon, he pass his plate do fo'th time for some mo' chicken. He clear his th'oat a little an' rare way back in his chair, an' say, "Humph, dis sho' am good chicken; Brothuh Deacon, whar you git good chicken lack dis?"

"Now, look a heah, Elduh," say Brothuh Robinson, "youse goin' too far! Ah comes to chu'ch, an' Ah lissens to yo' sermons, an' Ah enjoys 'em, but Ah don' ast you whar you gits 'em."

The Haunted Church and the Sermon on Tithing

ONCET DOWN ON DE OLE WASHIN'TON FAWM dere was a Mefdis' preachuh by de name of Revun Logan what stay at de same charge for thirty yeah or mo'. He hol' de membuhship togedduh an' buil' de fuss chu'ch house in Eloise. Evuhbody in de Bottoms hab a good feelin' for Revun Logan, so when de new bishop dey 'lected hol' de annul conference down to Chilton one yeah, he change Revun Logan from de Wes' Texas Conference an' move 'im to de Texas Conference. Dis heah hurt Revun Logan's feelin's pow'ful bad, 'caze he bred an' bawn in de Bottoms, an' he ain't wanna trace his steps outen de Bottoms way dis late in life. He wropped up in de membuhship an' de settlement, but de new bishop lack de 'pos'l'

The Preacher Who Asked Too Many Questions

Paul dat de Word tell 'bout. He say don' none of dese things move 'im an' keep 'im from 'bidin' by de law what done been writ in de displin'.

Revun Logan all bowed down in sorrow an' his haa't moughty heaby wid de partin' from his chu'ch starin' 'im in de face; so de nex' mawnin' attuh he comed back from de conference de ole man what sweep up de chu'ch go by de li'l' pawsonage to pass de time of day wid 'im an' fin' 'im dead on the kitchen flo'. So dey buries 'im in de graveyard on de chu'ch groun's what he done hab de membuhship buy.

De nex' Sunday de preachuh what de bishop done sen' to teck Revun Logan's place come to preach his fuss sermon. De new preach-uhs in dem days comin' up allus preach dey fuss sermon in de night time, so dis new preachuh gits up in de pulpit dat fuss night an' pray; den he raise his voice to lead a song; nex' he light out to preachin', but no sooner'n he staa't, de oil lamps all goes out an' ghostes staa'ts to comin' into de chu'ch house thoo de windows and de doors. Sump'n lack a gust of win' come thoo de whole chu'ch house. De pastuh, de membuhship, an' de chilluns all lights out from dere for de dirt road. De new preachuh saddle his hoss rail quick an' rides clear on outen de Bottoms, an' dey don' nevuh heah tell of 'im from dat day to dis one.

De bishop sen's 'bout fo' mo' preachuhs to pastuh de charge attuh dis, but lack as befo' de same thing happens an' dey saddles dey hosses an' lights outen de Bottoms, an' don' nevuh come back no mo'. De membuhship say dat dem ghostes was Revun Logan an' de ole pilluhs of de chu'ch what buried in de chu'ch graveyard comin' back, 'caze dey ain't pleased wid de fashion de bishop done treat Revun Logan.

Fin'ly, de bishop sen's a rail young preachuh what done finish up in a Mefdis' Preachuh school way somewhar. Dis his fuss charge an' he brung his wife wid 'im. De membuhship jes' know dis heah young preachuh gonna be scairt to deaf Sunday night when he staa't to preachin' an' de ghostes staa't to comin' in de windows, so dey meck hit up dat dey ain't narry one of 'em goin' in de chu'ch dat night; 'stid, dey gonna all congugate on t'othuh side de dirt road

65

'cross from de chu'ch house an' crack dey sides laffin' when de young preachuh an' his wife come runnin' outen de chu'ch house when de lamps goes out an' de ghostes staa'ts to comin' in.

Dey lines up cross de road from de chu'ch house long 'fo' de young preachuh an' his wife goes into de chu'ch house dat night an' lights de lamps. But fin'ly de preachuh an' his wife shows up an' lights all de lamps in de pulpit an' 'roun' de walls. Den de preachuh tuck his Bible an' his hymn book out, turnt to a page in de hymn book an' raised a hymn. Den he put de hymn book down, open up his Bible, an' read a passage of scripture. When he done did dis, he offuh up a short prayer, den 'nounce his tex'. But de minnit he 'nounce his tex' de lamps goes out an' de ghostes staa'ts comin' in thoo de windows lack ez befo'. But de preachuh an' his wife don' budge. He keep rat on wid his sermon lack nothin' ain't done happen an' de sperrits an' ghostes all teck seats in de pews till he finish his sermon. He preach a sermon 'bout tithin'—you gib one tent' of you' wages to de chu'ch, he say. So when he git thoo wid de sermon, he say to his wife, "Sistuh White, git de collection plate an' pass hit 'roun' so's de Brothuhs an' Sistuhs kin th'ow in de collection." An' when he say dis, de ghostes staa'ts flyin' outen de windows faster'n dey comed in, an' de lamps come to be lighted again.

When de membuhship see dis dey all staa't runnin' cross de road to de chu'ch house whar de young preachuh an' his wife was gittin' dey things togethuh to leave de chu'ch house. Dey rushes up to de new preachuh, shakes his han' an tells 'im de bishop sho' done sen' de rat preachuh to dis charge. Dey tells 'im he done broke de spell of de ghostes, an' dis must of been de truf, 'caze de ghostes ain't nevuh showed up no mo', from dat day to dis one.

The Lord Answers Sister Milly's Prayer

SISTUH MILLY HICKS was de bestes' Christun in de whole Bottoms. She had dat talent to work in de chu'ch. She been doin' Gawd's work for many a yeah. She staa't off when she a li'l' bitty ole gal workin' for her ole Missy in slav'ry time. Sistuh Milly b'long to de Coopers durin' slav'ry time an' her ole Missy hab her to wait on her all de time. She keep li'l' Milly rat in de Big House an' she come to be de house girl. Her ole Missy tuck a lackin' to her an' u'd read de Bible to her evuh night de Lawd sen'. In dem days comin' up, dey didn' hab no cullud preachuhs in de Bottoms, but dey hab a ole man what name hisse'f de preachuh. He'd steal off of occasion down to de grove wid a bunch of slaves an' 'duct prayer an' song servus. He know dat ole Missus read de Bible to li'l' Milly evuh night, so he ast her to steal 'im a Bible.

Li'l' Milly know de Missus got three or fo' Bibles, so she steal de preachuh one, an' ca'ie hit to 'im. Dis de way de fuss cullud preachin' in de Bottoms staa't, by Sistuh Milly stealin' dat Bible when she was a li'l' slave gal. Hit come to Sistuh Milly dat she was a missionary, so dey was a ole slave by de name of Unkuh Bert what was blin' an' Li'l' Milly knit 'im a pair of socks an' give 'em to 'im. Putty soon attuh dis de ole man say to Sistuh Milly, "Mah daughtuh, Ah wan' some cake." So de nex' Sunday, li'l' Milly stealed 'im a big piece of cake from de Missus' cupboard an' put hit in her bosom an' walked outen de kitchen pas' ole Massuh Cooper. Ole Massuh Cooper was eyein' her when she go outen de door, but he don' say nothin' till she done come back. Den he wanna whip her for stealin' de piece of cake, an' he say, "Milly, yo' bubbies ain't big ez dey was when you gone outen heah while ago."

Attuh dis li'l' Milly staa't to studyin' an' she say to herse'f, "Ah wonduhs if'n Christ had to steal lack dis to do missionary work?"

But she growed on an' she growed on, so when freedom come in a bulge 'fo' you c'd say, "Amen," an' dey staa't de Baptis' chu'ch down to Wild Hoss Slew, dey p'int Sistuh Milly to he'p raise money to buil' de chu'ch house, so she calls a meetin' of de sistuhs an' asts 'em what kin we do to raise some money to he'p buil' de chu'ch house? She say, "Ah ain't no woman for dancin'; we don' wanna do dat." Den she say, "Ah knows what; evuhbody kin git some hens an' we'll hab a hen barbecue an' sell 'em to de white peoples down to Calvert."

So de sistuhs pay heed to Sistuh Milly an' dey sells a hunnud dollars worth of chickens an' raises de first hunnud dollars on dis chu'ch down to Wild Hoss Slew, an' dey calls hit to dis day "Hicks Chapel," attuh Sistuh Milly.

Sistuh Milly worked in de chu'ch for many a yeah. She allus stan' fas' by de pastuh an' his fam'ly; ain't nothin' she don' do for 'em no time. But fin'ly she come to be 'bout ninety-nine yeahs ole an' her husban' an' two chilluns done gone on to glory long yeahs befo', so she gittin' kinda tiahed of lingerin' down heah on urf by herse'f. She cain't 'ten' de servus, 'caze she too feeble, bein' cripple wid de rheumatism, so she staa'ts to prayin' evuh night astin' de Lawd to come git her, dat she ready to go home to heabun.

'Bout sebun weeks attuh Sistuh Milly staa't to prayin' an' astin' de Lawd to come an' git 'er, a airplane come buzzin' 'roun' in de sky while Sistuh Milly was out in de yaa'd an' she heah de noise an' look up an' spy de airplane flyin' to'a'ds her li'l' ole shack. She ain't nevuh heerd of no airplane, let alone seein' one, so she think de Lawd am comin' for her, an' she fall flat down on de groun' rail quick an' squall out, "Lawd, you said youse comin' from de eas'."

The Oxen and the Denominations

I F'N HIT DON' BE FOR DE OLE TIME NIGGUH PREACHUH de worl' done fall from grace lo dese many yeahs. Ah tells you, de ole preachuh study to know; dey study de Word an' dey study 'nomination, lackwise. Ah calls to min' a soldier of de Cross by de name of Elduh

Green what bear witness to dis fac'. Elduh Green hab a chu'ch down to Valley Junction, on a fawm, an' he wropped up in de glory lan'. He study way 'haid of his time on 'nomination.

One day when he was drivin' his oxens to Hearne, he pass a white man an' de white man heah Revun Green talkin' to his oxen callin' 'em by dey names, but he don' in no wise unnuhstan' de kinda language Elduh Green usin', so he prick up his ears again an' see if'n he lissenin' right. Revun Green was talkin' to de oxens in dis wise, "Back gee dere, Ole Baptis'; whoa, come 'ere, Ole Camelite; look heah, Ole Mefdis', ain't doin' nothin'; giddy up dere, ole Prespuhteerun."

"Dem's moughty strange names you got for dem animals, Unkul," say de white man.

"Yas, suh, dat's right," say Revun Green, "but dem names suits evuh one of dem oxens. You see ole Camelite dere, he runs into evuh hole of wattuh he see; ole Prespuhteerun, he go along evuh day an' you hardly knows he's dere; Ole Mefdis', he puffs an' he blows an' goes 'roun' wid his tongue hangin' out, but he ain't pulled a poun'; Ole Baptis', when you turns 'im loose at night, jes' eats by hisse'f, won't eat wid de rest of 'em."

Revun Green done study to know, Ah tells you.

The Preacher Who Talked in His Sleep

OF OCCASION DE OLE TIME PREACHUH was a gran' rascal. De sistuhs spile 'im wid dey praisin' of his sermons an' raisin' money wid dey Saddy night chitlin' suppuhs, fish fries and de lack. Many a dolluh come to de preachuh thoo de sistuhs. Dey do mos' of de chu'ch work an' 'vide mos' of de money for hits s'p'o't. Dey do widdout a dress, a pair of shoes or sump'n nothuh to pay dey chu'ch dues, but some of 'em wanna be good to de pastuh, lackwise; 'taint allus de dooty to de chu'ch.

Some of de ol'es' preachuhs in de Bottoms hab chilluns scattuh'd all up an' down de Bottoms. Lots of 'em was great big mens, an' de sistuhs lack dis heah style of man. Dey think hit's a honnuh for de pastuh to spen' time wid 'em. But some of de preachuhs didn' ca'ie on in dis heah wise. Some of 'em was hones' to goodnes call by de Lawd an' railly seed G. P. C. in de clouds what mean "Go Preach Christ'anity," an' dey stan' fas' by de teachin's of de Word. But dey's some of 'em what seed G. P. C. what mean "Go Pick Cotton."

Oncet dey was one of dese good preachuhs what was pastuh of de Secon' Baptis' Chu'ch in Hearne. His name was Elduh Curry, an' he got a wife an' twelve chilluns. He hab a good name an' he jes finish buildin' a new chu'ch house. Durin' de chu'ch rally, he haf to be away from home a lots, but his wife know he a good puhviduh, so she don' pay no 'tention to 'im bein' gone mos' de time. Her sistuh come to see 'er one day though, an' she tell 'er dat de peoples is talkin' bout de Elduh vis'tin' pow'ful lot of de sistuhs in de neighborhood, so dis make Miz Curry git 'spishus an' she 'clare she gonna check up on Elduh Curry's wharabouts. Her sistuh a terrible trouble mecker; she glad to heah Miz Curry talkin' in dis fashion, so she say, "Ah tells you a good way to fin' out if'n Elduh Curry been flyin' 'roun' wid de sistuhs; when he go to sleep tonight, you git a wash pan full of cold wattuh an' hol' his lef' han' down in hit an' he'll tell you his guts."

So dat comin' Sunday night attuh Elduh Curry gits home from de servus, he so tiahed he go rat to bed. Ain't no time 'fo' he staa'ts to snorin' rail loud, so Miz Curry say now's de time for her to git dat wash pan of cold wattuh an' put de Elduh's lef' han' in hit.

Soon ez she done git de wattuh an' brung hit to de baid an' put Elduh Curry's lef' han' in hit, he staa'ts to talkin' out loud in his sleep. He say, "She's awright; she's awright." Dis meck his wife think he been keepin' comp'ny wid de sistuhs sho' 'nuff, so she shake 'im by de shoulduhs rail quick an' say, "Who's awright? Who's awright?" Elduh Curry kinda roll ovuh on one side an' mumble to hisse'f, "De chu'ch's awright, dat's who."

The Sunday School Scholar and the Pastor

'TAINT JES' DE OLE FOLKS what hab Good Religion; de young generation hab hit, lackwise, an' of occasion mo' so'n de ole folks. Ah calls to min' Unkuh George Winn's boy what de bes' 'rifmuhtic scholar in de Bottoms. He could figguh mos' evuhting you ast 'im. He de onlies' one could git by Mistuh Wally, de boss-man. Mistuh Wally'd allus tell de teachuhs what come to teach de school at Pitt's' Bridge, "So you come to teach de school, did you? Well, jes teach 'em a li'l' readin' an' writin'; needn' teach 'em no 'rifmuhtic." Mistuh Wally'll do dey figgurin'.

But in spite of dis heah, a young woman teachuh comed to teach de school one time, an' teached 'em 'rifmuhtic jes de same. She ain't pay no heed to what Mistuh Wally say. Fus' she hab a haa'd time gittin' 'em to add; she say "Bring down yo' one an' ca'ie yo' two." But de chilluns don' unnuhstan' her language; dat is, none of 'em 'cep'n Unkuh George's boy, Gabe, so he say, "Teachuh, Ah tells you what you do: Tell 'em to bring down de one an' tote de two." De teachuh do dis an' dey all says, "Yassum, we unnuhstan's hit now."

Dis boy Gabe putty smaa't, an' he a good chu'ch worker, too. He come to be converted when he jes turnt fourteen, an' he been teachin' in de Sunday School mo'n three yeahs now. He de 'sistunt supintendunt of de Ebenezuh Baptis' Chu'ch Sunday School at Pitts's Bridge, an' he cain't stan' for no one to tell a lie. He'd tell ole folks or evuhbody else to dey face when dey lie. So de pastuh, Elduh Simmons, run crost 'im one day settin' on a barrel in front of de commissary eatin' ginguh snaps an' a hunk of cheese, an' he say, "Gabe, dey's jes' one thing Ah wants you to stop doin' an' dat's tellin' de grown folks to dey face dey's lyin'. Stid of tellin' 'em dey's lyin', jes' whistle evuh time you heah one of 'em tell a lie." So Gabe say, "Awright, Elduh, Ah wants to do de rat thing."

Dat nex' comin' Sunday, Gabe goes to chu'ch an' durin' of his sermon, Elduh Simmons say dat dey ain't nothin' kin nibble grass ez close to de groun' ez a goose. When Gabe heah 'im say dis, he whistle ez loud ez he kin.

When de servus done turned out, Elduh Simmons mecks his way to whar Gabe was settin' an' he say, "Gabe, Ah heerd you whistle durin' of de servus; who tole a lie?"

"Youse de one," say Gabe.

"Ah did?" 'low Elduh Simmons. "What'd Ah say?"

"You said," 'low Gabe, "dat dey wasn't nothin' c'd nibble grass ez close to de groun' ez a goose. What 'bout a gander?"

The Mulatto Boys and the Religious Test

GOOD RELIGION ain't allus de bestes' thing 'mongst de livin', but hit sho' hopes out a pow'ful lots gittin' into de Promus Lan'. Ah calls to min' dat 'cross to Cameron was a cotton gin what gin mos' de cotton what was raised in dem paa'ts of de Bottoms. Hit haf to hab a lots of han's to run hit, but dey don' use nothin' 'cep'n white han's. But ole man Anderson's three boys, an' ole man Jackson's two boys, what all hab white granpappies an' what you cain't tell from rail white folks by jes lookin' at 'em, gits tiahed workin' in de fiel' an' 'cide dey gonna go 'cross to Cameron an' try to git on at de cotton gin. De man what own de gin don' hab de knowledge to know dey's cullud boys, so he hires 'em.

Dese boys work 'cross to de gin for two mont's an' den come home to Eloise for a visit wid dey pants chucked full of money. De cullud population ver' curious to fin' out whar dey done meck so much money, so one rail dark complected boy what dese boys been runnin' 'roun' wid gits stompin' down mad 'caze dey don' tell 'im whar deys workin' at. He so mad 'till when dey leaves to go back to Cameron on a Monday mawnin', dis heah dark complected boy follows 'em back to Cameron an' on to de cotton gin whar dey works. He waits

72

till dey all gits inside de gin, den he slips 'roun' to de boss-man of de gin an' tells 'im he wanna work at de gin. De boss-man tells 'im to meck hisse'f scarce 'roun' dere, 'caze dey ain't hire'n no Nigguhs to work at dis heah gin. Den Sam (dat's de dark complected boy's name) up an' tells 'im, what he talkin' 'bout? he already got some Nigguhs workin' dere. De boss-man say he ain't no sich a thing. He knows a Nigguh when he see one. But Sam 'low he sho' ain't knowed 'em when he seed 'em dis heah time, 'caze he sho' got some workin' dere. Den Sam go on to 'splain huccome de boss-man don' know dey's cullud, so de boss-man say, "But how's Ah'm gonna know 'em from de whites?"

"Ah tells you what to do," 'low Sam. "Dis evenin' when hit's time to knock off from work an' de han's gits ready to leave jes' ast evuhbody ez dey comes by if'n dey'll be back tomorruh to work, an' if'n dey say "Sho, Ah'll be back," dat's a white man, but if'n dey don', dat's a Nigguh." So de boss-man say he b'lieve he'll fit into dis plan.

So Sam goes an' hides in' a box car what's settin' on a track not far from de gin to see what gonna happen dat evenin'. So long 'bout quittin' time de boss-man lines all de he'p up an' tells 'em to pass by 'im, one by one, he wanna ast 'em sump'n nothuh. Evuhtime he'd ast a white man will he be back tomorruh, de white man'd say, "Sho', Ah'll be back."

'Bout de fuss twenty men he ast done say dis, so de boss-man 'gin to doubt what Sam done tell 'im. But jes' when he 'bout to 'cide in dis fashion, John, de ol'es' Anderson boy, comes up to 'im. De boss-man say, "Will you be back to work tomorruh?" An' John 'low, "If'n Ah lives an' nothin' happen"; so de boss-man say, "Uh huh!" an tell 'im to step to de side of de line a minnit, he wanna tell 'im sump'n attuh while.

Toreckly heah come Jim, de secon' ol'es' Anderson boy, an' when de boss-man ast 'im if'n he'll be back to work tomorruh, he say, "If'n de Lawd is willin' "; so de boss-man tell 'im to step aside.

An' den de younges' Anderson boy, Charley, come up an' when de boss-man ast 'im de same question, he say, "If'n hits de Mastuh's will." So de boss-man mecks 'im step aside, lackwise.

73

Fin'ly, he come to de two Jackson boys, one rat in 'hin t'othuh one, an' when he ast dem if'n dey gonna be back to work tomorruh, dey bof squall out at de same time, "If'n life las' an' death pass."

So all de boys lose dey jobs an' de boss-man say, "You Nigguhs bettuh drag on back to Eloise, an' dat in a hurry, too."

Scott Mission Methodist Church Gets a Full-time Pastor

USED TO BE A LI'L' BITTY OLE CHU'CH HOUSE rat ovuh yonduh on dat slew whar mah finguh's p'intin' at dat de Mefdis's builded reckly attuh de circuit-ridin' preachuhs done staa'ted rovin' 'roun' de country. Dey don' hab no preachin' in de li'l' ole chu'ch but one Sunday durin' of de mont', 'caze dey ain't no more'n a han'ful of Mefdis's on de ole Burleson Plannuhtation. Dat's de why de membuhship cain't in no wise pay a full-time preachuh, an' dat's de why de bishop allus sen' 'em a circuit-ridin' preachuh to preach de Word to 'em evuh fo'th Sunday.

But dis heah li'l' ole membuhship am rail hones' to goodness Christuns an' dey don' relish de idea of holdin' servuses jes' one time de whole mont' long, so one yeah dey hol's a boa'd meetin' an sen's in a petition to de bishop astin' him to sen' 'em a full-time preachuh, 'caze de Mefdis' cause am suff'rin' in dem dar paa'ts of de Bottoms. An' well suh, if'n hit didn't come to pass sho' 'nuff dat same yeah dat a ole timey preachuh by de name of Revun Wheeler, what done rech de pension age, was pleadin' wid de bishop to gib him a li'l' ole charge some place or nothuh to he'p 'im keep body an' soul togethuh, so de bishop pays heed to 'im an' sen's 'im down to dis heah li'l' ole chu'ch on de Burleson plannuhtation, what go by de name of Scott Mission. De membuhship so happy dey don' know what to do wid deyse'f, but dey done brung double-trouble on deyse'f, 'caze dey ain't ebun down got no house for de preachuh to live in. So dey hol's a meetin' an dey say "What in de worl' we gonna do 'bout gittin' de preachuh a house?"

74

Dey studies an' dey studies till hit fin'ly comes to 'em dey's a li'l' ole woodshed rat in de chu'chyaa'd dat dey mought kin whip into shape for de preachuh to live in. So some of de brothuhs gits some hammers an' nails an saws, an' some ole pieces of tin what's layin' 'roun' on de groun' in de mule lot what was lef' ovuh from de time when Ole Man Burleson done put a roof on his cottonseed house, an' dey fixes de li'l' ole woodshed so hit fitten to live in by de time Revun Wheeler done rech de Bottoms.

But dey don' hab de wisdom to know dat Revun Wheeler's wife done gone on to Glory an' he too feeble to cook for hisse'f till Revun Wheeler done lit in de Bottoms. De membuhship say when dey done foun' hit out, "We sho' done got us selves in a jam now sho' 'nuff, 'caze we's fo'ced to figguh out a way for Elduh Wheeler to git his grub." But dey don' hab de wisdom to know dat dey don' in no wise hab to lose no sleep 'bout Elduh Wheeler's grub, 'caze he got de sumpin'-to-eat question all figguhed out 'fo' he hits de Bottoms good.

Yas, suh, he got hit all cut an' dried. De ver' fuss mawnin' he done lit in de Bottoms, he hangs his ole frock-tail coat an' preachin' breeches on a nail in de wall an' th'ows his ol croaker-sack full of bed clothes in one of de room corners, an den he tecks some ole tin knives, an' forks, an' spoons, an' plates an' cups an' saucers outen a ole straw basket he done brung wid him, an lays 'em on de ole raw-hide chair what's settin' by de door of de li'l' ole room. Den he puts his ole hick'ry walkin' cane in his rat han', grabs up his basket, chucks hit unnuh his lef' arm, an haids straight for Brothuh Ben Turner's house, what was catercawnered crost de road from de chu'ch house. When he done rech Brothuh Turner's house he walks up an' raps on de door an' when Brothuh Turner opens hit he say "Good mawnin, Brothuh Turner, yo' honorey, Ah'm de new pastuh, Revun Wheeler. Jes look in dis heah ole empty basket Ah's totin' 'roun'; wouldn't some good ole thick slices of bacon an' some fresh fried eggs look good in hit?"

"Sho' would," say Brothuh Turner, so he calls his wife Mandy an' tells her to go an' cook Elduh Wheeler some good ole home-cured bacon an' half a dozen fresh yaa'd eggs. Elduh Wheeler thanks 'em

for de bacon an' eggs, puts 'em in his basket, an' den turns to Brothuh
Turner an' asts him wharbouts do de nex' closetest chu'ch membuh
live.

Brothuh Turner p'ints out Brothuh Tim Jordan's li'l' ole shack
to 'im, what's 'bout a qua'tuh of a mile up de lane on t'othuh side
of a stretch of pos'-oaks, an' Elduh Wheeler staa'ts on his roun's again.
When he gits to Brothuh Jordan's house Brothuh Jordan an' Sistuh
Jordan am settin' on de steps of dey gall'ry in front of de house mend-
in' cotton sacks what done got holes in 'em from bein' drug ovuh
rocky lan'. Revun Wheeler ain't a bit shy; he walks rat up to whar
Sistuh Jordan an' Brothuh Jordan doin' dey mendin' an' say "Good
mawnin, Sistuh an' Brothuh Jordan, yo' honoreys, Ah'm de new
preachuh, Revun Wheeler, an' Ah wants y'all to come heah an' look
in dis heah basket at dis good ole home-cured fried bacon an' fresh
yaa'd eggs Brothuh Turner done gimme for mah breakfas'; wouldn't
some good ole fat hot biscuits go good wid 'em?"

Dey bof say "Sho' would," so Sistuh Jordan go rat in de house an'
bakes a steamin' hot pan of great big thick hot biscuits an' gibs 'em
to Elduh Wheeler. Elduh Wheeler puts de biscuits in his basket,
thanks Brothuh an' Sistuh Jordan for 'em, an' den asts 'em wharbouts
do de nex' closetest member of de chu'ch live?

So Brothuh Jordan p'ints out Sistuh Fanny Brown's li'l' cabin to
him, what's 'bout half a mile crost a big sugah cane patch. Smoke was
comin' outen de chimney of de li'l' ole shack, so Revun Wheeler ain't
gonna hab no trouble findin' hit an' he staa't goin' his roun's again.
He wobbles 'long till he fin'ly gits to Sistuh Brown's yaa'd whar he
spy her hangin' out her washin' on de clothesline, so he walks rat up
to whar she takin' her clothes outen a wash pot an' hangin' 'em on de
line an' say "Good mawnin, Sistuh Brown, yo' honorey, Ah'm de new
preachuh, Revun Wheeler, an' Ah wants you to come heah rail quick
an' teck a peek in dis heah basket at dis good ole fried bacon an' eggs,
an' dese good ole steamin' hot biscuits Ah's got. Wouldn't some good
ole home-made 'lasses an' fresh buttuh go good wid 'em?"

"Sho' would," say Sistuh Fanny, so she go out to her smokehouse
an' fetch Revun Wheeler a whole gallon jug of good ole thick home-

made sorghums an' a putty poun' of buttuh she done jes' churned an' gibs 'em to him. Elduh Wheeler got evuhthing he need now for his breakfas', so he thanks Sistuh Brown, puts his 'lasses an' buttuh in de basket, wheels 'roun' rail quick an' lights out for home.

Soon as he lights in de house he tecks his victuals outen de basket an' puts 'em on de table, gits him a plate an' knife an' fork offen de chair whar he done lef' 'em, an say his blessin's:

"De Lawd am good, an' life am sweet;
Thank you for dis sumpin' to eat."

Elduh Wheeler sho' done put his bes' foot forward, 'caze he ca'ie on in dis same wise for his dinnuh an' suppuh dat same day, an' evuh day de Lawd sen' de whole year thoo, goin' 'roun from membuh to membuh's house astin' for de kind of grub he wants, an' dey pays heed to 'im, an gives hit to 'im, an' comes to be thankful to de bishop for sennin' 'em a full-time pastuh.

PART FOUR

Heaven and Hell

The Guardian Angel and the Brazos Bottom Negroes

Why the Guardian Angel Let the Brazos Bottom Negroes Sleep

WHEN A BRAZOS BOTTOM NIGGUH git mad he mad sho' 'nuff. He don' know much else, but he know how to fight, an' he know who to fight too—he fight his own color. Anytime a Texas Nigguh git bad de peoples say, "Dat Nigguh mus' be from de Brazos Bottoms," 'caze dey hab de record for bein' de baddes' Nigguhs in de whole state.

Jes' de same, mos' all of 'em goes to heabun when dey dies. Dey done heerd Gawd's voice lack de prophet 'Lijuh an' paid heed on to hit. When Guv'nuh E. J. Davis (what dey call de Nigguh Guv'nuh 'caze he de fuss guv'nuh attuh dey 'clare de Nineteenth of June), die an' go to heabun, de Guardian Angel tuck 'im 'roun' an' showed 'im de peoples he used to rule ovuh when he was de Nineteenth of June Guv'nuh of Texas. Evuhwhar he'd go, he'd see a putty bright spot along de heabunly lane, an' de Guardian Angel'd say: "Dem's yo' white folks; dese heah's yo' Meskins; dere's yo' Germans." Dey was all wide awake an' quiet lack, wasn't keepin' no noise, jes' settin' 'roun' in de sunshine lookin' at de putty flowers an' a smilin' at one anothuh. De Guv'nuh powful happy to see his ole frien's 'joyin' dey-se'f an' he ain't payin' much heed to whar he's haidin'; so he almos' stumble ovuh a dark spot in de lane 'fo' he seed hit.

"What's dis?" he say to de Guardian Angel.

81

"Shh! be quiet!" say de Angel. "We gonna haf to tiptoe by heah; dem's dem Brazos Bottom Nigguhs of your'n. Don' wake dem up, 'caze dey raises hell evuhwhar dey goes!"

The Baptist Negroes in Heaven

WAY FAR BACK Ah use to heah tell of de true chile of Gawd dreamin' dey was in heabun. De preachuh 'speshly lack to allus tell 'bout goin' up to heabun in his dreams an' habin' paa'lance wid Gawd. Ah calls to min' Elduh Campbell what pastuh de chu'ch down to de Ole Liendo Plannuhtation. De chu'ch was name de Zion Hill Baptis' Chu'ch. Lots of de bestes' white peoples in de Bottoms meck dey homes in dis districk in de ole days, so de Nigguh preachuh wanna be sumpin' high class hisse'f 'caze he 'zidin' in a fuss class paa't of de Bottoms. De onlies' way he kin think of to show hisse'f off is to tell 'bout when he travel to heabun in his dreams, 'caze he don' hab nothin' down heah on urf to brag offen.

Elduh Campbell jes' dis kinda preachuh. He allus gib de Baptis' a big sen' off in his dreams, but oncet some of de deacons staa't to fightin' 'im—you know de Baptis' 'nomination allus hab a split in de chu'ch, mo' or less; dat's de why deys so many Baptis' chu'ches.

Anyways, Elduh Campbell gits up in de pulpit de nex' comin' Sunday attuh dey staa'ts de chu'ch fight on 'im an' 'fo' he staa'ts his sermon he clears his tho'at, looks all 'roun' de chu'ch from rat to lef' an' say, "Brothuhs an' sistuhs, Ah had a dream de othuh night, an' Ah dreamed Ah was in heabun jes' a flyin' 'roun' an' a flyin' 'roun' till Ah fin'ly foun' Gawd wid a big bunch of putty white angels stan'-in' an' settin' all 'roun' his th'one. Ah looked to de rat an' dere was de Camelites; Ah looked to de lef' an' dere was de Mefdis's; Ah looked in de front, an' dere was de Prespuhteeruns. But Ah don' chance to see de Baptis's nowhars; so Ah flies up to whar Gawd was settin' on his th'one an' curtsies to 'im an' say, 'Gawd, whar's de Baptis' folks? Ah ain't seed 'em no place.'

"So Gawd look 'roun' behin' 'im an' say, 'Don' you see 'em back dere 'hin' mah th'one, settin' on de flo'? Dey's so devlish, dey tells so many lies, dey do's so many mean tricks till Ah haf to keep 'em rat heah 'hin' me whar Ah kin put mah han's on 'em an' keep 'em straight.'"

The Pole That Led to Heaven

SOMETIME DE ROAD GIT MOUGHTY ROCKY for de fawm han's in de Bottoms in de ole days, an' lots of 'em sing dat ole slav'ry time song:

"Oh Freedom, Oh Freedom!
Befo' Ah'd be a slave
Ah'd be buried in mah grave
An' go home to mah Jesus an' be save."

Dey 'speshly sing dis heah song jes' 'fo' cotton choppin' an' cotton pickin' time, evuh yeah, 'caze dey knows dey got to put in some long days an' some haa'd work, an' dey ain't gonna git nothin' much outen hit.

One yeah, jes' 'fo' cotton choppin' time roll 'roun', de membuhs of de Mt. Moriah Baptis' Chu'ch, what hab a rail chile of Gawd pastuh, go to 'im an' say, "Elduh Johnson, de work on de plannuhtations is so haa'd on us dis heah time of yeah we wants you to pray for sump'n to happen to git us outen de fix we's in." So Elduh Johnson say, "Awright," he gonna ast Gawd to show 'im a sign to hope de membuhship out.

So sho' 'nuff, he ca'ie out his promus he done meck 'em, an' Gawd tells 'im in a dream dat He gonna put a pole on de wes' side of de Brazos rat whar de chu'ch hab its baptizin' de ver' nex' Sunday at three o'clock, an' dat all de membuhs what tiahed of livin' an' workin' so haa'd kin climb dis pole to heabun if'n dey brings a box of chalk an' mecks a mark for evuh lie dey done tole in dey life. But dey haf to be dere on time, 'caze de pole jes' gonna stay for fifteen minnits. Elduh

Johnson 'nounce dis to de membuhship at de prayer servus on a Wednesday night. So all dem what rathuh go on to heabun now gits 'em a box of chalk an' comes down to de wes' side of de rivuh at de baptizin' hole long 'fo' three o'clock dat Sunday, an' was stan'in' dere waitin' wid dey boxes of chalk. Zackly at three o'clock de membuhs heah a loud noise lack a urfquake or sup'n 'nothuh, an' jes' lack de pastuh say a great big pole what rech so far to'a'ds de sky 'till you cain't see de top comed up outen de groun', an' all de membuhs what got dey chalk gits on de pole what habs a rope ladder on hit an' staa'ts to climbin' an' a markin'. When de las' one done clum up on de ladder, de pole vanish jes' lack dat into thin air an' you don' see hit no mo'.

Dat ver' same night de Lawd come to de preachuh again in a dream an' tell 'im dat dis same time anothuh yeah he gonna meck a pole appear to de membuhship again at de baptizin' place. De preachuh 'nounce dis dream to de membuhship at de Monday night class meetin' an' when de time roll 'roun' de nex' yeah for de pole to show up, dey was a bigguh bunch of han's on de river banks dan dey was de yeah befo'.

When de pole pop up outen de groun' ez befo', de fuss membuh of de chu'ch to staa't up de pole was Elduh Roberts, what was de fuss pastuh of de Mt. Moriah Chu'ch. His whole fam'ly done die out, so he say dey ain't no need of 'im stayin' heah no longer. So, soon as de pole comed outen de groun', he hobbles ovuh to hit, gits on de ladder an' staa'ts to climbin'. But 'fo' narry othuh han' kin git staa'ted to climbin', dey looks up an' sees Elduh Roberts almos' to de groun' again comin' down de pole, so dey all wonduhs what de matter wid de pole dis yeah. But 'taint de pole, hit's Elduh Roberts.

When Revun Johnson, de pastuh spy Elduh Roberts comin' down de pole, he yell, "What's de mattuh, Elduh, ain't evuhthing awright up dere?"

"Sho', sho'," say Elduh Roberts, jumpin' down offen de pole; "Ah'm jes' comin' back attuh some mo' chalk."

84

Who Can Go to Heaven

H IT'S SOME SISTUHS IN DE CHU'CH what meck de preachuh rail
pow'ful in de pulpit by doin' what dey calls "talkin' back to
'im." Ah mean by dat, when a preachuh put ovuh a good lick again'
de Devul, dey say, "Preach de Word, son!" or, "You sho' is tellin'
de truf now." Dis he'p de preachuh to git right wid his preachin',
so he lack for de sistuhs to talk back to 'im. Dis meck 'im git in de
sperrit sho' 'nuff.

Ah calls to min' a sistuh down to Mudville by de name of Sistuh
Flora Hanks, what talked back to de preachuh all de time. Oncet de
pastuh, Elduh Waller, was preachin' a sermon 'bout de good-for-
nothin' young generation. He say, "Yeah, dey's goin' to hell in
Cadillacs; dey's goin' to hell in Packards; dey's goin' to hell in
Buicks; dey's goin' to hell in Dodges." He keep on talkin' in dis
fashion, namin' de diffunt kinds of cars de young generation goin'
to hell in, till fin'ly Sistuh Flora jumps up an' say, "Well, mah boy'll
be back, 'caze he's goin' in a T-model Fo'd."

Well, dis heah wasn't so bad, but when Sistuh Flora cap de cli-
max was de Sunday Elduh Waller preach his sermon on "Who Kin
Go to Heavun." He say, "None of you liahs, you cain't git in." "Tell
de truf!" shout Sistuh Flora. "None of you gamblers, you cain't git
in," say de Elduh. "Speak outen yo' soul!" squall Sistuh Flora. "None
of you whiskey drinkers, you cain't git in," say Elduh Waller. "Tell
de truf!" shout Sistuh Flora. "None of you snuff dippers," say
Elduh Waller, "you cain't git in," an' when he say dis heah, Sistuh
Flora what got her mouf full of snuff rat den, jump up an' p'int her
finguh in Elduh Waller's face an' say, "Wait a minnit, Bub; you
bettuh say, not ez you knows of."

Little Jim Lacey's Desires

FUNNY THING HOW PEOPLES BE'S DIFFUNT. Mos' white folks jes' wants de same thing dey done hab while deys livin' when dey gits up to heabun, but de Nigguh, he don' relish de same thing he done hab on urf—he wants evuhthing 'cep'n what he done hab down heah.

Ah calls to min' a Germun what live up to Highbank by de name of Michael Mayer. When he die an' go up to heabun de Lawd say, "Michael, what does you want up heah in heabun?"

"All Ah wants," say Michael, "is a li'l' ole fawm lack Ah hab down in de Bottoms, big enough for me an' mah wife an' chilluns to make a livin' outen hit."

"Awright," say Gawd, "you kin hab hit."

Den dere was a Italian down to Highbank what runned a li'l' liquor sto'. His name was Benito Franzetti, an' when he die an' go up to heabun, de Lawd say, "Benito, what does you want up heah in heabun?"

"All Ah wants," say Benito, "is a li'l' liquor sto' so's Ah kin make a livin' for me an' mah li'l' bambinos."

"Awright," say Gawd, "you kin hab hit."

Den Li'l' Jim Lacey, de Nigguh obuhseer of de big Hawkins plannuhtation, die an' go up to heabun an' de Lawd ast 'im lackwise, "What do you wan' up in heabun?"

"Well," say Li'l' Jim scratchin' his haid an' lookin' down at de shiny gol' pavement of heabun, "Ah wants a Cadillac car lack de boss-man's; Ah wants a Packard lack de boss-man's wife's for mah wife; an' Ah wants two thousand acres of de bes' black lan' you got, an' fifty haid of de bestes' mules you got, an' a fawm house wid twenty-two rooms; 'cides dat you mought th'ow in for good medjuh ten thousan' dolluhs in de bank."

"Awright, Jim," say de Lawd, "you kin hab 'em."

Den Lil'l' Jim Lacey's boss-man, Mistuh Hawkins, what live down to Calvert, die an' go up to heabun an' de Lawd call 'im in to question 'bout what do he want up in heabun. An' he say, "Ah don' want nothin'. Jes' gimme dat damn Nigguh's address, an' Ah'll be satisfied."

Why So Many Negroes Are in Heaven

AH CALLS TO MIN' durin' of de Worl' War when de flu gits on a rampage in de Bottoms an' staa'ts killin' folks goin' an' comin'. Hit done lay so many low till de doctuhs an' de nusses calls a meetin' down to Calvert so dey kin tell de peoples how to teck keer.

De doctuhs an' de nusses has dey say. Den dey calls on a ole-time cullud preachuh what go by de name of Unkuh Aaron to hab a say. Unkuh Aaron a stan'-pat Nigguh wid de white folks, so when dey calls 'im up to de platform, he climbs up de steps, leans ovuh on his ole hick'ry walkin' stick an' say, "Ah done lissen to all yo' logics an' all yo' isms an' de lack 'bout de flu, but de Lawd's teckin' you white folks outen de worl', 'caze he ain't pleased at de way y'all's treatin' de Nigguhs. Dat's de why he's teckin' so many y'all outen de worl'."

"But, Unkuh Aaron," say one of de doctuhs, "de stisticks shows dat dey's mo' Nigguhs dyin' wid de flu dan dey is white folks."

"Dat's awright," 'low Unkuh Aaron; "Ah still hol's mah p'int. Don' you know huccome de Lawd's teckin' all dem Nigguhs up to heabun? He's teckin' 'em up dere to testify 'ginst you white folks." An' when Unkuh Aaron say dis, dis was de benediction; de meetin' 'journ' for de night.

Good Friday in Hell

D E FAWM HAN'S SEED SICH A TURBLE TIME on de ole Timmons plannuhtation down to Big Creek till dey hab a lots of 'em to run off. One of de fam'lies what b'long to dis fawm was name Johnson. Ole man Johnson was de pappy of twenty-fo' chilluns by de same 'oman. De boss-man 'vide Unkuh Jonas Johnson wid a three-room shotgun house, two bedrooms an' a kitchen, an' a grocery 'lowance at de commissary. But dis heah ain't mean much wid twenty-fo' chilluns to feed, 'caze Unkuh Jonas's chilluns work pow'ful haa'd. Fin'ly, one de ol'es' boys gits tiahed of workin' 'dout gittin' Sunday clothes. He was gittin' to be courtin' age an' didn' wanna war brogan shoes on a Sunday. He 'low dey gits by in de week-a-days, but dat dey ain't fittin for dance an' chu'ch servus. Jes' de same Unkuh Jonas don' pay 'im no heed, 'caze he a cropper on one of dem ride-off fawms—dat's a fawm whar de obuhseer rides hoss-back all ovuh de plannuhtation to keep de Nigguhs at work, an' if'n he evuh run 'cross a Nigguh dat's shirkin' he jumps offen de hoss's back on to de Nigguh's back an gibs 'im a good floggin'.

Anyways, dis boy, Dick, run off 'bout cotton choppin' time one yeah an' dey couldn' fin' 'im nowhars, but wasn't long attuh dis dat dey was lots of stealin' goin' on 'roun' Marlin. De reports was out dat dem dat was doin' de plunderin' was a Jew, a Nigguh, an' a Meskin. Dey 'lowed de Nigguh in de bunch was Dick, dat de Jew was de triflin' no-good son of a sto'-keepuh in Marlin, an' dat de Meskin was a hoss thief what comed into Marlin from Wharton.

Dese hoodlums don' ebun skip de chu'ch in dey stealin'; dey tuck de oil lamps outen de Mefdis' chu'ch down to Mudville, an' when de St. Paul Mefdis' Chu'ch was puttin' up a new chu'ch house rat heah in Marlin dey stealed de chu'ch bell 'fo' dey c'd put hit in de bell tower. Wasn't nothin' unduh Gawd's sun dey wouldn' teck if'n dey tuck a notion.

Fin'ly, dey all gits kilt one Saddy night in a dice game down to Eloise, an' dey all dies an' goes to hell. But dey ain't in hell no time 'fo' dey ast to talk to de Devul, but de Haid Imp tells 'em dat de Devul don' talk but oncet a yeah an' dey cain't hab no conference wid 'im till dat time roll 'roun'.

Hit was de fall of de yeah when dey was kilt an' come to hell, an' when hit come to be almos' Easter, dey was in a deep study as to when de Devul gonna talk, 'caze dey don' relish stayin' down dere in hell. Fin'ly, Good Friday roll 'roun', de day de Devul talk evuh yeah, so de Head Imp call all de imps to de 'sembly room an' say de Devul gonna talk. So sho' 'nuff, putty soon de Devul walk down de aisle an' tuck his seat on de platform. De fuss ones he speak to is dese three gamblers from de Brazos Bottoms, Levi, de Jew; José, de Meskin, an Dick, de Nigguh. He 'vites 'em to come up on de platform an' he say, "Fellows, dis am Good Friday an' evuh yeah when hit comes to be Good Friday Ah let's de imps what kin do what Ah say go back up to de urf an' dey don' nevuh haf to come back to hell no mo'. Now, Ah tells you what," he say to Levi, "has you got ten dollars? If'n youse got ten dollars, Ah'll let you go back to de Bottoms an' you won' nevuh haf to come back to hell no mo'."

"Naw," say Levi, "Ah's got nine dollars."

"Dat ain't 'nuff," 'low de Devul; "you gonna haf to stay heah."

Den he turnt to de Meskin an' say, "José, is you got ten dollars? If'n youse got ten dollars you kin go on back to de Bottoms an' won' haf to nevuh come back heah no mo'."

"Me no gottee nothin'," say José.

"Den you haf to stay heah, too," say de Devul.

Den de Devul p'int his finguh at Dick an' he say, "Nigguh, is you got ten dollars? We treats evuhbody alack down heah; so if'n youse got ten dollars, Ah'll let you go back up to de Bottoms an' you won't nevuh haf to come back to hell no mo'."

"Naw, suh," say Dick, "Ah ain't got no ten dollars, but Ah tell you what Ah'll do; if'n you lemme out, Ah'll gib you lebun dollars Saddy."

John's Trip to Hell

AH CALLS TO MIN' 'RECKLY ATTUH FREEDOM, when dey move Marlin whar hit's settin' rat now, hit use to be de pick of de towns in de Bottoms for de young generation. Dey call Marlin "De County Seat of de Worl'." Evuh Saddy dey lack to figguh out a way to git up to Wood Street in Marlin. Dey lack de harum-scarum life of de Devul. De worl' got loose in dey han's an' dey lose holt on de Word an' go de limit wid dey sinnin'. Dey ebun down go so far as to gib dey pappies an' dey mammies sass. Dey poke fun at de minstuhs of de Gospel. In dat time comin' up, dey insult de preachuh evuhwhich way. Dey was goin' to hell head fo'mos'.

In dem days comin' up dey was a haid deacon of de Mt. Zion Baptis' Chu'ch up at Rocky Hill by de name of Sandy Brown. He hab a nice set of chillun 'cep'n one. He de black sheep of de fam'ly, de baby boy, an' dey done spile 'im an' leave 'im hab his way too much. Elduh Bailey, de pastuh, don' live in de Bottoms, so he allus stop wid Deacon Brown when he come to preach evuh fo'th Sunday. Lack mos' preachuhs, he hab a weakness for chicken. Sistuh Calline, Deacon Brown's wife, allus cook three or fo' of de fattes' hens for de preachuh's Sunday dinnuh, but hit fix so dat de preachuh lack de same paa't of de chicken dat dis li'l' ole bad boy, John, lack. De Sundays dat de preachuh'd come for dinnuh, li'l' John haf to eat de wing an' de neck. Dis meck 'im pow'ful mad an' he staa't to sulkin' at de table.

De preachuh tell all his frien's 'bout dem good ole chicken dinnuhs dat Sistuh Calline cook an' bless goodness if'n all de Baptis' preachuhs dat pass thoo de Bottoms don' come to Sandy's house to stay. Dis run on for a long stretch till fin'ly one Sunday, when li'l' John done come to be fifteen, a new preachuh comed to teck de ole preachuh's place, an' he lack de same paa't of de chicken dat John

90

lack jes' lack de ole preachuh. So when dey set down to de table dat Sunday for dinnuh, de new preachuh rech cross de table an' tuck all de drumsticks offen de platter an' put 'em on his plate.

Dis meck John so mad till he don' know what to do wid hisse'f. So he jump up from de table an' say, "Ah'm gittin' tiahed of dese damn preachuhs eatin' up mah paa't of de chicken." So his pappy meck 'im go out on de gall'ry an' gib 'im a good whippin' an tell 'im don' he nevuh ca'ie on in dis wise no mo'. But de ver' nex' Sunday de moderatuh of de 'sociation comed by to hab Sunday dinnuh wid Sandy, an' he jes' lack de res' of de preachuhs—he lack de same paa't of de chicken dat li'l' John lack, an' he tuck de drumsticks offen de platter an' put 'em on his plate.

John so mad he don' know what to do. He cain't hol' his peace no longuh. So he jump up an' say, "Ah done tole y'all Ah'm gittin' tiahed of dese damn preachuhs eatin' up mah paa't of de chicken." An' when he say dis Sandy jump up from de table an' ca'ie 'im on out on de gall'ry again an' gib 'im anothuh good whippin', an' when he git thoo lashin' 'im he look at 'im an' say, "John, youse goin' straight to hell."

Hit was cotton pickin' season an' when dey rung de bell Monday mawnin' for de chilluns to go to de fiel', John warn't nowhars to be foun'. Evuhbody wonduh whar he done trace his footsteps. But Calline, his mammy, don' worry much; she 'low dat she b'lieve he gonna trace his footsteps back to de Bottoms again some time or 'nothuh. But Sandy kinda opset; ez bad ez John was, Sandy hab a warm spot in his haa't for de rascal. But he keep on habin' de big chicken dinnuhs for de preachuhs what comed thoo de Bottoms.

Chrismus day of de same yeah dat John done go way somewhar, Sandy an' Calline 'vites 'bout ten preachuhs up an' down de Bottoms to dinnuh an' kills 'bout ten of de fattes' hens dey got for de dinnuh. A fresh northuh blowed up dat mawnin' an' Sandy put some back logs in de fiah-place in de front room, an' built a nice warm fiah. As de preachuhs 'ud come in de front do', he'd teck dey ovuhcoats an' put 'em on de bed in de bedroom what ain't got no fiah in hit. Fin'ly, when de las' preachuh done come an' Sandy staa'ts in de bedroom to

91

put his ovuhcoat on de bed, what you reckon he seed? Dat bad boy John stan'in' dere by de haid of de bed.

"Hello dere, John," say Sandy. "Whar you been?"

"Ah's been whar you tole me," 'low John—"to hell."

"Well, how is things down dere?" say Sandy.

"Jes' lack dey is heah," say John—"so many damn preachuhs 'roun' de fiah till you cain't git to hit."

Uncle Si, His Boss-man, and Hell

DE HAN'S IN DE BOTTOMS mos' allus drawed envelopes wid a li'l' greenback in 'em or a dollah or two in change when de time roll 'roun' for dey share of de crops evuh yeah. Dem what drawed envelopes or a li'l' cash was de han's dat hab a wife an' no chilluns. Dem what hab lots of chilluns was de ones what didn' draw no envelopes an' didn' git no cash. Unkuh Si Moore was one of dem what didn' draw no envelope an' didn' draw no cash. He hab a big bunch of chilluns when he comed to de ole Wilson plannuhtation down to Jerusalem an', evuh yeah since he lit dere, his wife Sadie hab a baby. But hit don' meck no diffunce how big Unkuh Si's fam'ly come to be. When Unkuh Si go up to Colonel Wilson's house evuh yeah at settlement time de Colonel 'ud say, "Well, Unkuh Si, lemme see: you got fawty gallons of sorghums; 'bout eighty yaa'ds of calico, gingham an' percale; fifty-eight pair of brogan shoes; twelve pair of duckins, thuty-six jars of snuff, six barrels of sugah, fifteen barrels of flour, a hundred plugs of chewin' tobackuh, fo' dozen pair of black cotton stockin's, five dozen pair of socks, ten bottles of castuh oil, lebun boxes of Black Draf', seventy poun's of dry salt bacon, ten sacks of navy beans, an' 'bout twenty-five work hats."

When de Colonel git thoo readin' off dis list, he'd say, "Unkuh Si, yo' bill am settled; you don' owe me nothin'."

Unkuh Si moughty tickled evuh yeah, 'caze his bill am settled. So things run on in dis fashion for quite a spell. Ebun down when Unkuh

Si hab four gran'chilluns to come an' live wid 'im, de Colonel still 'low dat Unkuh Si don' owe 'im nothin' evuh year when settlin' time come. Unkuh Si lackun de Colonel to David dat de Word tell 'bout, who hab a good haa't an' was allus bein' good to somebody. But he don' pay heed to how many han's he furnishin' for de Colonel's fawm; he furnishin' de plannuhtation wid twenty-fo' good han's evuh yeah. He jes' call to min' what de Colonel do for 'im an' he allus goin' 'roun' talkin' 'bout de Colonel boun' to hab lub in his haa't for Jesus, 'caze he don' meck 'im pay nothin' for stayin' on de plannuhtation.

Putty soon, though, de Colonel staa't to losin' lots of han's an' he meck Unkuh Si's fam'ly do mo'n dey share of de work on de plannuhtation. He ebun down meck 'em work on a Sunday. Unkuh Si don' lack dis heah Sunday work 'caze he say dat de Word say de Sabbath ain't no work-day. So he sets down an' begins to keep comp'ny wid de Lawd to fin' out if'n he ain't done error 'bout de Colonel bein' a good man. So he talks dis thing ovuh in secret wid de Lawd an' switch his min' 'roun' 'bout de Colonel.

So de nex' yeah when de time roll 'roun' for de crop settlement, de Colonel reads off Unkuh Si's list lack ez usual an' when he gits thoo readin' hit off, he say lack ez allus, "Well, Unkuh Si, yo' bill am settled; you don' owe me nothin'."

"Dat's awright, Boss," say Unkuh Si, "but gimme a receipt dat mah bill am settled in full."

"A receipt?" yell de Colonel; "cain't you teck mah word for hit? Ain't Ah been dealin' fair wid you all dese yeahs?"

"Yas, suh, dat's awright," 'low Unkuh Si. "But Ah'm gittin' ole now, an' youse gittin' ole too, an' we mought die fo' nex' yeah dis time, when hit comes to be time for de settlement, an' when Ah gits up to heabun an' St. Peter asts me is mah bills all paid 'fo he lets me in de heabunly gates, Ah wants a receipt to show 'im; Ah don' wanna be runnin' all ovuh hell lookin' for you."

PART FIVE

Preachers and Little Boys

Little David's Question

Little David's Question

O F OCCASION DE PREACHUH in de Bottoms stretch hisse'f out too
far and git hisse'f in a 'dickmint he cain't git outen. One time
dey hab a preachuh what hab dis style of ca'iein' on down to de Bap-
tis' chu'ch at Falls, on de Brazos. He allus jumpin' on de membuhship
wid bof feet 'bout tellin' lies. He bawl 'em out all de time 'bout bein'
sich big liahs. He say, "A Nigguh'd rathuh tell a lie on a credit dan to
tell de truf for cash." He say, "A Nigguh hate de truf worse'n de
Devul hate a baptizin'." An' to cap de climax, if'n he didn't git up in
de pulpit one Sunday mawnin' an' say, "Brothuhs an' Sistuhs, for mah
message tonight, Ah'm gonna preach a sermon on liahs. So Ah wants
all y'all to teck yo' Bibles an' read de twenty-fuss chapter of Mark
'fo' you comes back to de chu'ch house tonight."

So dat Sunday night, attuh de song and prayer servus done come to
pass, de preachuh gits up, clears his th'oat a li'l', an' says, "Brothuhs
and Sistuhs, how many of y'all done read de twenty-fuss chapter of
Mark lack Ah done tole you to do 'fo' you comed back to de chu'ch
house tonight?" Evuhbody in de chu'ch house hist deyse'f outen dey
seat an' stan' up. So de preachuh laff out rail loud rat in de pulpit an'
say, "All you liahs set back down; you ain't read no sich a thing, 'caze
dey ain't but sixteen chapters in Mark."

De membuhship sho' outdone wid deyse'f, but dey don' lack dis
heah fashion of ca'iein' on by de pastuh neither. Dey scairt to call his

han' though; 'stid, dey jes' lay his race out 'hin' his back, an' 'roun' de house, but dey ain't nevuh yit git up 'nuff courage to tell 'im to his face dat de style he got of callin' de membuhship liahs evuh Sunday de Lawd sen' don' set good on dey stummicks.

One time, though, a li'l' ole boy what go by de name of David, an' what comed to be smaa't by beatin' de sweep for de han's on de plan-nuhtation to knock off from work for dinnuh evuh day, an' what done heerd his mammy complainin' 'roun' de house 'bout de preachuh callin' de membuhship liahs, say he gonna fix de preachuh's bizniss good one of dese days an' break 'im up from callin' de membuhship liahs. So de nex' Sunday mawnin', Elduh Cooper (dat's de preachuh's name), gits up in de pulpit an' staa'ts to callin' de membuhship liahs, lack as allus. Den he lights out to preachin' 'bout Gawd am in de val-ley; Gawd am on de hillside; Gawd am on de rivers; Gawd am in de clouds; Gawd am in de Pos'-oak districk; Gawd am in de Brazos Bot-toms. "Yeah, Gawd am evuhwhars," he say. An' when he talk in dis wise, li'l' David, what am settin' on de front row of de chu'ch house wid his mammy, jumps up rail quick an' yells, "Elduh, is he in mah pocket?"

"Sho, he's in yo' pocket," say Elduh Cooper.

"Youse a liah," say Li'l' David; "Ah ain't ebun down got no pocket."

An' he ain't got no pocket sho' 'nuff, 'caze he wearin' a pair of mammy-made pants his mammy done cut outen a pair of his pappy's ole wore-out britches, an' dey ain't got narry pocket in 'em.

Gabriel and the Elder's Coat

DE PREACHUH IN DE BOTTOMS clum on de ban' wagon wid de membuhship when hit come to playin' wid de Word. Ah calls to min' Elduh Mackey, what pastuh de Bethesda Baptis' Chu'ch down to Black's Bridge. He lack to fool de membuhship all de time an' show hisse'f off in front of de sistuhs. He 'low de brothuhs don' know big wood from brush lack de sistuhs do. He a heaby drinker an' bully de membuhship all de time. Evuh time he en' up a sermon he tuck a flask of whiskey outen his duster, lit his pipe, an' den turnt de flask up an' tuck a big swalluh of whiskey rat in de pulpit. De membuhs don' say nothin' 'caze dey's scaid. He allus hab de haid deacon to go out to whar his hoss am tied to de barbwire fence, look in his saddle bag an' git his cap an' ball an' put hit on de pulpit jes' 'fo' de survus close. Den he git up an' stick de gun down in his duster pocket an' say:

"Youse done shouted lack hell, an' youse done raise de Devul, an' now you bettuh not walk outen dis heah chu'ch house till de benuhdiction am said. If'n you do, de fuss damn rascal dat walks out of heah Ah'm gonna lay 'im rat down at de do'."

He ca'ie on in dis fashion till one Sunday he 'nounce 'fo' han' dat de nex' Sunday night he gonna bring Gabul down to blow his trumpet rat heah in de chu'ch house. Hit happen dat some li'l' ole boys heerd 'im when he say dis, so dey frames up to git some cornets an' git up in de attic of de chu'ch house 'fo' Elduh Mackey gits dere de nex' Sunday night, an' hab deyse'f some fun. So sho' 'nuff dey beats Elduh Mackey dere an' hides deyse'f in de attic so dey kin fix his bizniss good. Dey 'low he kin bully de membuhship, but dey sho' gonna gib 'im de scare of his life dis time.

Fin'ly, Elduh Mackey comed in an' de membuhs all tuck dey seats. He raises a song, an' when he finished wid de song, he lights out to preachin'. But he ain't got staa'ted good 'fo' dese li'l' ole boys staa'ts to blowin' de cornets an' de membuhship staa'ts to shoutin'. But Elduh Mackey yells, "Not yit, Gabul, not yit," 'caze he don' know whar de blowin' comin' from. So he lights out to preachin' again, but 'fo' he kin git thoo wid de fuss line, de li'l' boys staa'ts to blowin' de horns again. De mumbuhship say, "De Lawd be praised, jes' look what a man of God Elduh Mackey be."

But Elduh Mackey gittin' scaid sho' 'nuff, 'caze he don' know de why nor wharfo' of de horn blowin', an' he says as befo', "Not yit Gabul, not yit." Den he staa'ts out to preachin' again, when all of a sudden a gust of win' blows thoo de chu'ch house from a northuh comin' up an' blows out all de lamps. De li'l' ole boys blows dey horns louduh'n evuh now, an' when de lamps goes out, Elduh Mackey an' de whole membuhship lights out to runnin' ovuh de chairs an' into de walls an' evuhwhar. Elduh Mackey so scairt till he misses de gate an' runs into de barbwire fence on de way to whar his hoss am tied, an' his coat gits jerked clean offen 'im. He don' know how he lose his coat, he jes' know he lose hit. So durin' of de nex' week when he meets Unkuh Toby, de ole man what sweeps up de chu'ch house, he say, "Unkuh Toby, has you been down to de chu'ch house dis week?"

"Naw, suh, Ah ain't," say Unkuh Toby.

"Well, if'n you goes down dere anytime dis week," say Elduh Mackey, "an' you sees Gabul, tell him Ah say to please sen' me mah coat."

Heaven and the Post Office

HEABUN WAS ALLUS UPMOS' in de min's of de true chile of Gawd. Dat's what meck 'em walk wid Gawd evuhday de Lawd sen', 'caze dey wanna be in dat numbuh when de saints goes marchin' in. Cose, lack as allus, of occasion you runs 'cross a rank sinnuh what wanna th'ow a stumblin' block in de way of de true chile of Gawd. Ah calls to min' a sportin' life gal up to Mudville on de ole Pearson farm what hab a stray boy. Don' nobody know his pappy; an' his mammy, dis sportin' life gal, what was name Liza Randle, keep a silent tongue 'bout de boy's pappy. But one thing, dis boy, lack mos' stray chilluns, don' relish workin' on de fawm. He 'speshly don' lack to pick cotton, an' when he pickin' cotton, evuhtime hit cloud up, he hab a li'l' song he sing dat go lack dis:

"Lawd, if you wanna sho' yo' powuh,
Please send a rain, don' send no showuh."

Ah calls to min' a ole man by de name of Unkuh Steve Gordon who pass dis li'l' old boy one day an' say:

100

"Son, Ah don' teck you to be no fool;
Ah jes' wants a chew of yo' ole Brown Mule."

So Bud (dat's dis li'l' ole bad boy's name) say:

"Ah ain't sayin' hit to raise no hell,
But de Cap'n got plenty down to de commissary
to sell."

Den de ole man say:

"Ah pass by de commissary an' de commissary
was lock.
Dat's huccome Ah to ast you for some outen yo'
'backuh box."

But you know, Bud jes' tell de ole man to go straight to hell, dat he ain't gonna gib 'im nothin' of de kind.

Bud fin'ly runned off an' rid a freight train to Hearne to live wid some of his mammy's kin folks, but he ain't dere no time 'fo' he staa'ts to teachin' de li'l' ole boys what live in de neighborhood bad habits. He hab a lots of good li'l' boys playin' hookey from Sunday School to play marbles for keeps. One Sunday when dey was playin' marbles, de new pastuh of de St. Paul Mefdis' Chu'ch comed along. He ain't use to de town—he been a circuit-preachuh—an' he don't know much 'bout city doin's. He tryin' to fin' his way to de pos' office so he kin mail a bulletin an' a lettuh to de bishop. So he seed Bud an' dese li'l' ole boys playin' marbles an' he walks up to 'em an' say, "Li'l' boys, kin y'all tell me de way to de pos' office?"

"Sho'," say Bud. "You goes two blocks rat straight ahaid an' turns to de right an' dere hit is rat 'fo' yo' eyes."

"Thank you, li'l' boys," say de preachuh, an' he goes on to de pos' office. But when he retrace his steps back, he heahs Bud cussin' de othuh li'l' ole boys out 'bout fudgin' in de marble game. So he walks up to 'em an' say, "Li'l' boys, y'all oughta be shame of yo'se'f 'roun' heah shootin' marbles on a Sunday an' cussin'; y'all bettuh come go wid me an' lemme sho' you de way to heabun."

An' when he say dis, Bud eye 'im rail hateful lack an' say, "How

101

in de worl' you gonna sho' us de way to heabun if you don' ebun down know de way to de pos' office?"

Little Ned and the Sweet Potato Pie

YOU KNOW DE PREACHUH haf to stay on his watch when he preach de Word. If'n he don't, de membuhship quick to see his weakness an' staa't to fault findin' wid 'im, an' lack as not dey gonna ketch 'im nappin'. Dey was a preachuh down to Richmond once what mess hisse'f up good fashion. His chu'ch ain't far distant from de square whar de Jaybirds an' de Peckerwoods hab a big riot durin' of de Koo Klux rampages. De Jaybirds was de Democrats an' de Pecker-woods was de 'Publicans. Dey hab a big monument 'rected on de square to de Jaybirds for whippin' de Peckerwoods one time. Well, anyways, dis preachuh, Revun Brown, pastuh de Good Will Baptis' Chu'ch straight on down de street from de monument.

De bes' chu'ch membuh he got is Sistuh Susan Collins. Evuh Sunday he preach Sistuh Susan 'vite 'im home for dinnuh, but Sistuh Susan hab a li'l' ole boy what don' relish Revun Brown eatin' Sunday dinnuh wid 'em evuh Sunday de Lawd sen'. De reason he don' relish Revun Brown bein' dere's 'caze Revun Brown allus eat all of de pie an' he don' nevuh git narry piece. Dis li'l' ole boy git so mad till he cuss 'bout hit attuh Revun Brown done leave de house. So de nex' Sunday when Revun Brown comed to dinnuh, Sistuh Susan ast 'im to git attuh her li'l' ole boy, what name Ned, 'bout cussin'.

Soon's dey sets down to de table an' Revun Brown says de grace, he looks cross de table at li'l' Ned an' say, "Ned, yo' mammy tells me you been usin' de Lawd's name in vain."

"Humph, you cusses in de pulpit, don't you?" 'low li'l' Ned.

"No, Ah doesn't," say Revun Brown. "You knows youse lyin', but Ah tells you what Ah'll do. De nex' time you heahs me cuss in de pulpit, Ah'm gonna gib you a whole sweet potato pie."

"Awright," say li'l' Ned; "dat's a go."

Well suh, de Lawd be praised if'n de nex' Sunday when de preachuh gits up an' staa'ts to preachin' he ain't lit out ver' far 'fo' he hists his han' in de air an' hollers, "Ah yeah, when de harvest wheel 'gin to rollin', you kin stan' rat up an' cry, 'By Gawd we libs, by Gawd we dies!' "

"An' yeah," yell li'l' Ned, jumpin' up outen his seat, "Ah'm gonna teck dat sweet potato pie."

Attuh dis Revun Brown don' pay Ned's mammy no min' 'bout her 'plainin' 'bout 'im teckin' de Lawd's name in vain.

Reverend Black's Gifts from Heaven

DE OLE TIME PREACHUH try to mend his ways 'cordin' to de Lawd's plan what laid down in de Word, but dey 'tempts turnt out bad lots of times. Ah calls to min' Revun Aleck Black, what pastuh de Mefdis' chu'ch out to Highbank an' who hab a li'l' ole boy, Abraham, what he'p his daddy fool de membuhship wid all kinds of tricks. Dis li'l' ole boy sassy, too. Oncet Sistuh Melvina Brown, haid of de Ladies' Aid 'Ciety, heerd dis li'l' ole boy Abraham cussin'. So she tuck 'im to task 'bout hit an' he say, "Who's you talkin' to? Don't you know mah daddy's got a hunnud an' fifty Nigguhs workin' for 'im?"

"Humph!" say Sistuh Melvina, who outdone wid his sassin'; "He ain't got but a hunnud an' forty-nine now, honey, 'caze Ah's cuttin' out rat now."

Revun Black done spile dis li'l' yap, 'caze he pull de curtains back an' let 'im in on his devulment. He ebun down gib 'im money to he'p 'im fool de membuhship. Abraham allus tell de othuh li'l' ole boys he play wid 'bout 'im he'pin' his pappy fool de membuhship. He say:

"Ah use to do hit for de money;
Now Ah do's hit 'caze hit's funny."

But oncet de tables turnt on 'im an' his pappy, an' dey come to be de laffin' stock of de Bottoms, an' don' nevuh ca'ie on in dis wise no mo'. One Sunday Revun Black 'nounce dat de nex' comin' Sunday he gonna preach a sermon an' de Lawd gonna gib 'im evuhthing he ast for. So lack ez befo', he gits dis li'l' ole boy of his'n to he'p 'im. Dat Saddy 'fo' Sunday come he goes down to de sto' an' buys a lot of groc'ies an' puts 'em up in de attic of de chu'ch house. When Sunday night come, li'l' Abraham goes to de chu'ch 'fo' de membuh-ship gits dere an' hides hisse'f in de attic wid de groc'ies. He places hisse'f rat whar de hole in de ceilin' is so he kin th'ow de groc'ies down rail quick as his pappy calls 'em off.

Fin'ly de membuhship all shows up an' Revun Black staa'ts to preachin'. He say, "Lawd, th'ow me down some bacon." Abe th'owed 'im a slab of bacon thoo de hole.

"Oh Lawd," say de Revun, "sen' me down some sugah." Down comed a sack of sugah.

"Oh Lawd," say Revun Black, "sen' me down some 'lasses." An' Abe th'owed him down a jug of 'lasses.

De membuhship don' know what to think. Dey say, "Dis heah's a miracle for sho'."

"Oh Lawd," Revun Black keep on, "sen' me down some flour." An' when he say dis, Abe stick 'is head down thoo de hole in de ceilin' an' yell, "Pappy, you forgot de flour."

The Sinner Man's Son and the Preacher

LACK AS EVUHWHAR heaps of han's on de plannuhtations in de Bottoms didn't b'long to de Christun fam'ly. Lots of 'em was rank sinnuhs an' raise dey chilluns lackwise. Mos'ly dey ain't nevuh trace dey steps outen de Bottoms. All dey knowed was haa'd work, mean obuhseers, chu'ch oncet a mont', big dinnuhs on a Sunday, Saddy night chu'ch suppuhs, an' string ban' flang-dangs. In dat time comin' up, dey didn' keep tune wid de pace of de worl'. Dey come up in what you calls "Beck-time"—dat's de mule, you know, an' de time was when ole Beck, an' cotton, an' de Nigguh was de stan'bys of de country. De Nigguh was livin' mos'ly in de settlements far off from de train track. When dey travel, dey do hit in fawm wagons a settin' in chairs wid dey bottoms kivvered wid de hides of cows dey done kilt for market meat to peddle all 'roun' de Bottoms. Lots of 'em nevuh seed a train till dey come to be grown-up. Dey's li'l' yaps in de Bottoms to dis day what ain't nevuh seed a engine pullin' coaches on a track.

Oncet a li'l' ole boy what live wid his mammy an' pappy on de ole Wallace plannuhtation 'bout eighteen miles from Calvert comed to Calvert to ketch de train an' go to see his cousins what live in Dallas. He de son of Jim Perkins, a sinnuh man, an' he ain't nevuh chanced to see no train since he been bawn. He fifteen yeah ole now, and he so fidgety at de depot he don't know what to do wid hisse'f. Zack (dat's what his name) ain't ebun been far as Calvert offen de plannuhtation in his whole life, let alone seein' a train.

Putty soon heah comes de Houston Texas Central jes' a comin' 'roun' de curve an' a blowin' loud ez hit kin. Zack so scairt he try to pull loose from his mammy an' pappy an' run, but his pappy hol' 'im fas' an' he cain't git loose. He jes' shakin' lack he got de chills an' fever an' when de train engine comed to a stop, dey gits 'im on de train somehow 'fo' de train pulls out from de depot. He cain't read an' write so his mammy hab his name an' whar he goin' writ on a piece of paper an' penned to his duckins. Dey tell Zack whar he's haided for, but he's so scairt of de train till he done clear forgot whar he's s'pose' to go.

Fin'ly, de train staa'ts to pickin' up speed an' go to makin' 'bout thuhty miles a houah. Zack ain't nevuh seed nuthin' in his life run dis fas'. De fastes' thing he done seed 'fo' today was one of de boss-man's ole mares name Nellie; she de fastes' hoss on de plannuhtation. So when de train staa't to makin' thuhty miles a houah, Zack poke his haid outen de window an' say, "Dawg gone!" Dey was a preachuh settin' nex' to 'im in de train; so when he say dis de preachuh stop readin' de paper he hab in his han' an' eye Zack rail haa'd, but he don' say nothin'.

Putty soon de train staa't to makin' fo'ty miles a houah. Zack stick his haid outen de window again an' say, "Gawd dawg!" De preachuh stop readin' de paper an' eye Zack again, an' dis time he say, "Li'l' boy, don't you know hits wrong to use bad language?" Zack eye de preachuh, but he don' gib 'im no ansuh.

Fin'ly de train staa't to meckin' fifty miles a houah, an' dis time, Zack poke his haid way outen de window so he kin see de engine goin' 'roun' de curve, an' yell, "Gawd damn!"

"Li'l' boy," say de preachuh, "youse goin' straight to hell."

"Ah don' gib a damn," say Zack; "Ah's got a 'roun' trip ticket."

Little Tom and the One-eyed Preacher

AH CALLS TO MIN' a cropper what was croppin' on de ole Bryan plannuhtation by de name of Big Tom Moore. Big Tom hab a wife, Mariah, what sorta off in de bean, an' a boy what done rech eight yeahs old an' crowdin' nine dat dey called Li'l' Tom. Dat paa't of de plannuhtation what Big Tom crop on was rat on de banks of de Big Brazos, an' de li'l' ole shack what he lived in ain't no mo'n a stone's th'ow from de wattuh's edge. Li'l' Tom spen' mos' of his time goin' down to de rivuh an' lookin' at de mud cats and perches swimmin' 'roun' in de wattuh, stickin' his han' down in de wattuh, an' grabbin' han'fuls of clay an' meckin' mud houses, an' mud mules, an' hogs, an' cows.

Li'l' Tom ain't got no brothuhs an' sistuhs to play wid lack de rest of de li'l' ole chilluns on de plannuhtation; so he sorta lonesome all de time, an' teck de rivuh an' de mud outen hit for company keepers, 'caze his mammy, Mariah, ain't in no wise fitten for a company keepuh. She turrible mean to de li'l' ole boy. Ah calls to min' one day when Mariah hab to go down to de commissary to git a basket of groc'ies dat she leave a churn full of buttuhmilk she done churned in de churn, wid de top off, an' she tell Li'l' Tom to keep a watch on de churn while she gone for de groc'ies. But Li'l' Tom don' keep sich good watch, 'caze he wanna go down to de rivuh an' meck mud houses; so while he settin' dere lookin' outen de door to'a'ds de rivuh an' wishin' he was down

106

dere, a big fly buzzed in de window an' lit in de buttuhmilk what Mariah done lef' in de churn. Li'l' Tom jumps up rail quick an' th'ows all de milk outen de churn outen de back door.

When Mariah comed back she tuck a look in de churn an' seed dat de churn was empty so she turnt to Li'l' Tom an' teck him to task, an' say, "What you do wid all de milk, Tom?"

Li'l' Tom tuck his hands from out under his chin, looked straight up at his mammy, an' say, "A fly falled in hit an' Ah th'owed hit all out."

"A fly falled in hit an' you th'owed hit all out!" yelled his mammy. "What you do dat for? A fly couldn't drink much."

Dis heah go to show you how big a fool Mariah, Li'l' Tom's mammy, be; so no wonder de li'l' boy wanna git 'way from de house an' go down to de rivuh all de time.

Well, time rolled on, an' time rolled on till one time hit comed to be a big rainy season in de Bottoms, an' dere was mo' mud dan evuh befo' on de rivuh banks. So one day Li'l' Tom 'cided he gonna meck 'im a mud man, rail life size, so he work all day puttin' de mud man togethuh, but dark comed and ketched him wid his work undone. He done finished wid de man 'cep'n he ain't put but one eye in his haid, so he goes on home an' 'cides to come back de nex' day an' finish his mud man.

But dat night dey comed a big cloud burs' an' de rivuh riz up an' washed Li'l' Tom's mud man away. De nex' day when Li'l' Tom went down to de rivuh to finish his man he couldn't fin' hide nor hair of 'im, so he staa'ts to boo-hooin' an' runs home an' tells his pappy 'bout losin' his man. His pappy try to quiet de li'l' boy; so he say, "Ah tells you what, Tom, when you goes to chu'ch Sunday, mebbe you kin fin' yo' man dere; de fuss man you sees at chu'ch Sunday wid one eye, dat's yo' man." So dis ease Li'l' Tom's min' a li'l' an' when Sunday rolled 'roun' Li'l' Tom was rat on de front seat of de chu'ch house watchin' evuhbody what comed in de door.

Somehow de Lord fixed hit so de preachuh what was preachin' dat Sunday was a one-eyed man. So Li'l' Tom was so happy when de preachuh stan' up an staa't de servus he don' know what to do. He say, "Ah done fin' mah man, lack pappy say." So evuh time de preachuh'd stan' up Li'l' Tom would stan' up; when de preachuh would raise a song, Li'l' Tom would raise a song; when de preachuh would set down, Li'l' Tom would set down; when de preachuh would call on somebody to pray, Li'l' Tom would call on somebody to pray.

So fin'ly, de preachuh gits mad. He eye Li'l' Tom rail mean lack an' say, "Look a heah, boy, what in de worl's de matter wid you? Evuh time Ah stan's up, you stan's up; evuh time Ah sets down, you sets down; evuh time Ah raises a song, you raises a song; evuh time Ah calls on somebody to pray, you calls on somebody to pray. Now if'n you don' stop actin' a fool Ah'm gonna put you outen dis chu'ch house."

"You ain't gonna do no sich a thing," 'lows Li'l' Tom; "you b'longs to me an' you gonna do what Ah say do. Now, what Ah wants to know is, huccome you lef' from down to de rivuh befo' Ah finished you?"

Deacon Jones' Boys and the Greedy Preacher

TWO OF DE FAITHFULES' CHU'CH MEMBUHS Ah evuh seed, what git dat thing lack de Word say git hit, was Deacon Henry Jones an' his wife Sarah what b'long to de li'l' ole Baptis' chu'ch down to Wild Horse Slew. An' you talkin' 'bout a woman what could cook—dat was Sarah. She hab de reputation for bein' de bes' chicken fryer in de whole Bottoms; so de pastuh of de li'l' ole church whar she b'long allus hab de vis'tin' preachuhs to eat Sunday dinnuh an' suppuh wid Deacon Jones, so Sarah kin fix 'em some of dem fine chicken dinnuhs de whole Bottom's talkin' 'bout.

Deacon Jones hab two li'l' sebun-yeah-ole boys what was twinses dat sho' was glad when de preachuhs comed to dey house for Sunday din-nuh, 'caze dey knows dey gonna git some good ole juicy drum sticks for dinnuh dat day. Sarah allus 'low dese li'l' ole boys to set at de table wid dey mammy an' pappy an' de preachuh, 'caze dey ack nice an' don' cut up. Dey's putty good li'l' ole boys an' don' raise no rukus lack lots of younguns in de Bottoms when preachuhs comed to dey house to eat.

But Ah calls to min' one Sunday mawnin' when a big black preachuh comed from way somewhars to de chu'ch to preach, an' de pastuh sen's him to eat wid Deacon Jones an' Sarah, lack he allus been doin'. So when Sarah done put de victuals on de table, and de deacon done say de blessin's, dis big black preachuh rech ovah an' tuck de chicken plattuh an' pou'ed evuh las' piece of de chicken in his plate. De li'l' twinses, Bubbuh an' Bobby, was late gittin' to de table 'caze dey hab to wash dey han's an' faces in de wash pan attuh de grown folks git thoo; so when dey comed to de table an' set down an' looked at de chicken plattuh an' seed dat hit was empty, dey says, "Whar's de chicken, mammy?" But de preachuh don' gib Sarah time to ansuh. He stop chawnkin' on a good ole juicy drumstick, eye de li'l' boys rail mean lack, pints his finguh at de gravy bowl, an' say, "Eat gravy; gravy's good."

Dat ver' same Sunday attuh de chu'ch servuses dat night, de preachuh comed back to Deacon Jones' house for 'nothuh chicken dinnuh 'fo' he saddle his horse an' go way somewhar. Sarah hab a long red oil cloth table cloth on de table what hang all de way down to de flo' so far till you can't see unnerneaf hit to save yo' life; so while Sarah was cookin' a hoe-cake in de skillet in de kitchen an' Deacon Jones an' de preachuh was washin' dey han's an' faces on de back gall'ry, Bubbuh an' Bobby tuck de plattuh full of chicken Sarah hab on de table for suppuh an' ca'ied hit under de table wid 'em an' et hit all up.

When de hoe-cake got done, Sarah tuck hit an' put hit on de table an' called Henry an' de preachuh to come to suppuh; so in dey comes 'dout lookin' on de table, an' say de blessin's. When dey gits thoo wid de blessin's, de preachuh looks down in de middle of de table whar de chicken be at dinnuh time, but he don' see no chicken or plattuh neither, so he say, "Sister Sarah, whar's de chicken?"

When he say dis, Bubbuh an' Bobby sticks dey haids out from undah de table an' say, "Eat gravy, Elduh; gravy's good."